ПРОСВЕТА

I0662402

Миленко Пајић

РАДИВОЈЕ ГОВОРИ

етно-роман

ПРОСВЕТА

ПРЕДГОВОР

Да ли стварно постоје таква места?

Завичај је (у свести, у сећању, у машти наших људи) идеализован предео из детињства, оаза лепоте, скуп лепих успомена, непролазна и непромењена фина слика, збирка сусрета са драгим особама, вечите приче, анегдоте и легенде, незаборавни догађаји. Да ли стварно постоје таква места? Слушао сам од многих саговорника невероватно детаљне и префињене описе њихових завичаја, али нисам могао да их препознам на „лицу места“. Очигледно је да се све то не може видети само „голим“ оком. Нема те филмске или ТВ камере која би могла да сними: нијансу зелене боје пејзажа, звукове извора и чесме, титрај чистоте ваздуха и белину облака у бескрају плаветнила изнад тог завичаја. Ипак је то угођај за сва чула. Мириси, укуси и утисци не могу се пренети или заменити. Вода са извора је преко лета пријатно хладна, а зими је боља од чаја, као да је лековита...

Када се појавио у школском дворишту, испред нашег стана, био сам потпуно збуњен. Како може тако млад и леп човек да мени буде стриц? Покушавао је да ме одобровољи и предлагао је да га зовем: стрико, чича, стрикан. Мени се све то некако помешало и ја сам промрсио тепајући нешто као: цикола, што је одмах проглашено за: Чикола, и тако је остало до данашњег дана. Мој стриц Радивоје је за мене и сад, после више од педесет година – велики, паметни, духовити и вредни – Чикола.

Лазарева субота је слава фамилије Вуловић и слави се деценијама на скоро исти начин. Окупљање гостију почиње рано и сви важни разговори и договори се обаве пре славског ручка. Када стигну кумови, шира фамилија, колеге са посла и деца са својим друговима и другарицама, почиње церемонија ручка. Све се одвија свечано и без икакве журбе. Служи се посна храна, обавезно са прженом рибом која је претходно продимљена и која се залива вином како би, после воде и уља, пливала и трећи пут. Када се најзад стигне до слаткиша, гости су већ добро загрејани и расположени, па се увек поставља питање ко ће први да отпочне песму. Ту се радо огласе колеге мог рођака Љубише из ужичког Предузећа за путеве – зимска служба, својим громким гласовима како би се чули што даље, чак до Пејића и Поповића на другом крају села.

Традиција гајења дувана је веома дуга у овом крају. Пре Другог светског рата, са великим успехом, скоро свако домаћинство гајило је чувену сорту дувана „бајиновац“, која је поређена са изванредним херцеговач-ким дуванима. Чини ми се да и сада осећам рески, опојни мирис тек обра-них листова дувана које смо низали великим иглама на канапе, који су за-тим завезивани на дугачке мотке за сушење дувана, на таванима и под стрехама свих помоћних зграда у дворишту. Овај део посла, као и сви остали, током дуге сезоне заиста су мукотрпни. Прсти су увече просто им-прегнирани дуванском смолом и тешко се перу. И тако све до јесени... Можда због тога никад у животу нисам запалио ни једну цигарету...

Качара са огромним дрвеним посудама до крова и стари бакарни лампек за производњу ракије у средишњем делу просторије, деценијама су пркосили зубу времена и успешно служили својој намени. Печење ра-кије овде никада није био и није ни сада обичан посао; пре би се могло рећи да је постало нека врста ритуала. Ништа се ту не ради механички и површно, све је битно и води се рачуна о сваком детаљу. Цибра се вели-ким кашикама узима из каца у мање судове и пажљиво сипа у казан. Ва-тра се непрекидно ложи сувим дрвима и грањем, али тако да не буде ни превише јака, ни сувише слаба. Вода у табарку дотиче слободним падом из потока, кроз посебно трасиран канал и дрвени усмеривач преко тава-на. Сви учесници у овом послу су врло озбиљни и, занети својим задат-ком, ретко прозборе по коју реч. Једино стриц Радивоје увек има бар не-ку примедбу и сматра да се, све што се ради, може обавити још пажљивије, још боље, још...

Деда Ђорђе је био изузетно мршав човек, оштрог и прецизног изража-вања, са много навика које није желео да промени, без обзира на учеста-ле примедбе и критике укућана. „Бижи, Бога ти!“ – била је његова узре-чица. – Баба Раја само роји. Као да ја њу слушам! „Бижи, баци!“ Имао је свој став по свим питањима и није му сметало што се то не уклапа у оп-шта мишљења.

Тог лета била је велика суша. Једне вечери био сам веома изненађен када је деда Ђорђе са мотиком на рамену најавио: „Одох да залијем ба-шту!“ Како може да се залива башта са мотиком, без кофе или другог пригодног прибора? То је, заправо, била његова иновација. Чесма у дво-ришту је непрекидно, у великом млазу, просипала драгоцену воду и то је деда решио да искористи. Ископао је испод чесме велики „базен“, постa-вио дрвену уставу са доње стране „базена“, а одатле мрежом канала раз-вео воду до свих делова баште. Вода се цео дан скупља и греје на сунцу, а увече, кад прехлади, деда је мотиком усмерава кроз свој заливни систем, све док обилно не залије дуге леје поврћа, а на крају и поље детелине. Ово његово аграрно решење се и дан данас користи на исти начин.

Стриц Радивоје је већим делом раних седамдесетих година имао трак-тор произвође „Тома Винковић“ и путнички аутомобил „фолксваген – караван“. Годинама пре тога увек је у свом газдинству имао коња – ма-лог, босанског, добро изабраног и још боље гајеног, правог лепотана. Гале и Мишко су били изузетни примерци своје врсте, као дресирани, добре нарави и изузетних физичких могућности. У превозу били су изванредни.

Тајновитост потока у делу извора Студенчине, шипражја испод Лазине, мрачних делова шуме изнад Нартка и Горње Батве, уклапала се у приче чобана о страшним аждајама, вукодлацима, вилењацима, вампирима и другим опасним неманима из полусвета, поготову у машти деце која чувају овце и говеда цео дуги летњи дан. Чобани су се повремено окупљали ради договора око неког несташлука: како обрати комшији Милораду ране трешње или како узети јаја из гнезда дивљег голуба са високог дрвета или... Било је понекад потребно и да се наложи ватра на неком заклонитом месту, да би се испекли украдени печењаци или кромпири. Ја се ту нисам баш најбоље сналазио и неспретно сам дозволио да ми са леђа приђе љути бик Чаћоња и да ме захвати роговима и баци преко себе у неко трње, тако да сам тешко угруван, изгребан и преплашен, морао одмах да се вратим кући.

Када кренемо у завичај, већ са ужичке стране Кадињаче, чини ми се да смо врло близу циља, а са врха Кадињаче поглед тражи село Дуб, иако још није у видокругу. Све ми је јасније због чега је мој отац увек певушио неку стару песму баш на стрмини, када смо се спуштали низ Кадињачу, још много пре села Заглавак...

И тако, полако, са протоком времена, тај простор мира и спокоја као да прераста у предворје загробног, вечног живота за све нас...

Јануара, 2005. године   *Слободан Пајић*
У Лучанима

УВОД

Тойлина разговора или завичај је као здравље

После свега што нам се дешавало и што смо пропатили од почетка 90-тих па све до краја 2000-те и даље, осећао сам се веома лоше. Био ми је неопходан предах. Ослонац? Чашица разговора... Био сам (поново) погубио (већи део) себе, као и оне важне, најважније ослонце у простору и у времену. Требало је (било је неопходно) учинити нешто (само) за себе. Отићи некуд. Потражити корене? Побринути се за своје здравље. Померити се с места, а онда се вратити свеж и чио... Али, како? Где? Куда?...

Сетио сам се Дуба, села у коме смо проводили летње ферије. Сетио сам се и рођака који су тамо живели и који су умели да се обрадују изненадним гостима. У Дубу, селу расутом на брежуљцима, обраслом шљивицима, први пут сам осетио мирис узоране ледине, снагу земље која испарава, мирис млека од кога си сит пре него што нагнеш лонче, мирис траве и шуме, воњ стајског ђубрета. На пољима и на ливадама осетио сам ширину и изазов простора, оштрину ваздуха, укус и ситост јела. Осетио сам снагу младости и слободу бића које стреми некуд између тла и неба. Окушао сам и јачину својих мишица у једноставним пословима и у раду на пољу, тежину корака, сласт воде и хранљивост печурака бачених на врелу плотну...

Депресивном и уморном какав сам био, неопходно ми је било да чујем завичајне звуке, гласове рођака који се дозивају с брда на брдо, птице, ветар, жубор, песму коју су певали моји преци. Радо сам се упустио у присан разговор са рођацима како бих поново успоставио везу са својим коренима. И заиста, оно што сам слутио, догодило се – топлина разговора деловала је на мене лековито. Утешио сам се што ми је било најпотребније и најважније. А за читаоце сачувао сам, можда као последњи сведок, успомену на један домаћи свет, дирљиво једноставан, правичан, доследан, свет који нагло нестаје, који се повлачи пред налетима прогреса...

Крајем августа 2002. године отишао сам у Дуб опремљен новинарским касетофоном (диктафоном) са намером да снимим разговор са стрицем Радивојем. Прва трака снимљена је 31. августа од 12-14 сати. Сутрадан, 1. септембра, снимио сам још две траке. Седели смо у великој соби, за славским столом и разговарали отпијајући шљивовицу из малих стаклених чаша. Остали чланови породице гледали су да нас не прекидају и не ометају. Прећутно, сви су се сложили да се нас двојица бавимо важним послом. Тако сам добио неких 270 минута, тј. 4-5 сати разговора. По повратку кући преслушао сам траке и схватио да су многе теме и догађаји изостављени и да је неопходно наставити приповедање. Написао сам писмо стрицу и замолио га да размисли о свему што није обухватио наш први разговор. Желео сам да добијем једну заокружену целину о Радивоју и његовом животу у Дубу:

Драги Радивоје,

Започели смо један посао, књижевни, па је ред да га наставимо и, ако Бог да, у здрављу завршимо. Наш пређашњи разговор у Дубу био је веома занимљив, али није обухватио многе личности и догађаје који би заокружили поглед на твој живот. Видећемо се на свадби у октобру, али не верујем да ћемо тада моћи да наставимо разговор. Зато сам спремио неколико питања на која ми можеш, ако хоћеш, одговорити и писмено или се спремити да о њима поразговарамо следећи пут када се сретнемо. То ће највероватније опет бити у Вуловићима што бих ја највише и волео. Дакле, ево мојих питања, без неког посебног реда, онако како су ми падала на памет (следи списак од тридесет и три питања). Прво је гласило: „Како је настао твој надимак Чикола?“; тим именом назвао ме је твој брат Слободан; био је мали, имао је негде шест или седам година и хтео је да се са мном провоза на колима, па уместо да каже: „Чича, попни ме на кола да се мало провозам!“, он је две речи – чича и кола – повезао, спојио у једну реч: „Чича-кола! Чи-кола! Чикола!“ и тако је остало и данас-дањи – Чикола; само ме ви тако зовете и нико више; Чикола, то ми се име много допало и тачно је припадало мени тада када се нисам одвајао од коња и од кола и када сам заиста много путовао, рабаџијао, трговао ракијом и јабукама и обишао пола Србије, пола Босне, целу Војводину; ни сам не знам где све нисам стигао; тако је од Слоба остало Чикола и мени је драго кад чујем да ме тако и сад зовете, јер ме то име подсећа на младост, кад сам био здрав и јак; никога се и ничега нисам плашио и где год ми је пало на ум ја сам ишао, гледао, учио, посматрао шта други раде, упијао знање и дружио се са људима; а оно име Чикола остаде, мада више не терам кола, нити возим аутомобил, само још понекад седнем на мотокултиватор; ето...). Последње питање гласило је: „Шта смо прескочили, заборавили?“

Стриче, ако ти није тешко, можеш и писмено да ми одговориш на сва ова питања. Или бар на она која сам изабереш. Ако ти то не огоара, онда ћемо наставити као прошли пут у Дубу. Можда си помислио да су књижевни послови прости и лаки; ако је тако, ниси био у праву. Да бих написао књигу посвећену теби, да бих створио уметничко дело пошавши од твог живота, морам да сазнам још много детаља, узгредних ствари, ситница, како би текст био занимљив и убедљив. Надам се да ћеш ми у томе увек радо помоћи.

Поздрављам тебе и стрину Милесу. До скорог виђења,

Ваш Миленко

Стриц није реаговао на писмо, па сам поново отишао у Дуб 30. новембра 2002. године и опет боравио два дана. Тада смо седели у кухињи, у пријатној и потпуно опуштеној атмосфери. Док смо ми неуморно разговарали укућани су улазили и излазили из одаје, а понекад се и укључивали у разговор. Када је у неко доба Радивоје морао да оде да намири стоку, да им у јасле положи храну, стрина је преузела реч. Тако је настало поглавље „Милеса и Радивоје“. Приликом другог боравка у Дубу снимио сам још три касете од по 60 минута, тако да сам добио још око три сата новог разговора.

Вративши се кући из завичаја имао сам шест снимљених трака са којима нисам баш тачно знао шта да чиним. Стричев глас био је у њима заробљен као онај дух у Аладиновој чаробној лампи. Требало је пронаћи прави начин да се тај звучни запис трансформише у садржај једног прозног дела. Повремено сам преслушавао касете и покушавао да докучим дубину и слојевитост грађе којом сам располагао, као и врсту и тежину посла који ме тек чека...

Није вредело превише оклевати. Снабдео сам се нарамком ђачких свезака које су делимично биле исписане рукописима ћерке и сина и започео да „скидам“ звучне записе разговора са стрицем. Ма колико да сам се трудио, цела ствар се одужила преко сваке мере. У свакој згодној прилици осамљивао сам се са тракама и касетофоном, притискајући најчешће дугме са натписом: ПАУЗА. Свеске су се полако пуниле мојим нечитким и нервозним рукописом.

И тек негде почетком 2005. године имао сам најзад свих шест трака пребачених са носача звука у текст. Преписивање трака могло би се рачунати, списатељским жанром речено, као тзв. „прва рука“. Следио је процес, ништа мање мукотрпан, уношења текста у меморију рачунара – друга рука. А потом, још безброј читања, ишчитавања, провера и проба. Свака следећа рука садржала је у себи низ нових интервенција разних врста (језичких, стилских, наративних итд). Трудио сам се да колико је год могуће сачувам природност, спонтаност и непосредност разговора и да му можда само помогнем да још боље тече. Радио сам и на језику, тесао, глачао и дотеривао га, како бих од једног локалног наречја добио што бољи лингвистички материјал. По мало стрепим да ће Радивоје, кад буде најзад читао књигу, можда казати: „Зар сам ја баш овако говорио?!“...

Последња трака и **Прилози**, тај део књиге је у потпуности моје дело. У његовом настанку главни јунак није директно учествовао. Завршни део текста настао је од онога што Радивоје није стигао да ми исприча или сам ја заборавио да га питам. Оно што је он прећутао ја сам докучио између речи, тумачећи и тишину снимљену између речи, између питања и одговора. Оно што сам слутио „чуо сам“ са последње, непостојеће траке. У том дописивању и довршавању књиге, у стварању „последње траке“ највише сам уживао и целом подухвату додао неопходни књижевни и уметнички квалитет. Као да сам јаву допунио, обојио и зачинио неопходном дозом маште и сна. Као да сам из грађе скупљене у животу искристалисао неколико сјајних, драгоцених бисера...

Посебно ми је било стало да књига, од почетка до краја, од разговора у Дубу до дефинитивног њеног изгледа, буде креирана у малој породичној мануфактури. Наша ствар одвија се у целини у кругу фамилије: стриц говори, брат пише предговор, син снима фотографије, а ја водим и довршавам све неопходне послове. Било би идеално када би и читаоци могли да чују Радивојев глас; уз књигу могуће је приложити CD са одабраним фрагментима приче о његовом животу. Главни јунак дат је сасвим изблиза, као рођак, пријатељ, поуздан и близак човек. Његове муке, невоље и његово посртање кроз живот, његови успеси, радости и достигнућа у животу дају лепу прилику читаоцу да се саживи са својим типичним земљаком, са Радивојем. Можда се испостави да је „Радивоје говори“ први српски хиперреалистички роман? А можда буде препознатљив по карактеристичној етнолошкој ароми? Можда преовлада магија разговора и чаролија приповедања?... Радивоје је српски сељак привидно статичан, везан за земљу, али издржљив, жилав, виспрен, ведар, духовит. Живот га није мазио, али он никада није поклекнуо и зато је заслужио да буде главни јунак једне књиге.

19. јуна 2006.год.

М. П.

ПРВА ТРАКА

РАДИВОЈЕ ГОВОРИ

Како су Вуловићи погорели од Бугара 1943. године – Радивоје се пробија кроз живот и савладава животне недаће – О страдању брата Миће – Радивоје борави на изградњи Новог Београда – О оловци-бомби која му је иштетила три прста десне руке – Немачки војници више пута гоне Радивоја

Године 1943. под командом Немаца, бугарска експедиција је почела од Таре и Бајине Баште палити сва села зато што су четници побили неке Бугаре. Међутим, кад су дошли у нашу авлију, било је пуно ствари пред кућом. Каже:

Овде четнички штаб?!

То су попалили, а мене, мајку, сестру и брата, одвели су (шапатом) горе, више куће, тамо је сада бетонски резервоар за воду. Каже:

Нека иде имовина! Да остану вама животи!

Можда би нас и побили. Били су пијани. И наске један Бугарин сабио у неку рупу, горе, а дољамо су све попалили. И кад је било све готово, онај нам је казао:

Идите, сад, па гасите...

И, отишли су. Отишли. У исто време, оца и комшије, и Милорада и Радомира и Радојицу, Бугари су отерали на Бањицу. Неки су отишли у логор, а мог оца су пустили из Ужица, пошто је он био стар, солунац човек. Имали су неке самилости и пустише га. Заиста, дошао је кући.

И ми смо тако погорели да нисмо имали ни обичну крпарицу да се покријемо. Само је једна сламарица остала у некој боранији...

Стрина: Нећу ја вас дирати, само да нешто узмем...

Ооовај... и ту смо, ја, сестра и брат, били. Мајка нас неким дрољама покрила. У тој боранији, на тој сламарици смо преноћили. Чим мрднеш, она слама зашушти и пробуди те. Још, чини ми се, она боранија мирише, мирише. И ми ту, као заспасмо под оним крпарама и дрољама...

Сутрадан, дала нам је ујна један губер и две шаренице. А један губер тетка из Пилице. Тако да смо, у једној соби, на патосу направили нешто, као неки мали лежај, са оном сламарицом. Дотурили смо свеже сламе. И ту смо преноћили. Тако је било два дана.

Трећег дана отац је дошао из Ужица, из затвора. И тада смо почели наново кућити. Кућили смо све до 44-те. Кућу смо мало поправили, једну шталу дозидали. У њој смо држали једну краву...

Онда, 44-те, негде у јесен, стигоше пролетери из Босне, из Црне Горе. И, на срећу, пошто је мој отац био солунац, они су с нама лепо поступали. Волели су, однекуд што је Ђорђе Солунац. често су са мојим оцем певали. Штаб Друге пролетерске бригаде био је у нашој кући. Колико? Не знам тачно. Неких десетак, двадесет дана, најмање толико. И моју сестру су звали да иде у партизане. Како се спасила да не оде с њима сам Бог свети зна. После рата кајала се. Што не одох, каже, у партизане, да вам покажем вашег Бога.

Не рекох ти за брата, за Мићу. Било је то пре паљевине. Брата су ми Љотићевци ухватили у Заглавку. И отерали. Нисмо га више никад видели.

Много касније, после једно пет, шест година, дознали смо шта је било с њим. Да је стрељан у Словенији. Ето, шта је било. Тако је мој јадни брат, никад непрежаљени Мића, прошао. Име му је уписано на спомен-плочи, у ужичкој гимназији. Мајка је очи исплакала за њим. И плаћала, јадна, разним видиоцима и преварантима. Али, никад ништа поуздано нисмо сазнали...

Онда, 46-те године, негде новембра месеца, удала ми се сестра Радмила, звана Продана. А 48-ме године ја сам био у Међувршју код Чачка на изградњи. Био сам и ја члан СКОЈ-а. После Међувршја морао сам да идем и на изградњу Новог Београда. Била је то 48-ма година, Имфорбиро. Био сам на Новом Београду два месеца.

49-те године, негде августа месеца, опет сам позван на Нови Београд. И био сам тамо месец и по дана. Водио сам евиденцију бригаде. И, тада, на једном састанку, одреде мене да идем код покојног министра Кидрча у кабинет. Да примам странке и да продужим школовање. У то време био сам, однекуд, обдарен за те ствари. Био сам писмен, а тада је било мало писмених људи. Полуписмен човек и члан Партије могао је далеко да догура. Ја сам водио најбољу евиденцију бригаде на целој изградњи Новог Београда. За то сам добио ударничку значку.

Међутим, ја сам то јавио кући. Питао сам: шта да радим? Да ли да идем у кабинет код Кидрича или не? Отац и мајка послаше ми телеграм. Дођи кући да се договоримо. А отићи у Кидричев кабинет била је велика част. Није то смело тако лако ни да се одбије. Тада се слушао старији. Родитељи да се слушају, то се знало код нас од вајкада. Партија да се мора послушати, то се подразумевало, од 45-те. Пусти ме командант и ја дођем кући.

У то време мени су већ били испросили моју садашњу супругу Милесу. Дошавши кући, овде, разумео сам о чему се ради. А, у ствари, и ја сам желео исто што и моји родитељи. Да са оженим са Милесом.

Вратио сам се на градилиште и рекао мојим претпостаљеним да не могу прихватити њихов предлог. Него да они лепо узму другога за Кидричевог секретара. По повратку са Новог Београда, 1949. године, ја сам се оженио. 24. октобра 1950. године добио са ћерку Љубицу. Она је данас учитељица, доле, у суседном селу, у Злодолу. У зиму био сам позват у војску.

Био сам регрутован у ауто јединицу. Служио сам у Републици Хрватској. У Јастребарском код Загреба. Припремали смо тенкове за покрет према бугарској граници. Руси су већ увелико били тамо у намери да нас окупирају. То је била чисто политичка ствар. Нешто око Информбироа. Ми, обични војници, нисмо били упућени о чему се ради. При монтажи гусеница на тенку, оштетио сам руку... Видиш, прескочио сам, да рекнем сад за руку?

Ништа ти не брини. Само причај и уопште не обраћај пажњу на ову справу. Ми ћемо то, после, направити шта треба и како треба. Само ти причај.

Добро... И онда... Повредио сам толико руку да сам пуштен кући као стално неспособан. И вратио сам се, коначно, кући...

Године 1952. почели смо да зидамо још једну, мању кућу, поред ове старе. У њој сада најчешће боравимо. Касније сам, тамо, доградио и купатило. Ту сам кућу завршио 1953. године. Потом сам правио једну, па другу шталу. Па сам нешто имања куповао. Па сам подгајио грдно воће. И отац ми је, раније, у његово време, посадио грдне јабуке.

Које ли године беше, не могу да се сетим, постигао сам рекорд. Испекао сам седам хиљада кила ракије. То је тачно, у грам. А јабука брао сам по вагон, вагон и по. Воћњаци били у пуном роду. За купљење шљива и за брање јабука звали смо мобу. Тако ти је то у селу. Моба решава велике послове. Иначе, ми сами никад не бисмо стигли да обавимо бербу и купљење како треба. Мучили би се џабе, а никакве вајде не би било...

Јесам ли ти причао за оловку? И за прсте? Нисам? Е, сад ћу... Те и те године нађем ја, на путу, оловку. Гледам, лепа оловка. Сагнем се да је дохватим. Хоћеш врага!... Експлодира ми оно чудо у руци... Ја сам дешњак, а изгубио сам три прста на десној руци: палац, кажипрст и средњак. Три главна прста, јадо мој, јел тако? Тако, брале, јашта...

Остао сам трајно неспособан у десну руку. Али, то мени није много сметало. Целог свог живота бавио сам се пољопривредом и без та три прста. И дан-данас се бавим, па шта ми фали?...

Биле су, раније, родне године... Нисам знао шта ћу са оноликим јабукама. То је сила Божија! Нисам могао све да продам у Бајиној Башти, ни у Ужицу. Добар део предам и нашој Земљорадничкој задрузи, она је тада откупљивала воће и жито, али опет ми много остане. Куд ћу, шта ћу, кренем ти ја да тражим тржиште. Од 1952. до 1960. године продао сам седам камиона јабука! Хеј, бре, није мала ствар! Седам камиона петотонаца!

Први камион отерао сам у Сремску Митровицу, у Казниону. Следећа два отерао сам у Београд: Бродоимпексу и интернату студената „Иво Лола Рибар“. Тада сам први пут видео црнца. Пао ми мрак на очи у сред подне кад на мене грну цела група црнаца... Па сам видео како се људи лепо облаче, носе најлон, беле кошуље. Тада сам, у Београду први пут видео најлон кошуље. Па сам помислио: Боже, да ли ћу ја икад доживети да обучем онакву кошуљу?

Следеће године отерао сам јабуке у Тузлу. Шеснаест дана био сам на пијаци у граду Тузли. Продао сам 120 метара јабука!... Потом, ишао сам и у Нови Сад. Било је то све негде до 1962. године, ако се не варам... Камион јабука у Нови Сад. Стигао сељо у Војводину, у сред Новог Сада! И ту сам остао шеснаест дана, а седамнаестог дана стигао сам кући, овде, у Дуб, јашта, ето...

Ишао сам ја доста по свету. Увек неким послом, али, успут, свашта ми се догађало и свашта сам доживео. Волео сам ја да пролутам по свету. И да се вратим кући... А код куће стање је било следеће: отац Ђорђе, стар, солунац, мајка Раја није више била за неке теже послове... И, ко остаје? Моја жена Милеса. Док сам ја, почесто, бивао одсутан, цела кућа и домаћинство и имање, све је то било на Милесиним леђима. А она је све стизала да заврши. Никад се није пожалила да јој је тешко или да нешто не може. То јок, никада. У Милесу сам имао неограничено поверење, а и она у мене. Тако ти је у српској породици. Много се ради, много трчи, а скромно живи...

Вратим се, тако, једаман с пута, а моја ти жена родила и друго дете, Милицу. Било је то године 1952. И, тако, живело се. Били смо млади, све нам је бастало, све смо могли, свуд стизали. А ја сам и даље ходао по свету, морао сам. Гонио сам јабуке и ракију. Прво само јабуке, ко што сам ти причао, а касније и јабуке и ракију. Године 1967. положио сам возачки испит и купио ауто, фолцваген караван. Е, тако, с аутом, за мене више није било зиме. Оборим задња седишта и натоварим пун караван мојих производа. Ту су сандуци с јабукама, а јабуке пробране, ушушкане у сламу, миришу, дивота у Бога. Па бурићи, флаше и судови са ракијом. Па чабрице са кајмаком жутим као дукат. Па канте са старим сиром, ред сира, ред паприка. Па кутије са поврћем: шаргарепа, цвекла, грашак у махунама, боранија, парадајз, лук црни, лук бели уплетени у венце... Све то спаковано лепо, кнап, још једну једину шибицу не би имао где да туриш. Свашта рађа ова наша земља, шта год посејеш, оно никне. Па ти види шта ћеш...

За ракију сам имао добре муштерије, то нема. Добра роба, нађе доброг купца. Нећеш ми можда веровати, а и не мораш. Стигао сам ја и у Генералштаб, у Београд. Највишим официрима продавао сам моју клековачу и љуту. Свуд сељак провали кад хоће. Пилотима у Батајници продао сам, па ни сам не знам колико клековаче. Заволели ме пилоти, о, Боже сачувај! Чико, звали ме из милоште. Чича, дај клековачу! Колико год донесеш, све ћемо ти ми купити. Немој ни да нудиш ником другом, дај само нама. Чича, донеси клеке! Кад се само сетим шта смо радили и како су ме ценили и волели пилоти у Батајници... Водали ме по хангарима, по радионицама, где све с њима нисам био. Следећи пут кад будеш дошао, каже њин старешина, а тај је могао да попије оне моје мученице, јадо мој, не

питај колико, добри наш чико, да понесеш, благо мени пасош, да те води-
мо у Лондон. Наше колеге у Лондону и у Паризу и у Њујорку пију твоју
ракију и кажу да је боља од вискија. Е, сад ћемо да им покажемо ко пра-
ви нашу клековачу. Гут, гут, шљивовиц! То је тај чико, мајстор за
шљивовиц, ево га! Идеш с нама, у пилотској кабини, клот бесплатно. Је-
си ли чуо и разумео шта ти причам?... А тада је био купљен први Де-Це-
10. Стоји на писти, сија се, Бог те молово, ганц нов. Шта да радим сад? А
ја њима рекох:

Момци, фала вама. Ја у воду не идем даље од чланака. А увис не идем
даље од прве рачве кад се попењем на шљиву. И тек онда пружим горе
мотку да јој врх отресем... Они су мене грлили и љубили. Толико им је то
што сам и рекао било симпатично и смешно.

Слушај, чича, немој с нама да се зајебаваш. Шта би дао онај твој сељо
из Дуба да може којим случајем да се нађе на твом месту, а, шта мислиш?
А ти се нешто нећкаш и предомишљаш. Него се ти спреми, ево, дајемо ти
седам дана да размислиш, а онда – водимо те прво у Лондон, а онда ви-
дећемо шта ћемо да радимо и куда ћемо све да летимо. Ми смо решили,
то нема силе, ми те водимо, а ти види шта ћеш. Целу земаљску куглу об-
летећемо и свуда ћемо да понудимо, пријатељима и колегама пилотима,
твоју клековачу. Чича, има да се прославиш, еј, бре! Јеси ли ти свестан о
чему се овде ради. Цео свет има да пије српску ракију и да ужива. Какав
виски, какви бакрачи... За почетак, понеси само три флаше да пробају ко-
леге у Лондону. И да видиш Хитроу, аеродром који свет нема.

Ђецо, лепо сам вам рекао. Ја у воду – до чукља. А у ваздух – до рачве.
То је био живи хумор...

Године 1956. родио ми се син Љубиша. Ја и моја супруга Милеса одлу-
чили смо да сво троје деце школујемо. С тим су се сложили и моји
родитељи, мој отац и моја мајка. Дуб је некако на згодном месту, на сре-
докраћи између Ужица и Бајине Баште. До Ужица има 25 километара, а
до Бајине Баште 15. Није далеко ни једно ни друго. Вољ ти Ужице, вољ ти
Башта. Бирај школу коју хоћеш. Тако је и било, сво троје завршили су
средње школе. Данас су збринути. Имају своје куће, плус ово наше имање
у селу. Редовно долазе у Дуб. Знају све да раде. И да копају, и да косе и да
купе шљиве. Тако су научени од малена: да раде и да се не стиде рада, иа-
ко су школовани. Љубица је завршила учитељску школу у Ужицу, као и
твој отац, покојни Бошко. На то смо нарочито поносни. Сада је учите-
љица у Злодолу. Живи у Ужицу и сваки дан долази аутобусом на посао.
Преко Кадињаче, тамо и назад. Сваки дан... Милица је завршила економ-
ску школу, а Љубиша је аутомеханичар. Сви имају своје породице, добри
су радници и озбиљни људи...

Као дечак, Љубиша је био несташан. А сад, само да га видиш – дома-
ћин човек. Направио је једну велику кућу у Бајиној Башти. Онда још јед-
ну, мању. И радионицу. У том послу смо му ми помагали колико смо мо-

гли. Он има двоје деце, две ћерке. Љубица има два одрасла сина, а Милица једну ћерку, која сада иде у осми разред основне школе...

Шта ћемо сад да причамо?...

Хајде, причај даље, шта је и како је било у животу?... Како је оно са коњима било?... Чекај, прошли пут си ми причао онај страшан догађај, кад су те Немци, као малог дечака, голог терали. Испричај ми то...

Ево као је било... Страшне ствари су се догађале за време рата. Изгубио сам три прста. Немци су ме три пута гонили... Била је то 1944. година. Једном приликом сишао сам у Дуб. Мајка Раја послала ме да јој купим боју за вуну. Жене су тада уређивале вуну, преле и плеле џемпере. Тако смо се облачили...

Ја ти причам све како је било. Целу истину.

Немци су однекуд посумњали у мене, да сам партизански курир. Ухвате ме на путу, доле, у Дубу. Претресу, скину до гола. Траже нешто, Бога ти питај шта траже. Ваљда неке тајне поруке, шифре, ко ће знати? А стварно се дешавало, за време рата, да деца носе важне поруке, сакривене у опанку или зашивене у порубу панталона или какве доламице...

Ништа не нађоше, али ме, онако голог, преплашеног, стрпаше у неки амбар. Ја само дрхтим, тресем се од страха. Толико сам се пресекао да не могу ни да говорим. Ни да кукам, ништа. Само гледам и све памтим. Везаше пса за врата оног амбара, једног огромног, војничког кера. Тек сад никуд не могу. Гледам кроз прорезе између греда и не могу никако да престанем да дрхтим. Хоћу ја, али џаба је, дрхтим и даље као прут, као шиба. И сад јасно видим шта је онда било, као што тебе ово гледам...

После пола сата стиже један официр. Имао је ону велику, металну птицу на грудима. Кад погледаш у њега, она птица бљесне, препаднеш се још више. Официра нисам добро ни видео, али се сребрне птице добро сећам. Он нареди да ме пусте из амбара. Ја изађем отуд онако без одеће, начисто го. Немац ме погледа. Ледене, плаве очи његове, уђоше ми право у душу. Скроз, до дна. Да је у мени било ишта друго сем скромног детињег света, тај би видео, сигурно. Знао је добро свој посао. Немац је то, брајко мој! Немчина, сила Божија! Да сам ишта сакрио или слагао, овај немачки официр би одмах знао. Стојим пред њим, гледам оне његове црне чизме. Обиће око мене. Чизме звекећу ђоновима, а чиста кожа само шкрипуће. Онда Немац нешто кратко каза, окрете се и оде. Војници ми помогоше да се обучем. Вратише ми и гумењаке. Били су ми и обојке дигли тражећи то што су тражили. Ја наместим оне обојке. Имао сам и нешто мало пара, у некој књижици. Све ми вратише што су ми били узели. И пустише ме да идем кући. Нико радоснији од мене. Трчао сам тако брзо, ма куршум не би могао да ме стигне. Кад сам подобро одмакао, иза једне завојице, осетих ноге и руке, проради ми помало и свест. Али, хоћеш врага!... Није ту крај целе приче. Није било доста страве за тај дан, него се ланац догађаја настави онако како је било одређено... У оној паници нисам ни гледао куд главом ударам, само да се што пре домогнем куће. И опет налетим на Немце. Избијем иза неке пресеке, на један пропланчић, и право на њих тројицу. Један упртио на леђа мање свињче. Други носи бурић с ракијом. Последњи узео два пара ћурки... Кад их угледах ја се следих, ноге ми се одсекоше, незгодно стадох, оклизнух се и падох право у бару. Као да ми је неко одсеко ноге. Падох у блато, живота ми, падох ко проштац... А они нешто прозборише, пикула, пикула, да ли су однекуд били Талијани, ко ће знати, прођоше поред мене и одоше...

Кад они одоше, ја устадох из оног блата.

Шта сам ја све за време рата преживео и пропатио, Боже сачувај и саклони.

И, они прођоше и одоше, а ја устадох некако из оног блата. Дођем кући сав каљав. Куку, сине, шта је с тобом било?! – пита моја мајка. А ја не могу ни да јој испричам шта се све догодило због њене боје за вуну. Како су ме Немци у два маха на смрт препали и како сам, на крају, пао у блато. Деси се тако кад је ратно стање да човек низашта и главу изгуби. Можда баш овако као ја, због пређе или кудеље. Или, на пример, због једне речи, мрког погледа или погрешно протумаченог покрета. Корак, мина, готово. Крај. Тако ти је то било, мили брате. Ништа лакше но, у рату, луду изгубити главу. Бога ми...

Мој брат Мића учио је за време рата Гимназију у Ужицу. Дешавало се пуно пута да ме отац пошаље у град да однесем нешто брату. Обично смо ишли један комшија и ја, заједно. Понесемо по торбу, зембиљ сира и кајмака, преобуку, нешто пара, све што родитељи пошаљу ђаку... По повратку из Ужица беше већ пао мрак, ми пешаци окаснили, заиграли се, замаријали, ко ће знати шта је баш било, деца, младо-лудо. Кад, у Заглавку, ухвате нас Немци. И затворе у неку кућерину. Можда је био проглашен и полицијски час? Ко ће знати? А и да смо знали, сата нисмо имали. Само да преноћимо у оној кућерини, па изјутра да продужимо даље. Мене нису дирали, био сам најмањи, али моје сапутнике су терали да, целе ноћи, носе неко сено, да распремају војничке спаваоне, да равњају сламарице и Бог зна шта да раде, све до пред зору...

Трећи пут, опет на путу за Ужице или из Ужица, снађе ме још црња и гора невоља. А ја сам волео да идем брату, у град. Није ми било тешко. Пораним и, као на крилима, превалим 25 километара, као од шале. Тамо и овамо, за час. Мислиш да се ја уморим? Јок, брате! И пред вече, вратим се. Ето мене код куће у Дубу. Чини ми се, брже отуд, него одвуд.

Отац и мајка спремили ствари за брата, а на дну торбе ставили и једно два кила дувана. Да однесем дуван неким Кремићима, да им продам, а да новац дам Мићи. Преко дувана мајка ставила братово одело, мало хране и, одозго, неколико кудеља вуне. Све то лепо спаковано и ја, ништа, идем, звиждућем, шутирам камичке, задевам кучиће, трчкарам, али грабим, одмичем добро. Толико пута сам ишао, знам сваку завојицу, сваки орах украј пута, сваки воћњак, крајпуташ. Знам кога ћу срести, где ћу се одморити. На једном згодном месту, у хладу, код чесме, застанем, поједем ужину. Па, терај, даље. Тачно знам кад ћу стићи у град и кад, најкасније, морам кренути назад. Идем ја, тако, сербез, и не слутим шта ме чека...

На Теразијама, пред самим Ужицем, стражара. Немци контролишу народ. Кога хоће они претресају, кога неће, они пуштају. Али, никад се не зна шта ће Немцу да падне на памет. Жене и децу, обично, не дирају. Толико пута прошао сам поред стражаре на Теразијама, а да се готово нисам ни зауставио. Она торба лупа ме по леђима и ја идем, слободно, не хајем...

Оћеш, врага! Овога пута, стражар зграби баш мене. Свуче ми ону торбуљину с рамена, завуче руку. Извади оно мало вуне, па Мићине ствари, а на дну напипа лиске дувана. Онда изручи све на гомилу. Оно ми се братово јело којекако просуло по оној његовој преобуци, а преко свега просуше се добро осушене и упресоване лиске дувана, жуте као дукат. Онај ме стражар зграби за раме и гурну у ћошак стражаре. Узеше онај дуван. Лупише ми два-три шамара. Видео сам и пребројао све звезде на небесима. Нисам знао где се налазим.

Ком-ком! – виче стражар на мене. – Да покупим оне ствари и да се губим одатле. Ком-ком! – сећам се добро. Ја се некако снађем, приберем оне ствари и бежи код брата. – Узеше ми дуван, Мића! Њему је име било Продан, али сви смо га звали Мића. – Мића, рекох, шта ћемо за паре? Мени је отац дао нешто дувана да продам Кремићима, а паре да дам теби. Немци ми узеше дуван и сад нема ни пара, ни дувана. Шта да радимо? – Нема везе, вели мени Мића, снаћи ћемо се већ некако. Него, реци ти, благо мени, јесу ли те Немци много тукли? – Па, нису баш много. Ухвати ме онај, овако, за раме. Шта сам ја онда имао, једва двадесет кила. Баци ме у ћошак оне стражаре, удари једно два-три шамара, да сам пребројао све звезде на небу. Тешку руку има туђин, дабогда црко. Кад ме мајка ошине ништа ме не заболи. Мајка била, мајка мила. Истрпео сам, шта сам друго могао. Његово је да бије, а моје да трпим, па коме пре досади. Кажем ти, није ме много заболело. И стварно није, јеби га. Изудараше ме. Ништа то није, него што сам се опет престравио од Немаца, ђаво их однео да их однесе... Видим да је Мићи баш било криво због мене. Шкргуће зубима и мисли: – Не дирајте ми брата, псине, да би псине окупаторске. – Али, ништа не говори. Мој брат Мића и ја разумели смо се често и без речи. Не знам како, али ја сам једноставно чуо његове мисли, а он моје. Оно што је заболело мене, болело је, још и више, њега. Тако је то било међу нама. Волели смо се, много, као браћа...

Тако су ме, у животу, три пута, Немци, затварали... А четврти пут ме, умало, овде, пред кућом, не убише... Било је то пред крај оног рата. Немци су већ увелико одступали из Грчке. Преко Ужица, овуда, на Бајину Башту, до Љубовије. Онда, Тузла, Бања Лука, Загреб и даље... Стоку смо били сместили преко брда, у друго село, јер Немци тамо нису залазили.

Однео сам био стоци мало сена и сестри нешто за ужину и вратио се. Недалеко одавде питам комшију да ли има Шваба. Он ми каза да су били и да су отишли. Ја онда наставим даље, трчкарам и звиждућем, све ближи кући. И мило ми што нема Немаца, што су били, па већ одавно отишли. Далеко им лепа кућа. Радујем се што их више нећу срести. Били су ми утерали велики страх у кости, јер су ме раније три пута затварали. И данданас кад видим Немца на телевизији у оној униформи из Другог светског рата, ја кажем жени и деци: – Или гасите телевизор или ја излазим из куће. Сав се најежим. Свака се длака дигне на мени кад видим нацисту или СС-овца. Или на слици у новинама. Или у некој књизи, уџбенику из историје за четврти разред основне школе. Увек се исто догађа. А мени је сада седамдесет година, па ти види како је то. Ево и сад, чујеш, мењам глас. Не могу ни да говорим колико сам још преплашен од тих пустих Немчина. То је било опасно по живот, кажем ти...

Ја трчим отуд, појма немам шта се збива и шта ме чека...

Немци се задржали, одмарали... Мајка им дала нешто хране, а отац насекао домаћег дувана, бајиновца. Онда их одвео у шталу да им покаже коња кога је сачувао током целог рата и на кога је био јако поносан. И тако, они кренули полако одоздо, из штале, а ја, трчећи, избио иза ћошка, па на њих. Онај први Шваба потеже парабелум из футроле и упери право у мене... Овако, овако на мене... А моја мајка створи се одједном између мене и њега. Како се ту нађе и одакле изниче, појма немам. И ухвати, голим рукама, за немачки пиштољ. Шваба бесан, гура је, виче, али она се не склања, нити пушта ону црну цевуљагу. Што ти је мајка... Она све сме и све може када је њено дете у опасности... И тачно је, да ње не би, ја погибох. Да је закаснила један секунд, не би ме било...

То је било ту, где је сад чесма. Умивамо се, перемо руке. Све је жива истина. Не помако се ако те лажем... Ја сам одозго трчао убеђен да су Немци одавно отишли својим путем. А они су ишли одоздо, мој отац и двојица Немаца... И кад се све још којекако добро свршило, онај Шваба, трља се по грудима, одмахује главом и хуче. Објашњава мојим родитељима како се и он уплашио од мене...

Мајка Раја, која ме родила, спасила ми је онда живот. Да она није онако хитро поступила, Немац би пуцао на мене. И вероватно би ме убио. Из оне близине није могао да промаши и да је хтео... А да се уплашио, јесте. Што од мене, кад сам бануо иза ћошка, што од мајке Раје, која га је треснула по руци. И избила му ону пиштољчину. Она сила гвожђушија звекну о калдрму и одлете чак тамо. Кад ли само стиже да га потегне из оне футролчине?!... О, Боже сачувај! То је била страва...

РАДИВОЈЕВА ПРИЧА

О куповини првог коња, Гала – Потом, о коњу званом Ми-
шко – Радивоје наставља да прича о справљању клековаче –
Српско сеоско имање, као слободна држава – Једна ноћ у
Власеницама – О гајењу дувана – О екскурзијама у Бугарску
и у Словенију

Могао бих сада да ти испричам један мој доживљај из 1952. го-
дине, кад сам куповао првог коња. Позајмио сам паре, па сам наручио
код мајстора да ми начини кола. То је за мене била велика ствар. Као кад
неко, сада, купује, на пример мерцедес. Тада је то било тако... И кад сам
све то лепо свршио, почео сам с мојим коњем и на мојим колима, овај, да
гоним пољопривредне производе на пијац. Ми смо се, овде, у Дубу, ово је
планински крај, увелико бавили воћарством и повртарством. Највише
Милеса, ја и отац Ђорђе, а најмање мајка Раја. Она ти је била задужена за
послове око шпорета, за кување јела, онда за низање дувана и за пређу ву-
не. Свако је имао своје задужење и своје послове. И старији, али и деца.
То се знало увек шта ко ради. Ко коси, а ко воду носи...

Од онога што се прода на пијацу, од тога се живело. Тако смо прави-
ли паре. Од тога смо и децу школовали... Деси се па овде, код нас, буде
јефтина ракија. Ја се распитам па дознам да је ракија у Босни много
скупља. Добар ми коњ, нова ми кола и ја решим да идем у Босну, да го-
ним ракију и да је тамо продам по вишој цени. Први пут ишао сам у Вла-
сеницу. У другој тури стигао сам чак до Хан-Пијеска. Трећу туру гонио
сам у Соколац, на Романији...

И тако сам све радио до 1958. године. У том послу, радећи са ракијом,
стекао сам добре пријатеље. Знао сам, унапред, где идем, код ког при-
јатеља, колико ракије гоним и по којој цени... На путу пробавим највише
девет дана. Некад останем пет-шест дана. Уколико ракију продам ђутуре,
пре се и кући вратим. Људи ме научише и ја решим да гоним ракију у Ту-
злу. Натоварим кола и потерам једну туру у Тузлу. У Тузли не завршим
посао онако како сам наумио, него продужим даље. Стигао сам ти ја, ми-
ли брате, и до Бановића, и до Креке, код рудара. Кад изађу из окна, црне
се као Цигани и ожедне. Жедни, жедни, оне јаде нигде нисам видео.
Ваљда се доле, у дубини земље ожедни. А, ваљда, има и страха, откуд ја
то знам?! Са рударима сам добро прошао, па сам исту маршруту поновио
још неколико пута: Дуб, Крека, Бановићи и назад.

Године 1958. продао сам овога коња и купио другога.

А како се оно зваше тај коњ, сећаш ли се?

Како се нећу сећати?! Провео сам с њим толике године. Звао се Гале.
Био је леп коњ, белац. Могао је да вуче и по хиљаду кила куд год хоћеш.

И уз Кадињачу, и уз Соколац, и куд год треба, и куд год мора. Али, ја нисам хтео да га преоптеретим. Нисам товарио на кола него пет метара, највише. И то само кад потерам у Босну, кад натоварим шљивовицу. У Босни се није могла продати љута ракија. Не, само шљивовица... Ја причам са Галом. Данима и не проговорим ни са ким него само с њим. Гале све мене разуме. Каква је то паметна животиња била, само да ти је знати. Он начуљи уши, накриви мало главу ка мени и слуша. Паметнији од живог чељадета, хлеба ми и соли ми, кад ти кажем. Од дугог времена ја му причам све што ми падне на памет, као ово сад теби. Што сам коњу поверио, то не би смео ни рођеном брату. Коњ ме никад није изневерио, а човек јесте...

Гала је наследио Мишко. Купио сам га на Соколцу од директора Задруге. Сећаш ли се Мишка?... Омален, босански коњић, али вредан, послушан, то нема... Кожа му беше сјајна, мрка, па кад га ја дотерам, истимарим. Ја сам чувао и пазио моје коње. И све друге животиње, али сад ти причам о коњима. Добро нахраним, напојим, кад се озноји ја га обришем и покријем. Кад покисне, ја га склоним. Кад је узбрдо, ја потурим раме, погурам. Прут никад нисам користио. Носио сам бич, онако, више ради параде, као и све друге рабаџије. Али ја нисам тукао моје животиње. Што би то радио?! Он ми завршава посао, а ја, због неке своје лудости или незадовољства или ко зна чега узмем батину, па удри. Е, тога код мене није било. Него, лепо, полако и свуд стигнемо и све завршимо.

Мишко ме је служио осамнаест година. Кад сам купио ауто, продао сам Мишка. И не бих га ни тада продао, него је већ био остарио и осипљивио... Са Мишком сам често гонио ракију шљивовицу у Соколац. Централна прослава у Босни била је увек 27. јула. Ја отерам једну туру данас, па се вратим кући. Ракију оставим код газде Милорада Шућура, директора Задруге од кога сам и купио Мишка. Спремим добру ракију, а увек је код мене била добра ракија, за тај њин празник, за 27. јул. Вратим се кући и догнам још једну туру. Нема спавања, ни за Мишка, ни за мене. Дан тамо, дан овамо. И још једанпут тако. Али, исплатило се. Баш се добро исплатило. Од те две туре шљивовице што сам отеро на Соколац и продао Босанцима, могао сам сво троје деце да издржим на школама за целу годину дана. Ето, толико сам, на пример, пара могао да узмем. У нас је тада кило ракије било пет динара, а ја сам на Соколцу давао за петнаест. Па ти види сад колика је то разлика и колика зарада. Три пута и више! Ја шта, море.

Е, то је била трговина, некад се тако радило... И ти знаш као се овде пече ракија и шта се ради. Увек сам пекао добру ракију и продавао по разумној цени. Никад ником нисам подвалио. Никад се нико није пожалио на моју ракију. Муслимани ми кажу:

Србине, што те нема? Од козлучке ракије боли ме чело! А од твоје, Србине, све ми фино и мило... Ону плетенку што сам прошли пут купио брзо сам потрошио. Дошао ми овај, дошао ми онај и оде оно рајско пиће... Толико сам пута погледао има ли те на пијаци и питао се кад ли ћеш опет доћи са овим твојим мелемом...

Е, па, што ниси узео једну плетенку на вересију? Па да ми платиш други пут, кад ја стигнем преко Романије... Давао сам Муслиманима на вересију. И по двеста, и по триста кила. И никад није било речи међу нама. Све је било тачно у динар. Никад ми нису ни једну једину пару закинули. Како се договоримо, онако и буде. Кад рекнемо и утврдимо договор, ту нема никакве забуне. Кад ја наиђем, нек је и после месец или два или шест месеци, паре су ту, чекају ме... А босански Срби су ме преварили више пута. Тако је било. Шта ту има да се лажемо, ово ти је истина права. Бошњак ме је поштовао, а земљак није. То ти је истина, па ти види шта ћеш с њом...

Е, кад сам купио ауто, то је већ сасвим друга прича. Онда сам стизао и даље и ишао чешће. Био сам у Тузли, у Соколцу, у Хан Пијеску. У том правцу био је, у оно време, лош пут и зато сам прекинуо да идем тамо...

На овим мојим путешествијима, рекох ти, стекао сам велико пријатељство с људима. А нарочито сам се спријатељио и повезао са људима из предузећа Хидротехника. Они су градили хидроцентрале: Кокин Брод и Потпећ. Сва сам ја њихова велика градилишта обилазио и све људе знао у прсте. Тито је градио!... Како и зашто, ја то не знам и није моје да знам. Али да је грађено и да се радило на све стране, то је тачно... У Мратиње сам ишао најмање петнаест, двадесет пута. То је било неко друго време. Већ сам био купио ауто и положио вожњу. Уз ракију, гонио сам и продавао и моје пољопривредне производе...

Имао сам муштерије за ракију. О њима бих могао један роман да ти испричам... А ракију клековачу како сам правио то је, опет, посебна прича. Кога год сам питао о томе, није знао. Нико од мојих рођака и познаника, нико од сељака из Дуба није умео да направи ону праву, добру клековачу. Прави рецепт дао ми је један пуковник из Београда, женин рођак. Како ми је он поверио, тако сам правио и то је било онако како треба: да мирише на клеку, да не пече превише, него да ти лепо замирише, да је промуљаш у устима и прогуташ, па да лепо осећаш као се слива наниже, само као нека топлота и да знаш тачно докле је дошла, док те не обузме она њена сила, просто ти се отворе четворе очи. Е, такву сам ја клековачу правио некад. А правим и сад, али немам више стрпљења да погодим све шта треба и како треба као некад...

А најгоре ми је било за вењу. Не можеш направити клековачу баз вење. Него сам нашао људе на Златибору и они су ми отуд слали вењу. Ти знаш шта је вења? Јесте, оне бобице што зру на смреки. Ми, овде, кажемо – клека, па тако од клека испадне – клековача.

Стекао сам многа пријатељства ходајући светом, што послом, што у трговини, што онако, за свој рачун. У Генералштаб у Немањиној улици улазио сам кад сам хтео, као да сам тамо био на некој служби. Стражари, млада војска, били су већ упознали мој ауто. Поздраве ме, ја уђем. Поделим кутије у којима сам сложио флаше са ракијом. Мајорима, пуковницима, генералима, свима. Ништа ту није било сакривено. Имао сам папире, потврде и анализе да је мој производ сто посто чиста ракија, а јачине у градима или степенима, по договору. Никад у животу нисам од другога купио ни једно кило ракије, па да сам препродавао. То никада. Боже сачувај. Зато што сам имао моју ракију у коју сам био 100% сигуран. Што би узимао од другога, па да се осрамотим код мојих старих и верних купаца? Што ми то треба?! Овако ми је најбоље: знам шта сам радио и знам шта продајем. Чист образ, а опет и добар посао. Тако треба...

Било је година када сам пекао и по седам хиљада кила ракије. Па и више! За најбоље године, толико, а кад су осредње онда педесет метара. Деси се и по четрдесет, тридесет метара... Кад испечем двадесет метара ракије, то је за мене било мало. То је било мало. Али ретко се дешавало да година баш толико омане.

Отац и ја направили смо нову бурад. Нове каце. Могао сам тада, негде крајем 60-тих и почетком 70-тих година, у моје каце и у моју бурад да примим пун вагон ракије. Па ти види каква је то сила била. Имали смо велики лампек од 200 килограма. Била је то права фабрика за производњу ракије, овде у дворишту и тамо, у качари. Ништа друго него фабрика, кад ти ја кажем. Сећаш ли се ти оног страгог лампека? Шта кажеш, колики је био? Права грдосија! Он је нама припао кад је дељено имање. Кад се Ђорђе делио са Стеваном и са Ђунисијем, припадне нама лампек, јер смо и онако само ми скупљали шљиве и пекли ракију. То је, опет, друга прича, како сам од стричева откупио очевину, како сам све сачувао. И још проширио имање. Сачувао сам своје краљевство и освојио нове територије! Шалим се, какво краљевство, него, кажем ти тачно каква је код мене ситуација. Ништа није изгубљено, распродато, страћено. Него увећано и, прилично, проширено неким, горе, њивама и са нешто шуме.

А кад мало боље размислиш, свако ти је сеоско домаћинство као нека засебна држава. Има своје границе, има територију, владара или газду, војску или чељад. Свако од хиљада и хиљада сеоских краљевстава у Србији има све што му треба. Може да опстане сасвим само. Производи за своје потребе скоро све, осим соли. Има своје изворе чисте, хладне воде. Има своје пашњаке за исхрану стоке. Има шуме за грађу кућа и других објеката, као и за огрев. Има путеве, додуше често каљаве, али и то се, у последње време доста поправило. Ено ти нама, асфалт је дошао до раскршћа код оскоруше, пошав у засеок Пејиће. То је стотинак метара од наше куће. Ето, а да не говоримо, сада, о струји, радију и телевизији и осталим стварима. И село се много изменило, напредовало. Е, само још немамо телефона. И сигнал мобилне телефоније мимоилази ово наше брдо. Терен је незгодан, нагиб свуда велики. Тудгоре, у нашој њиви званој Нартак можеш да телефонираш, а доламо, код куће, не можеш...

Прошле године купио сам деци нов лампек. Ено га тамо, у качари... Јер време ми је да мрем. Остарило се, нема ту шта да се прича. Старост, пакост, сећаш ли се како је говорио мој стриц, а твој деда Стеван? Ој, старости, пакости! А, ми млађи и ви деца слатко смо се на то смејали. А сад ја говорим као покојни Стеван. Тако ти је то. Време је да се мре. Мора и на то да се мисли...

А сад, ових дана, правим горе још један резервоар за воду. Деци, унуцима...

Заборавио сам да ти испричам... Које сам муке имао са коњем и колима. Троје деце у Ужицу у школи и ја, сваки час, прежи, товари, па преко Кадињаче, фури, фури. А најгоре ми је било за огрев. Нико неће ђаке да прими на стан без пет метара дрва. Ја у шуму, сеци, цепај, товари, па опет уз Кадињачу, гурај, гурај... Па, деси се, снегови ударе, завејан пут преко Кадињаче, а ја куд ћу шта ћу, јооооооооој, муке моје! Сватим код комшија, даље се не може, заноћим. Родитељи и жена чуде се код куће што ме нема. Па то је било... ко зна колико пута, да ја са Галом или после са Мишком преноћим негде на путу, да закаснимо и намучимо се, не зна се ко више, човек или животиња... Сад да ме неко врати у оно време, мени се чини да не бих могао издржати. А, онда, све се могло, стизало, нико те није ни питао можеш ли или не можеш... До пола ноћи спрема се за пијацу, од пола ноћи полази се на пут. На пијацу морам да осванем. Имао сам своје старе муштерије које су чекале мене и питале за мене и нису хтели да пазаре код другога. Испродајем, спремим паре, дође септембар, полазе ђаци у школу, троје деце, треба унапред платити стан. Све на три места. Треба купити књиге њима трома. Ајде и књиге, али треба свима купити и нешто ново од одеће, од обуће. На месец дана уочи почетка школске године почиње припрема. Зависи шта је најбоље родило, воће, поврће... Живина, по неко јагње, стара ракија... Ја сам школовао децу и то је био наш циљ, моје жене и мој, али, кад погледаш, могао сам направити три набоље куће у Ужицу. Јесам, Бога ми. То је истина жива.

Ниси ми испричао оне твоје чудне доживљаје кад ноћу путујеш, па се негде задржиш, па те снег изненади на путу, па ти се нешто учини украј пута, привиђа, е, те ствари, то ми причај!

Па, да, било је тога, дешавало се. То је кад сам оно ишао за Соколац, па закасним и онда морам ноћу да прођем сам кроз планину. Коњ осети курјака или медведа и почне да фрче на нос. Туче предњим ногама као војник, корачи па фркне. Ја онда скочим са кола, па га ухватим за узду под саму браду. У другој руци држим фењер и дигнем га изнад главе. Те животиње, које је коњ осетио, нису ме никад напале. Нити сам их ја видео. Али, најтеже ми је било да смирим коња. Ноћ, глуво доба, шума густа, црна, ветар дува, хуји између стабала, не види се ништа, мрак. Грање замахује као да нека сила пружа руке, хоће да нас зграби и то ти је. Коњ само што не прсне, фрче, дрхти, сав мокар од зноја. Кад фркне, мени се учини да му ватра избија на нос. А како је тек мени онда било, ћути, не питај ме ништа. Није било ни мало згодно.

Једне ноћи у Власеницама, пуна штала, немам где коња, не могу нигде да преноћим. И још, поче снег да пада. Хајде, рекох, још тих десетак километара. Имао сам доброг коња, стићи ћу касом до Дрињаче за непун сат. Тамо ћу сместити коња, а за мене није важно, ја ћу лако. Имао сам на себи топло, сукнено одело, какво се онда носило... Стигнем у Дрињачу, свежем коња у шталу, положим му сена и правац, кафана. Кад тамо гужва невиђена, слегло се неког народа, Боже сачувај. Укрстило, једно другоме седи у крилу, на глави, не зна се ни ко пије ни ко плаћа. Једва некако уђох и све би било у реду да унутра није било страшно загушљиво. Мени то беше смрдљиво и несношљиво и ја не могох то да трпим, него решим да ноћим напољу, на мојим колима. Скинем неколико бурића, прострем доле сено, па преко сена неку поњавчину и начиним лепу постељу на канатама. Тада још није имало ни церада, ни најлона, ни ових пластичних фолија, што би човеку у оваквој неприлици добро дошло. Али, био сам млад, јак, здрав, преноћићу под ведрим небом, шта ту има, а и није ми било први пут. Покријем се оном сукненом доламом и заспим онде, на колима. Новац што сам имао сакријем испод једног бурета, до каната. А нешто мало завијем у марамицу и турим у недра. Ако ме неко нападне и тражи паре, даћу му овај остатак. Ево ти! Више нема. Газда однео пазар. Ја сам рабација у газде, вучем ракију, а паре немам... Било је пљачке, било је свачега. Омркнеш, а не освенеш. Поједе те мрак. Ништа ме не питај. Морао си бити спреман на све, видра, само да опстанеш... И ја сам тако, размишљајући шта ће бити и како ће бити, заспао.

И, кад сам се пробудио, хоћу да устанем, оно не могу. Да се подигнем, јок! О, мајко моја, шта је ово сад!? Шта ћу, куд ћу?... Искобељам се некако, погледам, кад оно снег пао и скроз ме завејао! Целе ноћи снег је падао и нападао у слоју, једно 40 сантиметара, а ја ништа нисам осетио. На месту где ми је била глава, оно около окопнило како сам дисао. Толико сам био уморан и неиспаван да сам ја спавао као заклан. А снег ме затрпо, скроз. И како сам се, ваљда, мало био окренуо у сну, мени је лева нога изашла испод оне покривке и укочила се, начисто, не могу да се покренем никако. Имао сам на себи панталоне од сукна и дугачке гаће од дебелог беза, али џаба је све то. Снег се на мени отопио и нога ми промрзла. Осећам да ме полако хвата зима. Ја онда некако на једвите јаде устанем, сиђем са кола. Покупим оно сена са каната на камару, па запалим. Ватра се разгори, а ја трчи тамо, трчи овамо око оне ватре. Кад се колико-толико раскравих, одем до штале да видим шта ми је са коњем; положим му још мало сена, па се вратим. Оно већ и зора поче да свањава. Видим да је велики снег пао, барем пола метра, ако не и више. Ко ти је онда чистио снег, нико. Није било ни камиона, ни тешких возила да разбију онај целац. Коњ не би могао да прође туда ни са саоницама, а камо ли са колима. Чекам да видим шта ћу и како ћу. Још је рано и нема нигде никога; нема саобраћаја, нема ништа. Не могу да пођем...

Како сам се на крају раскравио и пошао Бог свети зна. У главном, до Љубовије, а то је четрдесет и више километара, ишао сам поред кола пешке. Нисам се пео на кола. Нити сам смео да се попењем, па да ме мраз докрајчи, нити сам могао да идем поред кола. Коњ је вукао и кола и мене. Једном руком држао сам дизгине, а другом ивицу каната. И тако сам путовао... Било ми је хладно, али ко те пита. Био сам мокар од снега и од зноја као да сам покисао. Од Љубовије већ почиње да ме боли лева нога, која ме и данас-дање боли. То ти је било 1956. године, а сад је 2002, па ти види колико је времена прошло. Ишао сам по бањама, али ту ногу никада нисам залечио. Ево и сад идем са штапом. А све је последица оне ноћи у Дрињачи када ме је снег завејао на колима. Боже ме сачувај, црни синко. Само да ти је знати како је то страшно било! Оно сукно се смрзло на мени, па се укрутило и онако грубо и храпаво огули ми колена. Ја журим колико игда могу, не смем да застанем, јер ако станем и охладим се – готов сам. Колико смо брзо ишли, само да што пре стигнемо кући, били смо врели и ја и коњ. Пуши се моја мокра, врућа одећа, пуши се она покривка на коњу. Дахћемо и ја и он, а дах нам се бели и леди у ваздуху...

Колико си спавао, сећаш ли се? Колико си лежао на колима док се ниси пробудио. Мора да си спавао бар неколико сати док је нападао тај снег?

Откуд знам? Увече, негде око девет, десет сати стигао сам у Дрињачу. Док сам намирио коња и легао мора да је било негде око десет сати. А пробудио сам се пред зору. Спавао сам најдубљим могућим сном бар четири-пет сати. Кад је снег почео да пада и шта се дешавало нити знам, нити сам ишта осетио, човече. Тако сам чврсто заспао. Не знам ни сам. Ех, кад бих ти ја причао детаљно каква је то мука и патња била...

Било је неродних година, када воћке нису рађале. Али, наши шљиваци и јабучари веома ретко су били баш без икаквог рода. Натоварим јабуке на коњска кола, па отерам у Лозницу и заменим за кукуруз. Одатле отерам Циганима крпе у Ваљево, а одоздо – кукуруз. Увек сам држао по две--три краве у штали. Наша трава и сено не може ни толико стоке да исхрани, па сам морао да купујем жито, и пшеницу и кукуруз. Углавном, бавио сам се повртарством и воћарством. Јабуке треба обрати, шљиве покупити. Јабуке сачувати, а шљиве осушити или сасути у цибру, па онда испећи шљивовицу. На крају, од шљивовице препећи љуту ракију. Па, ракију сместити у бурад, па претакати у стаклене балоне, у канистре или у флаше. Има ту посла и посла. Такав је наш, сељачки живот. Да се ради мора се, а да ли ће се имати – не зна се. Колико пута се деси да се шљива лепо расцвета, а да је, још тако у цвету, убије слана. Па, догодине, нема слане, него нека друга сила не да плоду да сазри. А да не причамо о граду, не дај Боже...

А тек ракија! Она је посебна прича у мом животу. Ни сам више не знам где сам све ишао због ње. Да кренем одозго, са севера, од Сомбора, Новог Сада, Зрењанина, Београда... Па онда Босна: Соколац, Власенице, Хан Пијесак, Тузла, Крека, Бановићи... Градилишта хидроцентрала: Мратиње, Кокин Брод, Перућац, а то ми је близу, готово пред кућом... Терао клековачу неким пријатељима у Шабац. Где ме све није било, ни сам не знам... Па сам гајио дуван...

О дувану ми још ништа ниси причао?

Откад знам за себе овде се гајио дуван. Када смо погорели, 1943. године, повећали смо производњу дувана на двадесет до двадесет и пет хиљада струкова. Дуг је процес гајења дувана, брања, сушења, слагања, али, на крају, узму се лепе паре. Дуван се нама увек исплатио. Шта све нисам радио са дуваном да ти је само знати: и садио и крчио, обнављао, проширивао, куповао, продавао... Од њега сам правио грађевине. Био сам међу првима и међу најбољима, произвођач дувана на добром гласу. Као најбољи произвођач дувана у општини Бајина Башта био сам члан делегације Републике Србије. Ми дуванци ишли смо и стизали свуда. Био сам у Бугарској десет дана. Било је највише дуванаца од Ниша, од Врања и од Крушевца. А из западне Србије једини ја, Радивоје Вуловић, сељак из Бајине Баште, село Дуб, задња пошта Злодол... Тако да смо за тих десет дана обишли целу Бугарску и видели сва њихова достигнућа. Био сам и на Златним Пјасцима, у Варни, на Црном Мору, у Пазарџику, Пловдиву, Софији, видео Русе, не знам где нисам био. Целу Бугарску смо обишли уздуж и попреко, државна делегација, брајко мој, то нема. Нагледао сам се њиховог стопанства. Било је то 1966. године. Руси су применили комунузам код Бугара. Приватно тамо није ништа остало, само задруге зване колхози и совхози. Све је сређено и уједначено, дивота једна. Села смештена у равници, ушорена, улице праве и широке, све под конац. Каква је једна зграда, онакве су све. Какав је намештај у једној кући, такав је у свакога исти, у длаку. Горе чувају овце, доле се гаје руже, паприка, па виногради. Тада сам лично у Бугарској видео грозд белог грожђа сорте афуз од пет килограма један. Бацио бајо на вагу и сви гледамо, тачно пет килограма и нешто јаче. Један грозд, онај највећи и пуна кофа. Показали су нам и лубеницу од 54 килограма. То је жива истина. Лубеница као пола бурета... Гледао сам где се гаји поврће у лејама дугим по пет--шест километара. Па наступи предео грожђа, па онда покрајина дувана. Дуван, дуван, дуван... Путујеш сатима, а около само дуван и ништа осим дувана... И хајде све то некако схватисмо и сварисмо, али тек онда наступи стопанство ружа, која је тек то сила, да те мили Господ Бог сачува! Бугари гаје руже на велико и од ружа справљају екстракте и мирисе. У тој покрајини све мирише на ружу, лепо, али мало слаткасто, отужно. То су на хиљаде и хиљаде хектара под ружама, да ти је само стати па гледати... И све се тачно зна шта ко ради. У стопанству се ради осам сати, а прековремено се посебно плаћа. Када беру дуван, плаћа им се толико, за брање грожђа добију оволико, за руже зараде такође, онда крену у лубенице, па у паприке. То им је све било дато и омогућено, али народ је био незадовољан и жалио се на тај и такав режим. А нама кажу: Благо вама са вашим Титом! Све су нам тако говорили. Е, сад шта је било? Нема више ни Тита, а нема ни Руса у Бугарској. Ништа није вечно. А кад је Тито био жив чинило се да ће живети ко зна колико...

Па после, које оно године би, као најбољи произвођач моје општине ишао сам са републичком делегацијом у Словенију. И у Словенији сам био десет дана. Обишао сам и Кршко, јер се наша општина братимила и пријатељила с њима. У Кршком смо становали, а обилазили смо околину на десет километара у кругу. Куд нас све нису водали?! Словенци су ме изненадили колико су вредни и радини. Ми Срби, у односу на њих, и нисмо неки убојити радници. Словенци су опасни радници. Јој, мене, па то нису људи, то су праве кртице. Водич нас четири-пет у групи одведе код комшије. А онај човек почео нешто да ради у штали око стоке. Ти мислиш да ће он прекинути посао зато што смо ми банули?! Ма, јок, море! Да ће изаћи предаме зато што сам ја свратио ненајављен, а тога код Словенца нема. Кад мени неко дође, ја остављам виле забодене у ђубрету. Идем да видим ко ми је то дошао, а посао може и да сачека. Е, код њих, видиш, тога нема. Човек прво заврши посао, скине радни мантил, умије се, па тек онда: Браћо, где сте? Пријатељи моји, како сте? Тако треба! По сат времена чекали смо домаћина. То је истина жива. Рад се не прекида, никако, то нема силе. После ја размишљам и кажем сам себи: Па, ови паметнији од нас. А мени кад сврати комшија или пријатељ, ја све остављам и крећем да га поздравим, да га угостим, да га испоштујем, па се то отегне летњи дан до подне. Словенац, паметан. Прво заврши све што је планирао, а потом може све, и дружење, и пиће и песма. Све може. То је паметно. То ми се страшно свидело...

РАДИВОЈЕ ЗНА И НЕМУШТИ ЈЕЗИК

По цео дан он разговара са својим животињама: коњима, кравама, овцама, свињама, кокошкама, гускама, паткама... – О првим колима са гуменим точковима – О аутомобилу марке „фолксваген – караван“ – О печењу ракије и о обичајима код казана

Да ти кажем нешто... Ја сам велики љубитељ животиња. На пространству мог имања живе скоро све врсте домаћих животиња. По цели боговетни дан ја послујем око њих и разговарам с њима. Ја знам њихов немушти језик и ми се одлично разумемо. Овде, у авлији, видиш неколико мачака и пса чувара. У доњем дворишту и у башчи шета перната живина: кокошке, ћурке, патке, гуске, морке... Један стари гусак је цар тог простора. Мораш да му се јавиш кад наилазиш, а ако му се не допаднеш хоће и да нападне. Ничега се он не плаши... У обору су свиње: крмци, крмаче и прасићи... У тору су овце: један ован предводник са меденицом око врата, неколико оваца, двиске и јагањци... У штали су говеда: краве, јунице и телад. Било је, раније, држали смо и по пар волова. И, знаш и сам, увек сам имао коња. Са њим сам се највише бавио, с њим највише времена проводио, у раду или на путу. Ми смо били као једно биће. Он је користио моју памет, а ја његову снагу. Ја сам учио њега, а он мене. Није се десило да ме не послуша, а ретко сам употребљавао штап или бич. Само кад баш мора. Он мени да знак шта може да се уради, а шта не може. И ја то поштујем... Кад долазим у шталу ја му се лепо јавим: Мишко, ево мене! Ја сам, Мишко. Хоћемо ли да идемо да радимо нешто? Он се мени јавља: Мммммм! Јеси ли добро, благо чику? Јеси ли се одморио, а? Сад ће чико теби да да зоби... А он виче: Мммммм!... Добро, Мишко. Прво морамо да идемо на воду. Мишко је жедан, је ли тако?... Мишко мени одговара: Ммммммммм... Видиш како Мишко слуша чика. Хајде сад на капију... Отворим капију, он оде сам на воду. Све разуме, дивота једна... Мишко, пожури! Да се брзо вратиш одоздо, јеси ли чуо? Чико жури! Немам времена да се завитлавам с тобом!... Хоћеш јес, кад год ја стварно журим, он онда неће одмах да дође мени, горамо. Него се почне играти по башти. Е, онда мора да добије батине. Сутрадан Мишко иде брзо са воде. Све зна, кад ти кажем! Коњ тачно зна кад је скривио и унапред се спрема да добије батине. А коња изударај а да није крив, вратиће ти мило за драго, кад тад. Ово добро упамти шта сам ти рекао. Коњ је најпаметнија животиња. Вратиће ти. Удариће те репом по очима, ако ништа друго. Тако је то с коњем... А овако са кравама. Долазим у шталу, нешто кажем, јавим се обавезно, оне гледају оним њиним очима као да ме питају: Па, где си ти досад? А ја кажем: Деде, чико да очисти на овој страни балегу и остало. Добро. Е, хајде сад на ову страну, моментално крава се премешта на ону другу страну. Е, сад ће чико теби да положи свеже сено у јасле. И да будеш добра. Немој сено да набијаш на рогове и да растураш. Немој да брложиш, јер не може чико да долази код тебе сваки час да чисти. Јеси ли чула шта сам ти рекао?... Она мене гледа, не трпће. Онда добије сено или траву. Понекад нешто погреши, а ја је по рогу – чук, мало чукнем штапом. Сад, пошто сам матор увек носим штап, па ми он помаже у разноразним ситуацијама... Онда, кокоши! Јесте ли ви мени гладне? Где сте биле? Јесте ли шта ишчепркале? Јесте ли се накљуцале? Да вас није дирао јастреб, а? Оне се скупе око мене: Ко-ко-ко-ко-ко!... А патке, где су патке? Јесу ли патке отишле да се купају? Нема патака, пате, пате, пате! А оне иду са бунара: Га-га-га-га-га!... Кад чују мој глас како их вабим, како их зовем, ето ти их са бунара, читаво јато патки и пачића, долазе к мени. Дигну главе, па само што не кажу: Ево нас, чико! Што си нас звао? Шта ћеш лепо да нам даш? Какву си нам посластицу спремио?... А ја носим у лонцу младе тикве, па њима то само располутим и оне се лепо нахране и угосте. Док си трепнуо, тога нестане. Други пут спремим мало кукуруза или пшенице, па им то расподелим, сипкам на камаре. Деде, лепо да ручате! И немој да се свађате и да растурате... Оне кљуцају и погледају има ли још, а ја гледам шта раде и уживам. То је тако фино, то ти је онај прави сељачки живот... Па, онда свиње: Где сте ви, благо чику? Јесте ли огладнеле? А кад свиње нису биле гладне? Ево чике, носи вам ручак! Деде, Бели! Ево теби првом. Ево и теби да се не би љутио. Ево и вама, осталима, ево свима. Тако, тако... Јутрос сам им причао. Можда си чуо како разговарам са мојим животињама? Јеси, помислио сам да ћеш чути. Ја то тако радим и то волим... Онда овце, зна се. Једног овна зовем Рогоња. Рогоња, дођи овамо! Он дође к мени, а све овце за њим. Ја турим у шаку мало соли и он оно олиже до солнице. Немојте да се гурате и да се свађате! Која почне да ријева ону до себе, штап је ту. Тишина! Па, чукнем мало по глави. Или по рогу... Оне то поједу, а ја питам: Шта ћемо сад? Хоћемо ли да идемо на пашу? Хоћемо. Добро, хајде полако на пашу... То ти је мој начин опхођења са животињама, лепо, полако и оне слушају. И ја то волим, тако радим сваки дан. То ми је ушло у крв, то је мој живот...

Да ли те је коњ некад изневерио?

Имао сам два коња. Држао сам их укупно двадесет и две године.

Више си пробавио са коњима, него са чељадима.

Никад се није десило да ми нешто нису извукли или да су ми направили неку штету. Тачно знају кад се шта ради, где се иде. Тачно су знали кад треба поћи кад стати. Нема викања: Ооооооооо! О! О! Нема звиждања: (звижди) Стој! Одмах стане. Стаје, ја завијем винт, стајемо. А кад треба да пођем, пењем се на кола, седнем, гледам около да нисам шта заборавио... Мишко! Крећемо, идемо...

Колико си само пута долазио с коњем у Лучане?! Колико има од Дуба до Лучана, је ли, Бога ти? Како си успевао? Куд си све стизао?

Са коњима, а јој!... Колико сам пута с коњем отишао код чике у Чачак, ни броја се не зна. Натоварим вепра на кола и отерам чики. И сувих шљива, и јабука, и ракије... А долазио сам и у Лучане неколико пута, више пута, ни сам не знам колико пута. Нисам ја то бројио, ни памтио... Дотерам Циганима крпе у Пожегу, предам и скокнем, часком до Лучана, шта је то за мене и за Гала или за Мишка... Одвуд понесем ових наших, сељачких производа, а отуд Бошко нама пошаље неке старе ствари. Те машину за прање веша, купили нову, мени даду ону. Те креденац, тај, видиш, још служи, само је префарбан у бело...

Овај је креденац, чини ми се, био и у Крстацу?

Ко зна?!

Можда и у Зеокама?

Лепа ствар, некако старинска. Свако воли да га види. Био је још један орман, већи. Ено га у подруму. У њему држим алат и којешта... А с коњем... Не знам где све нисам био с коњем. Био сам, на пример, и у Лазаревцу!

Чекај, како то иде: стално седиш на колима и возиш се или идеш поред њих?

Возим се низбрдо и равницом. Док ме задњица не заболи и док ми се дроб не преврне. Их, као да је имало сицева или сунђера као данас?! Точкови оковани шинама грме по калдрми. Колико сам света видео путујући тако, па сам тек, много касније, дочекао гумене точкове и асфалт. Кад сам 1964. године старе точкове на колима заменио гуменим, то је за мене била велика ствар. У целом селу Дубу први сам направио кола са гуменим точковима. То је било чудо! Људи су долазили да виде о чему се ради. Каже: Радивоје се вози као господин човек! А ја намонтирао гумене точкове. Сви су се борили и чекали на ред да седну са мном и да се провозају барем до Злодола или до Заглавка, ако не даље, до Ужица или до Бајине Баште. Такво је то време било. Шпедитер, човече, први у Дубу! Нема више цимања и цуцања, него само клизи, пузи и чују се Мишкове копите. Уживанција жива, а кад погледаш шта је то – гума, просто ко пасуљ. Која је то срећа била и који напредак, јој! Ћути, молим те! Ма, какви!...

А тек ауто! Какав сам ја ауто имао, мили брате!... Ја дођем у Бајину Башту, паркирам мој ауто и одем да свршавам своја посла... Кад се вратим после пола сата, а ја не могу од народа да приђем до аута!

Која оно марка беше? Фолксваген караван, јел тако? Јесте. Ти си некако лепо возио, имао си смисла за вожњу. Умео си лепо да тераш онај ауто...

Пуних шест година сам га возио. Прешао сам 247000 километара. Направи сад ауто и пређи толико! То су Немци направили, а прва серија била је најбоља... Ја турим 600 литара ракије у Дубу и отерам у Нови Сад.

Чујем мотор до Чачка, а од Чачка кад кренем према Горњем Милановцу – не чујем више ништа... То зуји као пчела... Нема шта, то је заиста био ауто. Није што је био мој, ма није то... После купим мали трактор, било је то 1972. године. Производња Томо Винковић, прва серија. Ламбурцини мотор из Италије кад су оно монтирали у Бјеловару. Служи ме и данас-дањи. Трактор и ја, равно 102 године. Сад у јулу месецу напунили смо 102 године. 18 коња он и ја деветнаести. И још иде као да је јуче купљен. Јеси ли видео како иде? Јесам, него шта, завршава ти посао. Ја, овако матор, не бих могао сићи у Дуб, нити изаћи из Дуба до у Вуловиће, да ми није њега. Деси се, ови моји оду да раде, мени оставе тракторчић. Ја упалим машину, понесем им ручак и стигнем у сваку њиву. И син ми, Љубиша, довуче дрва, сено. Извуче ђубре... А сад су ми унуци, Иван и Марко, главни возачи. Они се побију, док су били мањи, који ће да вози тракторчић. Данас ти, Иване, а Марко ће сутра. Ја направим распоред, нема друге. Да се зна...

Да ли икога на свету воле унучад као мене? Свих петоро! Петоро унучади имам. Сви ме воле више него икога. И стварно ме воле. Све, све, али деду највише... А деда, обавезно, кад се заврши школска година, ђачке књижице пред деду и деда није стипса. Норма се зна: одлични добијају – толико, врло добри – толико, добри – толико, поправни – нема ништа. Али, хвала Богу, никад нису ни падали на поправни, дакле, нема поправног. Ево, сад ће опет септембар, унуци полазе у школу, а кад дођу код мене обавезно добију бакшиш. Норма се зна... Или кад ја продам нешто, краву или свињу или овцу, долазе унуци: Деда, је ли дошло до пара? А ја их онда постројим, по старијеству. Кад би само неко снимио како то мени лепо изгледа. Они ме грле, љубе. Деда, ово, деда, оно... И да они мени кажу да нешто неће?! Тога нема. Деда каже: Марко, иди на воду! Марко, додај ми виле! Или: Марко, товари ђубре! Све ради. Или: Иване, Бојана: Иди пусти краву на воду! Марија, ово или оно. Нема тога да они кажу деди да неће, тога код мене нема. А баби прво кажу да неће, па је тек онда послушају. Деда никад не псује. Ја не псујем. Јеси ли ти мене икад чуо да псујем?

Не сећам се.

Не можеш ни да се сетиш... А јуче, кад смо радили, овде, у авлији, јеси ли видео како то иде? Постављамо црево у канал Марко и ја. Лепо, полако, нема љутње. Овде се ради онако како деда каже. Не може друкчије, је ли тако? Јесте...

А кад ћеш мало да ми причаш о шљивама, о печењу ракије, о дувану?

Е, да ти причам... Ракија моја, домаћа, никад не може да буде скупа. Колико год кошта да кошта она није скупа. А сад ћу да ти објасним како. Ево како, пази... Знаш ли ти шта све има да се ради око ње? Прво: посади шљиву. За то треба имати добру садницу. Ако немаш, мораш купити. А за то ти требају паре. Посадиш шљиве, добро. Ако не ореш башту око њих и не ђубриш, ако их не окречиш, не закрешеш – ништа ниси урадио. Хајде све то: то су улагања. Дође дан да шљиве роде. А оне почињу рађати тек треће, четврте или пете године. И сваке године шљива је све већа и све више рађа. Тек сад долази оно најгоре... Ја сам смањио моје шљивике. Имао сам три хектара под воћем, а сад немам ни један и по хектар. Можда, хектар и двадесет ари. Уништио сам воћке у Батви. Извадио дољамо, испод куће. Уништио (показује руком)...

Зар нису биле старе?

Јесу, још их је мој ђед посадио... Ево шта је: нема ко да покупи толике шљиве. И нема ко да то ради, да заврши тај посао. Ја сам остарио. Плус: имао сам тај удес са колима, операцију ноге. Ћути, једва сам жив остао. И то ти је сад тако... Ови млађи, садиће нешто, шта ја знам. И, овај... Е, то ти је мука жива: покупити шљиве. Где је равно, ђене-ђене, некако се и покупи. У мене се десили воћњаци у страни. Земљиште изломљено, испресецано потоцима, нагиб велики, ко зна колики, можда и 40%, ко зна... Треба воћњак очистити, на време закосити, па тек онда покупити шљиве... Добро, да кажемо да је покупљено. Имаш ли где да је сместиш? Треба ти каца. Деси се лоша каца, па она жидина и све оно што ваља исцури. И шта си радио? Ништа... Добро, покупио си, сместио у каце, сад треба пећи. Кооооооолико ти дрва треба да ложиш казан? Одсеци, дотерај из шуме, скрати, исцепај, спреми да се ложи. Па, треба пећи... Ја сам по 40, 45 дана спавао у качари! У кућу нисам улазио...

Док се пече ракија.

Док се пече ракија... И дању и ноћу. Нема прекидања!

Чекај, да те нешто питам. Колико цибра ври? Колико треба времена да цибра проври, сазри, да може да се пече?

Напуниш кацу шљивама до врха. Кад проври, погледаш одозго, удари велика пена. Ја волим да препуним кацу. Шта радиш, Радивоје, што препуњаш? А ја кажем: То ми је остало од ђеда да тако радим. Тако је он радио, па тако и ја... Јер, онај сок цури одозго и импрегнира кацу, па и обручеве. Раније су и обручеви били дрвени. То набрекне и затегне се... И не пече се док се на цибри не ухвати покорица. По томе сирцу, ми ту покорицу зовемо сирац, ми знамо кад треба пећи. Кад је добар сирац онда слободно пеци... Ако не стигнем да печем пре зиме, онда обавезно скинем ону покорицу. Сирац буде дебео и по пет сантиметара. У њему је све оно што не ваља. Чим залађња сирац оде на дно каце и онда ништа ниси урадио... Е, тек онда почиње печење ракије. Пеци, пеци, пеци... Пеци, пеци ракију... Деси се лоше буре, исцури ракија. Кад дођеш у подрум, а оно бара испод бурета. Е, онда је већ касно. Морао си мислити раније. Мораш имати нову бурад, нове ствари. Буре мора да се спреми, да се мало запари, па да се добро опере. Ракија не сме да тукне на буђ или на труловину. Кад уђеш у мој бетониран подрум, спремљен за пола вагона ракије, нигде нећеш видети ни једну кап да капне. Мој покојни отац Ђорђе имао је обичај да каже: Радите шта год знате, само немојте ракију да ми просипа- те. Где капне то ни кокоши не покупише. И стварно, кад се радило, рани- је, увек се проспе нешто пшенице, које зрно кукуруза. Ђорђе није замерао, није грдио. То све кокошке покљуцају. Али ракију просути, то отац није дозвољавао. Најгоре ми је било кад журим: Радивоје, иди наточи ракије! Ја одем, узмем црево, али, као за инат, мало ми капне на бетон. Само не- колико капљица, али се учини велика бара. Радивоје, зар се онако точи ракија?! Ако ми се прелије флаша, ја онда узмем шаку брашна из рание, поспем по оној барици, па ногом трљам, трљам. Узмем крпу и све оно по- купим да се ништа не познаје. Само да Ђорђе не види шта је било... Пеци, пеци, пеци ракију. Испечемо ракију. Родила година, цена ракије ниска, лоша начисто. Нема ни за она дрва што си погорео. А где су тек сви оста- ли трошкови? А порез за воћњак? Држава разрезала много већи порез за шљиваке, него за њиве и земљу ораницу. Држава удара на воће, на гро- жђе, на шљиве. Друга је ствар што сам ја био способан, имао људе и при- јатеље, и увек успевао да сву моју ракију продам изван матичне општине. И платим порез и добро зарадим... Муслимани су пили само шљивовицу. Кад седну, њих десет, намире и до педесет литара. На пијаци у Власени- цама седну у круг са прекрштеним ногама и почну да пију око подне. До предвече попију најмање по две флаше. Србине, веле мени, само ти рец- кај! То да ја пишем колико су попили. Ево, Мујо, пишем на канти!... Не- ће Србин направити две црте, ако је једна. Неће... А имало их је који су писали пет рецки, иако треба само две. И заврше посао. Пију, разговара- ју по васцели дан, али се никад не посвађају. Ја их нисам чуо да повисе тон, да дигну глас, да почну грдити, никад. Слушам ја шта причају, нај- више о стоци, о пољским радовима, о кући и фамилији, али све лепо и по- лако... А да о швалерају Муслиман говори, то никад чуо нисам... Такав је то неки народ... И кад он теби каже: Беса, Србине! – Ма, можеш му сло- бодно дати милион динара. Вратиће ти кад рекне. У недељу, у недељу. Ре- као је: У недељу! Вратиће ти паре у тај дан, то знај сигурно...

Да ли смо завршили причу о ракији? Имаш ли још шта да ми испри- чаш о томе? Разговор скрену у другом правцу, а да нисмо ни приметили... Кад се пече ракија то је прави догађај, зар не? Окупе се пријатељи...

Окупе се пријатељи, направи се велико друштво и велико дружење... Ми, дољамо, у качари, печемо ракију. Комшије наиђу овуда, путем, иду из дрва. Нема никакве потребе да ја њих зовем у качару.

Прилазе.

Долазе, зна се то. Неће ону стару ракију, из подрума. Него хоће да пробају ову што се сад пече.

То је такав обичај.

Ово је нова! Боља од старе. Прошлогодишња не ваља, остарила. То је тако, знаш... Жена скува кафу. Седимо и причамо, шалимо се, тако то би- ва... И мени се дешава кад наиђем преко села да свратим код казана где се пече ракија. Без, једно, сат-два нема ништа. Ако не свратим, није у реду и пријатељи се љуте. Како сам ја свратио код тебе кад си пекао, тако и ти сврати код мене кад ја печем ракију. Ето, то ти је, укратко, о печењу ракије, примера ради. А могло би да се прича, иха, још, на широко и на дугачко...

МУКЕ РАДИВОЈЕВЕ

Прича о дувану: кад биљка одвоји први крст, онда може да се залива – И ми смо, преко лета, кад дођемо у Дуб, на ферије, по мало низали дуван – Како је нестала чувена сорта дувана бајиновца – Мишана – стара сушара за шљиве – Ја сам, вели Радивоје, освањивао у кафани, али се никада нисам опијао, нити сам коцкао – Шта знам, људи ме, ваљда, волели

Нисам се уморио. Волео бих ја то повезаније да ти причам. Али, некако не иде. Не може.

Добро иде. Ко каже да не иде, иде. Не можеш ти свега да се сетиш у оном моменту када је справа укључена.

Имао бих ја да ти причам мој доживљај, да почнемо ујутру у осам, довече, до осам.

Тако ми и причај. Шта ти падне на памет. Заборави на машину. А ми ћемо то, касније, да средимо, да дотерамо. Ништа ти не брини.

Па, добро...

Дошли смо, ваљда, до дувана, јел да? Причај ми како се дуван гаји, све редом...

Ево како. Фебруара месеца дуван се сеје. Семе добијамо од предузаћа. Не дају нама да остављамо семе са наших њива. Ја бих могао да подгајим семе, али они, из института, набаве боље, здравије, родније... Научници селектирају више сорти како би добили најбољу, шта ти ја знам...

Направе га бољим. Учине га моћним...

Фебруар прошао, дуван посејан. Тај дуван, раније, није се расађивао... Кад сам ја био дете није било најлона као данас. Кад посејеш, свако јутро и свако вече се залива. Није било ни канти, прскалица, него у лонче воде и метла. Прска се само колико да се биљка оквaси, још нема заливања... Кад нов дуван никне, чим почне да се укршта, да прави крст, лишће да се укршта, онда се тек мало више залива. Кад биљка освоји први крст, онда се залива. И подгајиш расад једно седам, осам до десет сантиметара висине... У међувремену, припреми се парцела на којој си наумио да гајиш дуван. Узоре се на време и лепо се обради. Данас имамо ове култиваторе и фрезере који самељу земљу. Раније смо дрљали са коњем или са воловима, и по два-три пута, па никад земља није била иситњена као што то уради фрезер... Сад долази на ред сађење дувана. Дуван се сади у редове. Шездесет са двадесет. Ред од реда – шездесет сантиметара. Струк од струка – двадесет... Онда, дуван треба заштитити. Раније, док сам био дете, дуван се није прскао, нити је било икакве болести. Сад створише препарат и против пепелнице. Против дувана је ишло нешто ситно, готово невидљиво – биљне ваши. Часком опасе лиску дувана. Куда прође ваш лист више није ни за шта. Те смо зато почели прскати. После се појавише и друге болести. Па прскај, прскај дуван. Ко шта ради, ја само трчим и прскам мој дуван. Падне киша, ја све морам да оставим, како пригрева сунце, падне роса. Канту на леђа и гурај!... Било је година кад сам гајио и по 20–30.000 струка дувана. Како да пустим да ми то пропадне?! Одро сам леђа од канти... Чим дуван порасте једно 50–60 сантиметара обавља се први подбир. Беру се одоздо две-три лиске. Дуван почиње да зри од земље. Кад је сасвим зрео он буде лимун-жуте боје. Лиска жута ко лимун! Бере се на њиви, слаже у котарице, понегде кажу – котобањ. Упрти на леђа и носи кући... Е, онда долази на ред сушење. Имали смо по 380–400 мотки дугих по четири метра. На пуно места навеже се конац како би се причврстили дугачки низови дувана. Главна алатка је игла за низање, пљосната и дугачка 25–30 сантиметара. Лист се прободе кроз петељку, а на једну иглу стане по стотинак лиски. Мајка Раја и моја жена Милеса најбоље су и најбрже низале. Њих две су могле и по двадесет мотки на дан да нанижу. И то, уз сва остала женска посла... Заврши се једна берба, после пет-шест дана следи друга. Направе се сушила по целој авлији. Ујутру се онај нанизани дуван, привезан за мотке, износи из шупе на сунце. Предвече, чим прелади, мотке се враћају у шупу, да на дуван не падне роса...

А ако се, не дај Боже, наоблачи и запрети киша да ће пасти?...

Десило се хиљаду пута: одемо купити сено, пуна сушила остану у дворишту. Кад оно загрми... И док ми дотрчимо, на пример, из Батве, овде дуван покисне. Мотка га мало заштитила, ако је већ добро сув. А оно што киша скреше, лево и десно, лиска, на тим местима, само поцрни!... То више није ни за шта...

Их, Бог те мазо! Џаба цео посо?!...

Џаба... После изумише, хвала Богу, ове пластичне фолије. Ми овде кажемо – најлон. И ја направим, први у селу, нова сушила за дуван покривена најлоном. Набавим трубе најлона дуге по 20, а широке по 5-6 метара. И ја то све покријем. Тамо (показује) и тамо (поново показује) свежем. Комотно изнесем дуван да се суши. Више га не дирам док не буде сасвим сув.

А кад падне киша?

Ништа. Најлон је мало нагнут и вода се слива са стране... Тако смо скинули мало терета са грбаче. Ратосиљали смо се тог залудног посла око уношења и изношења мотки... Кад се само сетим. Загрми, хоће киша. Раја, весела, почне викати: О, Милеса! О, Радивоје! Грми с Мрамора! Потрчите дуван да се унесе!... Двеста-триста нанизаних мотки напољу. Треба то унети. А на шупи уска врата, сваки час се сударимо... Кад се само сетим...

И ми смо, преко лета, кад дођемо на ферије, низали дуван, по мало.

Сећаш се како је било?

Цело двориште под моткама – суши се дуван.

М-м-аха-аха! (увлачи дим, док разговарамо, с времена на време, припали цигарету)...

Кад се осуши, скида се са мотки?

Да, да. Скида се са мотки, а онда се ниске дижу на таван. Горе су, по роговима, укуцани ексери. На сваки ексер дођу по два низа дувана.

Још се мало сушне на тавану?

Горе се он досуши. Има на крову неколико стаклених црепљика, па на тавану сунце грeje као напољу. Да се дуван лепо и брзо осуши. Мој дуван је већим делом био прва класа. Од сто килограма, седамдесет буде прва класа. А неко преда петсто килограма, а има само педесет килограма прве класе. Пази сад то! Квалитет! У томе је виц, ja сам то знао. А ту су биле и паре...

Како се зваше она чувена сорта дувана чије је семе изгубљно?

Бајиновац. То је био најбољи дуван. Кажу да је био jaк за пушење. Бајиновац и херцеговац. Наш је био бајиновац, овде, око Бајине Баште. А у Хецеговини – херцеговац. Прави пушачи тражили су само њега. Сад би могао да се обогатиш кад би негде, у неком буџаку, на тавану, иза неке греде, нашао шаку семена бајиновца. Биле би довољне и само три семенке да се тачно утврди да ли је то она права, стара сорта бајиновца. Свако би те платио сувим златом... Бајиновац је био ситан, имао мале лиске, али, кад се осуши, мирисао је на восак и на мед. Као пчелиње саће, само мало љуткасто. Тако некако... Од бајиновца су савијали дебеле цигаре. Или, као оно Енглези, томпусе. И тако пушили. Њега ниси морао да режеш и да завијаш у цигарет-папир. Кад запушиш бајиновац довољна ти је једна цигара дневно. А његов дим, рескoг и оштрог мириса, осећao се из далека и био необично пријатан. Кад у соби запалиш бајиновац, практично сви присутни пуше. Домаћин држи цигару, а сва његова чељад ужива у оном опојном диму. И зато су га људи волели... Све до Другог светског рата шверц дувана био је строго забрањен. Ако ти финанц или жандар нађу само једну кутију у џепу, награбусио си. А за неколико паклица, ишло се у затвор... У тој гужви и несрећи народ се слабо бавио дуваном, а, као за инат, и године су биле неродне. И тако се бајиновац изгубио. Мислили смо наћи ће се бар колико за семе. Дуго смо се надали. И људи су доносили неке сорте сличне бајиновцу. Убрзо би се утврдило да узорак није оригиналан и да понуђени дуван није ни приближно сличан оном о коме су приповедали наши очеви и наши дедови. Свашта људима падне на памет. Куне се човек и тврди да је у џепу неке старе доламе нашао неколико семенки, да је посејао и расадио и да је добио бајиновац. Али, кад смо савили по цигару и запушили, одмах сви закључисмо да нема ни говора о бајиновцу, него да се опет ради о најгорој могућој крџи. Љуто ко отров... И тако се затро сваки траг бајиновцу. Нема, па нема. Како онда, тако и сад... Шта ћеш; тако ти је то...

Е, сад, благо мени, људи господски гаје дуван. Береш дуван, доносиш кући. Нижеш нарочитим, савијеним иглама, па слажеш на рамове. Раније си морао да набадаш уз нокат, па на конац. Рамови иду у сушару која се ложи два три дана. Овај поступак даје 70 до 80% дувана прве класе. Жут као лимун, дивота једна.

Зар није била, горе, на врх обронка, сушара за шљиве?

Јесте. Имао сам мишану, до скора је стајала у авлији. Нисмо је користили, јер нико не тражи суве шљиве. Најбоља за сушење била је маџарка или пожегача. Наступи нека болест звана шарка и уништи нам све маџарке. Никако више не успевамо да је подгајимо. Не иде, па то ти је. Свака кућа имала је мишану са љесама, а сада је више нико нема. Ја сам и по 1000 килограма сувих шљива продавао! Знаш ли ти колико је то? Еј, бре, 1000 килограма! А да би добио једну тону сувих, потребно је пола вагона сирових шљива.

Како је слатка кад се осуши...

И сад су опет направили сушаре специјалне конструкције. Нисам то још видео. Комшија је ишао у Љубовију и гледао. С једне стране убацују се шљиве на неким љесама, а с друге стране излази сува, готово. Људи, иноватори, направили сушару. Исто је и са дуваном. Више не откупљују сув дуван, него само сиров. С ове стране слажу, дуван иде кроз сушару, а с оне стране излази сув. Све иде аутоматски, а као гориво користи се нафта. То суши. Али, мора да се дежура као код казана. Ракија кад се пече нема мрдања од казана. Нема. Ово у мене изгори (показује дланове)...

Може ли ко да те замени? Стално ти?

Тата мало, увече, помогне, а ја сам стално, нема ту шта. Доста сам плаћао покојног Јоксима Вукадиновог, твог рођака из Недића, знаш? (Слежем раменима, појма немам ко би то могао бити.) Он ми је био десна рука. И тако, Јоксим и ја, по десет, петнаест дана печемо ракију. Ђоко нам мало помогне, колико може као старији човек. Тако ти је то било... Е, данас је лако. Могу људи да гаје дувана и по пола хектара. Лиске по метар дужине! Велике лиске, Бог те није мазо! Корен ко прст дебео. То је чудо Исусово!... Кад будеш докон прошетај, овуда, па горе, до Негошевог и Јоловог ђеда, ето ти дувана! Има и комшија Миле, овде, изнад куће, поред самог пута. Уђи у дуван, погледај и увери се колика је стабљика.

Кад сам долазио одоздо, из Дуба, нисам приметио дуван овде негде, у близини.

Нема, нема, нема. Само горе и у Пејићима. Дуван не може доле. Само горе. Изнад пута. Тако му је то. Онде где може виноград да се гаји, ту може и дуван.

Треба му сунце.

Буде леп, жут. И јак, кад се пуши. Тако ти је то, мој Мићо... И сад ће, изгледа, људи опет да гаје дуван. А ја га не гајим већ неких 35, 40 година... На пример, Мићо, ја сам ти и дан данас, као што и сам знаш, велики радник. И децу сам увео у ред. Све они знају да раде и није им ништа тешко радити... Али сам волео и људе, а поред људи кафану. Ја сам освањавао у кафани. Долазим из кафане, родитељи спавају, сви спавају. Ја се распремим и, бајаги, њих будим. Жена ме никад није издала. И одлазим да тимарим коња или да спремам трактор, ауто...

А целу ноћ ниси био код куће.

Целу ноћ био у кафани. Еј, целу ноћ! Осванем. Зора свиће, а ја тек стижем кући. Отац да ме ухвати да сам ја био у кафани, Боже сачувај. Говорио ми је: Увек сврати у кафану. Али, чим буде десет, једанаест сати, иде се кући. Али, друштво!... Све што сам створио, створио сам с пријатељима, с људима. У Новом Саду, у Тузли, у Бијелом Пољу, свуда сам имао своје људе. У Црној Гори, у Босни, у Војводини. Да ти не причам о Соколцу, о Мратињу, о... Само тамо где нисам никад био, нисам нашао ни човека и пријатеља. Људи и људи који ме и данас поздрављају преко људи. Само ми неко рекне: Поздравио те тај и тај, одатле и одатле. Ко то би? Како би?... И тек се сетим. А, јесте! С њим сам доста хлеба појео. А колико смо пића попили, то ни сам Бог Саваот не зна. А сад немам никога... Имам децу... И тебе, кад наиђеш... Кажем, не може човек без човека, не може човек без људи... Све што сам у животу урадио и створио, све с децом и с пријатељима. Овде сам све обновио (осврће се и показује око себе, у разним правцима). Јел видиш да је све обновљено? Обновљено. Зграде нове. Ову кућу, у којој нас двојица седимо и беседимо, реновирао сам, ону направио. Јеси ли видео нову шталу? Каква штала, то је права кућа. Јеси ли видео све остало? Па, фуруна, па чардак, па обор за свиње. Добро, нов свињац направићемо, син и ја, до зиме... Све сам ја то створио из кафане и са људима. А трошим седамдесет и трећу годину. Још се никад ни са ким посвађао нисам. А тек побио, не дај Боже! Никад!

Па, добро, шта се догађа у кафани? Јел се воде разговори? Да ли се попије по нека? Шта се ради?

И то да ти кажем: никад нисам коцкао. А целу ноћ седим са коцкарима. Понекад пишем рецке, али да напустим кафану, да одем кући, људи ми не дају. Није им интересантно ако ја нисам с њима. Шалим се, дирам тебе ако губиш, а и овога што добија, причамо. И завршим све пословне ствари са људима у кафани. Договоримо се, на пример, ја ти кажем: Мићо, дођи сутра у ту и ту кафану у том и том граду. Треба да попричамо о једној ствари да се нешто договоримо. У Ужицу, у Чачку, у Бијелом Пољу, није важно где. Ја те чекам, ти долазиш, ми завршавамо посао. Све важне ствари завршио сам у кафани, све уговоре, све послове...

И волим кафану и данас дањи... Само што сад не могу (чукне штапом о ивицу стола) да идем никако. То је сасвим трећа ствар. То ти је то... Кажем ти, чудна је то ствар, да сам оволико света прошао, а да се никад ни са ким посвађао нисам. Никад, никад. Чим се двојица свађају, ја им лепо кажем: Мићо (хвата ме за подлактицу), Миле, оставите то за други пут, за сутра, прекосутра. Немојте... Ако видим да не вреди, онда, лаку ноћ. Здраво, журим. Одох. Било на свадби, било на прелу, било на бабинама, било у кафани... Где се двојица свађају, Радивоје неће бити трећи. Оде Радивоје! Ако се побију, после морам још и да им сведочим. Шта је било и како је било. Сукобила се два овна на брвну, ето шта је било. Него ја то фино, полако, извучем се из гужве. Деси се, у кафани, налетиш на неко лоше друштво, на сумњиве људе, па још и под гасом. Нека су и најгори, ја лепо понудим пиће. Ако попије, попије, ако неће, још боље, ником ништа...

Кажи ми, чича, Бога ти, јеси ли се бавио политиком?

Не. Политика, ништа. Политика, не!

А шта је било оно са Земљорадничком задругом? Па, око увођења струје, изградње путева?

То, да. Путеви, струја, на томе сам много радио, то је тачно... Па, ја сам основао Задругу у Злодолу. Био сам, годинама, председник те Задруге. Водио сам, неколико пута, раднички савет на пољопривредни сајам у Нови Сад. Долазио сам, с њима, и у фабрику Будимка, Пожега. Водио сам их и на хидроцентралу Кокин Брод кад Бајина Башта још није била изграђена. Водио сам људе по Југославији, ни сам не знам где све нисмо стигли... Шта ја знам, људи ме волели. Ништа није могло без мене, ни весеље, а ни жалост. Нико ништа не прави а да мене не зове. У Бајину Башту, на Тару, у Костојевиће, на Кадињачу, у Заглавак, на Пониква, било где. Ја сам ишао. Свуда сам ишао. Ето. Тако је било, тако некако. Ето... Никоме се нисам улизивао, никога нисам вукао за рукав, ничије доламе и скуте нисам носио, никоме дланове трљао нисам. Што ти рекнем, то тако мора бити. Ја те слагати нећу. То нема силе! А не волим ни ти мене да слажеш. Нека буде онако како смо се договорили, па ком опанци, ком обојци... Ретко ме је неко, у животу, преварио, а ја нисам никога, нити сам помислио да тако нешто учиним. Поштено? Поштено... Ако сам ти обећао петсто килограма ракије, да буде 12 гради, знај сигурно да ће тако и бити. Градирај сто пута, мора бити 12 гради. Или 10 гради. Или онако како смо казали. Или љута 20 гради, то ти је 45 до 50%. Хоћеш ли ти јачу љуту? Добро, може да буде и јача. Али, клековача није смела да пређе 45 степени, а то је 18 гради. Онда је јака, ватра жива, жари и пали. Ето, та љута што је сад пијеш, она је много јака. Преварио сам се ја, лично. Спремао сам за унукову свадбу, велим себи, нека попију сватови. За неки дан опет морам мало препећи. Понестало ми. Шљива не рађа, ево већ пета година. Попило се, осегло. У подруму звоне празни бурићи. Нема, остало још сасвим мало ракије. Нек иде у бестрага, ово ми се никад у животу није десило... Тако ти је то, мој Мићо. Тако сам ја провео ове моје године, све до седамдесет и треће...

Како је ишло са струјом? Како су текле те ствари кад је у селу Дубу и засеоцима увођена струја? Кад се овај пут правио? Кад се радило...

Све! Сва струја, шездесет прве и шездесет друге године, сви послови око увођења светла, све је то прешло преко мене. И све је било тачно у динар са Епсом. Нико није отишао на суд... Деси се, на пример, ти попијеш неку или, просто, дуне ти, и нећеш да извршиш уплату. Увек сам имао новца и ја платим за тебе. А теби ништа не говорим и ти и не знаш да сам ја тамо платио. Касније, доћи ће дан када ћемо намирити рачуне. Неко ће ти објаснити о чему се ради, или ћу ти сам рећи: Мићо, чича Радивоје платио струју за тебе. А ти сад види шта ћеш, снађи се, продај нешто, јер и мени требају паре. Ти онда схватиш да је ствар завршена на најбољи начин, захвалан си, пун среће. Тако сам радио. Деси се, људи заиста немају. Извлачили смо на трасу стубове за нисконапонску мрежу. Човек нема своју шуму, нема одакле да одсече, а нема ни новца. Иди у мој гај, одсеци две бандере! Па, како ћемо, снебива се. Лако ћемо. Кад будеш, некад, могао, ти ћеш се мени одужити. Мени ће у гају порасти друго дрво. Само да завршимо посао. Била је то мука жива! Ништа ме о томе не питај... Кад смо увели струју, 1962. године, први у општини Бајина Башта и први у селу Дубу, засеоци Пејићи, Вуловићи и Поповићи, направили смо велику прославу. Била је завршена и трафостаница, за наше сељане право чудо. Сијалица упаљена у Пејићима сијала је седам дана и видела се чак на Кадињачу. Ко год је видео шта смо ми овде урадили рекао је: И ми ћемо овако! А други су уздисали: Лако је вама кад имате Радивоја! И ми бисмо давно увели светло да је Радивоје наш... Не знају они за муке Радивојеве. Ни један посао у Бајиној Башти нисам могао да завршим док не одведем људе у хотел Инекс. Па ти сад види колико је то све мене самог могло да кошта. Мислиш да сам ја о овоме неком причао? Да сам данас потрошио 1.000 динара на пиће са људима. Никад. Никад то рекао нисам, нити сам од кога то тражио. Али сам зато посао завршио... Друго, кад смо радили пут из Дуба до у Вуловиће ја сам од Електране у Перућцу добио двеста милиона. Они су људи мене ценили и волели. Њином синдикату давао сам и по хиљаду килограма јабука прве класе. И пут кроз село смо завршили, шта ћеш лепше? Тако ти је то било... Ништа се није радило без мене. Кад се у селу чује: Поручио Радивоје да се данас изађе и да се раскреше пут, да се направе скретнице, да се среди шта треба, сви радо послушају. Кад је дошло на ред асфалтирање, опет је све ишло преко мене. Троје прасади сам заклао, радници и шофери појели. Шта је све било уз то, за мезе и за пиће, то је сасвим трећа ствар. Пут је самог Радивоја коштао као пола села. Па после кажу: Лако је Радивоју! Уме Радивоје с људима! Богме и нека кажу и истина је... Ето, тако је било. А ти, Мићо, веруј ако хоћеш...

(Преслушавање прве траке завршено 6. децембра 2003. године.)

ДРУГА ТРАКА

ЗЕМЉА РАДИВОЈЕВА

Као ūрави срūски домаћин Радивоје оūисује своје имање које се састоји од њива, ливада, воћњака, шума, извора... – Све његове ūарцеле имају своја имена, особине, квалитет, као да се не ради о стварима, него о живим бићима

Први је септембар 2002. године, тачно је 11 сати. Присутни су Радивоје и Милеса Вуловић. У касетофону је друга трака. Говори Радивоје:

Моје имање захвата површину од неких седам осам хектара. Најдаље од куће су ми две њиве зване Упољу, доле, у Дубу. Оне су равне и простиру се поред реке. Две њиве. На њима по три године сејем кукуруз, пшеницу, па онда једну њиву заливадим по четири пет година. Кад то време истекне ја их опет узорем да посејем кукуруз или пшеницу. Од тих њива до моје куће има неких 1,5 до 2 километара пута. Раније, био је то пут прави сеоски, са рупама и блатом, са јадима и чемерима. Е, данас, тим путем долазим до куће лако и брзо, јер је асфалтиран.

Кад се долази у Вуловиће пролази се поред дубске цркве брвнаре?

Јесте. Та црква брвнара стара је око двеста година. Направљена је од дрвета и дрветом је и покривена. Тек је прошле године тај стари кров замењен новим. Мајстори Осаћани који су направили нашу цркву и многе сличне богомоље по Србији долазили су из Босне. Има један предео звани Осат, недалеко од Дрине. Отуд нама долазе вешти мајстори, дрводеље. Целу цркву склопе без и једног ексера, без ичега металног. Све оно што си видео од дрвета је. Какви су то мајстори били! Бољих није било у три царевине. О њима се и данданас испредају легенде, како су радили, као су вешто користили алатке, како су говорили неким нарочитим, мајсторским језиком. Они су из Осата ишли у печалбу по целом свету, и на исток, у Србију, и на запад, у Млетке, и на север, у Аустрију, и на југ, у Турску.

Нису правили само цркве, него и друге грађевине потребите Србину сељаку... До моје куће, одоздо, из Дуба, имам следеће комшије: звани Сврачићи, па Лушићи (четири, пет кућа), па, горамо, Пејићи (једно две куће) и овде, где ми живимо, Вуловићи (само три куће). Синовац Јоле живи упољу, а остао је с нама само још један комшија. Усамили смо се, што јес јес. Деца су отишла својим путем. Баба и деда су овде сами у засеоку Вуловићи, село Дуб, задња пошта Злодол. Сами смо остали. Држимо мало стоке. Деца долазе да помогну радити и тако... Живи се некако... Онда, имам још једну њиву звану Мрамор. Њу сам ја купио и припојио мом имању. Далеко ми је од куће једно километар. На том месту имам њиву и мало шуме... Онда имам једну њиву звану Брдо. Пола њива, а пола шума.

То ми је подаље од куће... Онда, имам два воћњака у Батви. То ми је уда-
љено једно четристо метара од куће. И имам неких хектар и по ливаде
зване Доња Батва. То ми је даљње имање... А овде, у окућници, имам че-
тири пет хектара имања. Ту ми је воће. Ту су ми повртне башче. Горњи
део имања, повише куће, звани Нартак, сад ми је ливада, пошто више не
гајим дуван. Ту косим траву, чувам овце. То ми је ту, уз кућу. Око куће је
све заграђено као код сваког доброг домаћина. Да се зна чије је шта и до-
кле је моје, а одакле почиње твоје... У баште пуштам овце и не морам да
их чувам. Оне обитавају у тору који је уз шталу. У штали су краве, јунице
и телад. Раније је ту био и коњ, то сам ти причао јуче. Под кућом имам
обор у коме држим свиње, два три крмка и једну крмачу. Поред свињца је
кокошар за живину. Осим кокошију гајим и патке, гуске, ћурке, морке...
Од грађевина имам све што једном сељаку треба. Близу је качара са каца-
ма за шљиве. Иза качаре је природна вода, извор који је открио мој деда
Марко. Због те воде он се и доселио овде и основао овај засеок. На тој во-
ди дигнута је спомен плоча на којој пише:

> Првом насеонику овог засеока
> Марку Ђ. Вуловићу
> рођеном 1857. а умро у Зворнику,
> као заробљеник, 1914. године
> ову воду подижу
> синови: Стеван, Ђорђе и Ђунисије
> и унук Бошко, учитељ

Колико овде још има извора?

Има још четири извора око куће. Један испод куће саме, где појим сто-
ку, краве, овце и свиње, све животиње саме оду на ту воду и пију колико
год хоће. Ту се и блате, каљужају, раде шта хоће. То ми је, за животиње
згодно. А имам и две воде изнад куће. Једну сам увео у кућу још пре три-
десет година, направио купатило. А баш данас сам завршио полагање
пластичних цеви за другу воду. Бетонски резервоар је већ завршен, још
само да ставим плочу одозго, као поклопац. За четири пет дана биће и та
вода уведена у кућу. Било је потребно појачати притисак и повећати ко-
личину воде за потребе више моје чељади. Кад дођу деца и унучад да се
могу раат окупати. Раније се дешавало кад дођу њих петшесторо из њиве,
радили, купили сено или шта друго, знојави, да се оперу, да се истушира-
ју, они испразне резервоар и не могу да се окупају. Деда Радивоје хоће да
им направи воду. Јер, мени је време да мрем. Стар сам човек. Оставићу
успомену мојој деци... Биће воде, ако Бог да, за једно пет шест дана...

Ова чесма иза качаре, има ли она какво посебно име?

Кад су се овде доселили Маркови преци, кад су стигли из Херцегови-
не, били су неких два километра одавде. На том месту није било довољно

добре воде. Била им само једна вода, а и она понејака. Мој ђед Марко нашао је ову воду овде, он је први дошао до ње. Ту је било укопано једно буково дебло. То се звало стубло. Вода се захватала из тог стубла и добила је по томе име, вода са Стубла или само Стубло. Ту је точена у судове и ношена даље. Сви сусељани су користили ту воду. И мој стриц Радојица и све остале комшије. Горе, у врху башче, постоје још две воде. Ја имам право на њих, али сам их препустио комшијама. Да и они имају добру воду.

А извор звани Студенчине?

И Студенчине су на Вуловића имању, на Јоловом. Наше право на ту воду је сто посто. Сада је извор каптиран и вода је цевима одведена у поље. Људи су дошли и питали ме да користе Студенчине. Нису могли ништа док им ја нисам одобрио. Водите, али оставите и нама. Сада је тамо бетонско корито увек пуно, видео си. Појимо стоку. Кад пођемо у Батву неким послом са Студенчина носимо хладну воду... Студенчине један, Стубло два, горе трећи и четврти, доле пет. Има још један у потоку, иза штале, понејака вода извире и то стално. Пустим у ту башту свиње, а оне направе себи брлог па се сите искаљужају.

Ко је направио систем за заливање?

То је мој отац Ђорђе смислио и направио. Метне мотику на раме и рекне: Одох ја да залијем башту. А шта је радио? Он је мотиком усмеравао канале у разне делове баште. И ја сад то исто радим само цевима. У бунар код Стубла стане два вагона воде. Више се не просипа узалуд, него добро служи за заливање поврћа. Како ми кад затреба, ја регулишем помоћу црева. Моје поврће је на далеко чувено. Моја деца ништа с пијаца не купују. Све што им треба прозводи се у мојој башти. Прошетај доле кад си докон и види какве су и колике паприке које сам ја заливао и одгајио.

Како се оно зваше тај део твог имања?

Ђорђе му је дао име Лазина. Ту је раније био воћњак. Старе шљиве повадио сам булдожером. Пола користим као ливаду, а другу половину као повртњак. Површина Лазине је нешто већа од хектара кад се све узме у обзир. Вода са Стубла згодна је и за ливаду. За мање од две недеље покосићу трећу траву са Лазине... Горе, више куће, тамо је моја велика њива звана Нартак и уз њу храстов забран, велика шума... Овај део, изнад саме куће, зове се Горња Башча. Испод куће је Доња Башча. Трећи воћњак, тај према Студенчинама, зове се Башчица.

Свако место има своје име. Да се зна где је шта!

Свака њива у сељака газде има своје име. Она њива што ми је најудаљенија зове се Мрамор. Јесам ли ти помињао Мрамор? Она што се налази на брду, зове се Брдо. Она ливада која се налази иза два воћњака, на којој сада расту само ораси и јабуке, зове се Батва и подељена је на Горњу и Доњу Башчу. Прва ливада с ове стране зове се Средња Батва. Следећа ливада, која се протеже до Поповића, према цркви брвнари, она се

зове Доња Батва. Ту имам и нешто шуме. На крају, купио сам и једну ма-
лу њиву, зове се Равне, зато што је равна као овај астал.

А где је она?

Горе, у Равнама. Иза Нартка, па још мало напред, на ту страну.

Према Пејићима, па мало лево?

Горе, горе, горе... Право, овако (показује патрљком кажипрста, као да
нишани), сад горе. А она њива на раскршћу код оскоруше, на месту где се
завршава асфалт, зове се Пејића башта. Кад сам је купио ту је био воћ-
њак. Воће сам искрчио и почео да гајим поврће, малине и дуван. Дуван ми
је најбоље успевао у Равнама. Те две мале њиве купио сам само због ду-
вана. Пејића башту преписао сам старијој ћерци да на том плацу напра-
ви викендицу. И била би та кућа до сада готова да не би рата. Деведесете
се зарати и та несрећа траје и дан-данас. Ћераћемо се још, што рекао Ма-
тија Бећковић. Што ја волим да га слушам кад оно говори на телевизији,
то је чудо једно. Рече ми један чоек, код једнога чоека... Кад га слушам
разумем сваку реч и свака му је на месту. Али, да поновим шта је рекао не
бих могао па да ме убијеш. Племе његово, његови преци, ко зна колико
колена, проговорило је његовим гласом, на његова уста. Животно иску-
ство и мудрост сажета је у свакој његовој речи. Кажеш да су то стихови,
песме? А мени се чини да чујем гласове и поруке мојих дедова, прадедова,
чукундедова и свих осталих, укључујући и беле пчеле. Све што су хтели да
се запамти и да се зна, а нису стигли да нам кажу, говори Матија... Добро,
пева, како ти кажеш.

На раскршће, код оскоруше, долазили смо са запаљеним лилама.

Сећаш се тога? Јесте, јесте... Кажу да је наша црква брвнара у први
мах била саграђена на том месту, али да је касније, за једну ноћ, расклоп-
љена и премештена доле, у Поповиће, где се и сад налази... Чудно је то
место, јако, привлачно. На први поглед, ништа: вододерине, обале, пресе-
ке, нешто мало ливаде, један гроб... Али, ноћу, кад пролазиш туда, сасвим
је другачије. Неке силе се укрсте, шта ли, ветар хуји из гаја, сенке се пре-
мештају и комешају, језа те подилази и журиш да што пре прођеш даље,
да измакнеш из тог вира. На неколико корачаји даље, мир, тихо као да се
ништа не догађа. И лишће на гранама шљива и јабука не трепери, не по-
креће се. Шта је то, сам Бог свети зна...

ПРВЕ ШЉИВЕ У ДУБУ

О брату Мићи, поново – Затим, како је деда Марко крчио храстову шуму и садио прве шљиве у селу Дубу – О пет последњих, неродних година

Хоћеш ли сад да ми причаш о родитељима, о оцу, мајци, брату, сестрама?

Па, ето... О брату, Мићи, већ сам ти причао. То је кратка и тужна прича, болно место у породичним легендама... Школовао се у Ужицу. За време оног рата, 1943. године, више пута ишао сам код њега, јер отац није смео да иде у град. Немци су често купили таоце. Мало, мало па крену у акцију и хапсе. Не питају ни ко си, ни шта си, него трпају у затвор... И онда, слали су мене, уместо оца, у Ужице. Ко веле, ко ће дирати дете?! Био сам дечко тада, несташан, немиран, али и вредан и послушан. И волео сам да идем брату, у Ужице. Торбу упртару на леђа, зембиљ у једну руку, зембиљ у другу и одох ја преко Кадињаче. Носим брату мало хране, коју преобуку и још којешта... И ето, 43. године, кад смо оно погорели, онда га Бугари удаише по руци. Носио је плаву и модру масницу два, три месеца. Канда му је и кост била напрсла... И после, године 44, Бога ми биће септембра, овога месеца, отишао је у Ужице по сведочанство и да се упише у осми разред гимназије.

Ово је његова слика?

Јесте. То је његова слика на зиду. Ту стоји више од пола века. Нико не сме да је дира. Мића нас гледа. Ми гледамо њега. Прошло је толико Лазаревих субота без њега. А опет, био је, на неки начин, присутан свим нашим весељима и свим жалостима. Кад палим славску свећу, палим је испод Мићине слике. Кад долазе гости, пријатељи, комшије, баце поглед горе, прво се поздраве с њим, па после са мном. Славе, приславе, обетине, рођендани, ништа није прошло без њега. Сви новорођени под овим кровом знају Мићу као свог најближег рођака, а никад га нису срели нити ће га срести. Само та његова слика, са ђачком капом, стоји ту и подсећа нас на рану која се никада није сасвим зацелила. Осим воћњака и извора сви ми овде наслеђујемо и жалост за Мићом и бол који никако не престаје да нас тишти. Који ли је разред похађао кад се сликао не знам, видиш ли бројку на капи? Окренуо се мало устрану, па се не види...

Трећи или четврти? Шта пише?

Пише: шести... И ухватише га Љотићевци и отераше... Остали смо сестра и ја. Сестра нам је најстарија била: Радмила, звали смо је Продана.

Баба јој је тако тепала, па је од Радмиле постала Продана. Можда је то била народна гатка, обичај да се пред туђином право име не износи. Ко би се сетио да је Продана, у ствари Радмила?! Звао се овако или онако, нико не умаче својој судбини, па тако и Продана. Удала се 1947. године недалеко одавде, у Заглавак, у Деспотовиће, у богату и јаку фамилију. Родила је двоје деце, имам двоје сестрића. Кад су деца поодрасла и стигла за средњу школу, они су се преселили у Ужице. Заједно смо купили једну стару кућу, и адаптирали је како би се у њој могло становати и живети. То је било неких Кремића који више нису живели у Ужицу. Одлазио сам у Београд неколико пута док нисам успео да средим папире. То смо оставили тако, нисмо хтели ништа да преузимамо. Ја сам, на крају, рекао: Сестро, то је ваше!... Могло се надзидати, дићи спрат на то приземље, али ја то нисам хтео.

Неко је зидао, касније, и направио читаву стамбену зграду.

Кад се будеш вратио у Ужице, окрени главу од Алексића моста, познајеш добро Ужице, погледај, па ћеш се уверити шта је и како је и колика је сада та кућа. Фудбалер Стаменковић купио је од мога сестрића Зорана, а Мијага од Стаменковића. Мијагу убише, а Стаменковић се оклизну на степеништу у својој згради и погибе. Ко је новце наследио и ко је даље градио, појма немам, а није ни важно.

Добро, него ниси ми причао о оцу Ђорђу, Ђоки, а ни о мајци Раји. Што ми не причаш мало о њима?

Сад ћемо да причамо, причаћемо о свему... Причао сам ти како сам растао и како је овде било за време Другог светског рата. Нећу да се понављам. Испричао сам ти и како сам се оженио. Био сам на изградњи Новог Београда, а овде ми испросили девојку. Јер мајка ме је својом дојком заклела да их не оставим. И нисам их оставио. И данданас сам ту... Све је било баш овако како ти ја кажем. Моји родитељи су тешко живели. Морало се много радити, е да би се тек опстало. А мајка ми се много насекирала око мога брата Миће. Да ли га убише Немци или Љотићевци никада нисмо сазнали праву истину... На крају је оболела. Пуних тринаест година гледали смо је, шлогирану, моја жена Милеса и ја... Отац ми се добро држао. Само је три месеца боловао и онда је и он умро. Обадвоје су живели по 83 године... И тако смо остали нас двоје, гајили и школовали децу. Обадве ћерке удадосмо и сина оженисмо. Које су то године тачно биле на знам, заборавио сам... Он је 56. годиште, а оженио се око 80. године. Унука ми сада има 19 година, па израчунај сам... И тако... Па, отац мој био је седам година у рату. На Солунском фронту, преко Албаније прешао је пешке. Дођу му другари који су заједно са њим преживели Солунски фронт. И седну у авлију да причају. Ја сам тада био дечак, па се мало посакријем и слушам шта они приповедају. Нисмо смели ми деца с људима да седимо, такво је онда било време, поштовао се старији... Јоооој! Шта сам све чуо и чега сам се све наслушао! Имао бих да ти причам о

Ђорђу и о његовим ратним друговима, па ко зна колико би то потрајало. Поход преко Албаније био је страшан, а тек је следио је Солунски фронт. Шта ти мислиш, да је то било лако?!... Ђорђе се разболео па је послат у Алжир, у Бизерту на опоравак. Тамо се показао као вредан, као добар, па га је доктор Ђоковић из Ужица узео за посилног. После Првог рата тај доктор Ђоковић правио је људима зубе у Ужицу. Кад се њих двојица сретну и кад стану да се љубе и да се грле, то су били прави пријатељи и ратни другови. Ко зна шта су све заједно препатли, а да никоме нису ни поверили своје муке... И стриц Стеван, твој деда, био је такође на Солунском фронту и кажу да су се тамо, у рату, неколико пута сретали када су се путање војних јединица случајно укрштале... Кад се рат завршио браћа су се договорила да Ђорђе, мој отац, остане на имању, на дедовини, на имању покојног деде Марка који се први доселио овамо... Направили су, за то време, добру кућу. Марко је одједном, за само годину дана, посадио шест хиљада шљивових стабала. Целу околину попунио је шљивама. Доле, у Батви, у оној равни, припремао је саднице. За свог живота посадио је сигурно преко десет хиљада шљива. А где су тек остале воћке: јабуке, крушке, трешње, ораси, мушмуле, оскоруше...?

Кад је то било?

Била је година 1912. Има деведесет година од тада. Четири хиљаде садница продао је или уступио сељацима. Којекуда, чак тамо до Пилице. А за себе је задржао све остало. Где год је могло посадио је шљиве, а онде где шљиве не би успеле, поред потока и у осоју, посадио је орасе и оскоруше. Марково воће било је најбоље у целој бајинобаштанској општини.

Како је прадеда Марко обезбедио простор за своје шљиве? Зар нису овде биле густе шуме? Мора да је искрчио те старе шуме?

Овде, где је направљена кућа, расли су огромни грмови. Секли су их, тесали и убацивали и у темеље. Горе, више куће, били су огромни пањеви које смо Ђоко и ја повадили.

То је била стара храстова шума, зар не?

Јесте, имало је храстових стабала и по један метар у пречнику. То су били грмови. Свуда около били су грмови. Све је то Марко искрчио с људима. И садио шљиве. Прича се да је покојни ђед Марко говорио својој деци: Стеване, Ђорђе, Ђунисије! Надница и гузица! Од наднице нема ништа. Ишао сам у Шумадију и надничио. Крчио туђе шуме и газдама садио младе шљиваке. А што да идем чак у Шумадију кад је код мене боље место за шљиве него у Шумадији?! И реши! Отишао је којекуда и навадио шљивића, узорао крчевину, размерио редове и посадио први шљивик.

Има ли још тих старих, Маркових шљива?

Има. Има још. Има их још можда седам-осам, свега. Ја их сада чувам. Не дам да их дирају. Ово је од деде Марка. Нека их, нека се струле. Не дам...

И тако је овде почело са воћарством?

Почето је са воћарством од ђеда Марка. А после је мој отац Ђорђе наставио. Мој ђед Марко је сушио по пет тона шљива. Толико је сувих шљива добијао из свог воћњака. То је било 1912, 1913, 1914. године... Отерат је у заробљеништво и више се отуд није вратио... Можда је била и година 1910. или 1911, ко ће знати? Марко је товарио караван од по дванаест коња са сувим шљивама на самарима. Гонио је суве шљиве чак у Ваљево. То су причали и Ђорђе и Радомир. Кад је то рађено њих двојица су били дечаци, али се тога добро сећају.

Значи да је тај велики, огромни посао прекинуо рат?

Да га нису Аустријанци потерали у ропство деда Марко би препородио овај крај. И био би веома богат човек. То ти ја тврдим, то је сасвим сигурно... Убили су га у Зворнику, отровали, ко зна шта су му урадили. Шта је било не знам. Нико то не зна. Кажу да је умро од тифуса. Неко каже да је стрељан. Шта ја знам... Био је, кажу, тих човек, миран, повучен, али паметан и вредан. Он је све ове и оволике воћњаке посадио! Куд год ти, Мићо, сада погледаш, видећеш редове шљива онако како их је Марко замислио, распоредио и подгајио... Није он имао земљомера, није било геометара, нико то није снимао ни размеравао. Све је то завршило Марково оштро око! Погледај одавде, слободно. Сад погледај одатле. Погледај овамо, погледај онамо! (окреће се око себе и показује куда треба да гледам) Овако ред, овако ред, па следећи ред, па опет тако. Је ли тачно? Јесте, наравно да јесте... Е, видиш, ја сам од деде Марка све те воћњаке наследио, па сам и ја садио како је он почео. У редове, унакрст, у продужетку или паралелно, у главном настављао сам онај стари, почетни план деде Марка.

И, који је размак између шљива? Како је Марко хватао?

Хватао је по пет метара. Није садио често шљиве. Али, то је можда и понајбољи размак, да стабла једно другом не сметају. Не бих ја пекао и по 70 метара ракије да није било деда Марковог воћњака. После Марка нове шљиве садио је Ђорђе. После Ђорђа – ја. Колико сам их ја посадио! Није било ни једне године а да не посадим од пет до педесет шљива. Вадио старе, садио нове. И тако је то дуго ишло. Али, смањио сам воће. Баш сам пуно смањио. Боље ми ишчупај срце, али ми шљиву никако не дирај. Шљиву ми не дирај, кад ти лепо кажем!

А ова година, као за инат, неродна?

Е, видиш како ту стоје ствари. Имам пуне 73 године. А памтим бар једно 60 година. И никад није било да ја нисам имао бар један казан шљива. Један једини казан. Никад! Шездесет година!... А ове године, која је ово година, 2002. је ли тако, немам ни један казан шљива. Ма, какав црни казан!? Немам ни једне шљиве, ни за лек, кад би, не дај Боже, затребало, не бих имао. Ово је сачувај Боже и саклони... Све је ово упропастила радијација. Ми смо близу Поникава, а тамо су највише бомбардовали 1999. године. Тамо је пуцало и тутњало и дању и ноћу. Све се одавде ви-

ди. Лево је Кадињача, а десно Поникве. Тамо, тамо... Гађали су и удара-
ли, шта нису радили, јој мене! Па, да ли је тамо камен на камену остао?
Све је спржено и разваљено. Ми гледали одавде, све, као на длану... Ме-
не плаши, овако маторог, да не избије каква епидемија, дете моје, да не за-
влада каква болешчина. Није ми за мене, ја сам већ при крају, при путу,
него ми је за њих, имам петоро унучади, Бог те мазо, није шала! А коли-
ко још потомака од шире фамилије! Мени је за децом, разумеш?

ПРОЗИРНИ ДЕЧАК

*Ноћ у Полому и на Дрињачи – Радивоје на самој ивици амби-
са – Санте леда у Дрини – Ледене плоче су, као ножем, од-
резале кубе потопљене цркве – Прозирни дечак иде поред ко-
ла и мува се око коња – Предсказаније*

Тачно је да су многе биљке и воћке оболеле, а, кад погледаш, има
више болесних људи, него здравих. Како се медицина усавршава, све је
више неизлечивих болести... Него, кажи ми, Радивоје, нешто ми паде на
памет: твој стриц Стеван отишао је одавде и као трговац живео у Чачку,
Ђунисије као столар у Краљеву, а имадоше ли они сестру?

Имали су сестру. Она је била удата у Недиће, то је била општина Пи-
лица. Она је родила мог рођака Бошка, твог оца.

То је моја баба?

Да, да.

Зато се ја и налазим овде, јер сам са те лозе.

Та сестра мога оца се разболи и татин сестрић остане сироче као дете
од годину дана. То сироче које се звало Бошко узела је код себе моја ба-
ба, Маркова жена, а мајка мог оца. Када се Ђорђе вратио из Солуна, оже-
нио се мојом мајком Рајом. И они су подгајили тога мога рођака Бошка.
Узели су га од годину дана, школовали, завршио је за учитеља. Он је умро
пре неколико година, а његов син Миленко, звани Мићо, сад мене ово ис-
питује све редом шта је и како је било и ја му лепо причам и описујем што
игда боље и лепше знам и умем. Хоће књигу да напише о мом животу и о
мојим доживљајима. Трудим се да му у томе помогнем колико могу. Из-
вињавам се што моје приповедање није баш најбоље повезано. Мићо, ти
види шта ћеш и како ћеш, да то што нас двојица ћаскамо у соби и под тре-
мом буде онако како треба и како стоји у другим сличним књигама.

Ништа ти, Радивоје, не брини. Све ћемо да средимо и да повежемо.
Видиш да непрестано држим пред собом списак тема и питања, како се не
би десило да нешто важно прескочимо или да некога из фамилије забора-
вимо... Него, не рече ми као се звала та моја баба?

Како јој би име, чекај, чекај... Па ти би требало да знаш?!

Не знам

Чекај, чекај мало, сад ћу да се сетим... Цаја! Јесте, Цаја. Звала се Ца-
ја, Цаја... Слушај ме добро, испричаћу ти све по реду... Мој отац Ђорђе
имао је два брата: Стевана и Ђунисија. Њих тројица имали су сестру, Бо-
шкову мајку, твоју бабу. Да се звала Цаја, то смо већ рекли. Та им је се-
стра умрла и Бошко је остао сироче... Али, како да ти кажем (даље, шапа-

том)... Имали су они још једну сестру. Била је удата негде, овамо (показује преко рамена), у неку, у то време, богату кућу. О томе се у нашој фамилији нерадо прича, јер... Десила се велика несрећа. Тај њен муж, како да ти кажем, дошло му нешто и... убије је.

Шта то причаш?!

Јесте. Убио је. Татину сестру. Убио је. Тако је то било... Била је отишла у неке Лукиће, удала се у богату кућу, али муж је убије, убије...

Тако су остала њих тројица. Чико Стеван отишао је у трговце. Мој деда, а њихов отац, покојни Марко имао је рођака, неког Ранисава, који је био трговац у Чачку. Тај рођак Ранисав одвео је мога стрица Стевана у Чачак да учи трговину и да буде трговац. Стеван је био најстарији Марков син, Ђунисије средњи, а Ђорђе најмлађи. Кад је узмогао, чико Стеван је позвао брата Ђунисија да учи столарски занат у Чачку. Касније, Ђунисије се као столар запослио у фабрици авиона у Краљеву. Пошто је та фабрика угашена стриц је прешао у фабрику вагона. У њој је зарадио пензију и тамо, у Краљеву је и умро. Стриц Стеван живео је и умро у Чачку. На чачанском гробљу сахрањен је у породичној гробници. И тако, ето...

Добро. Волео бих да ми опишеш оне, мало необичне, догађаје при ноћним путовањима. Како је то било? Идеш ноћу, глуво доба, сам са коњем и... Шта бива?

Пуне двадесет и две-три године проводио сам и дане и ноћи са коњима. Увек сам имао по једног коња. А и комшија Радоје држао је коња. Кад имамо нешто теже, неки већи терет, ми спаримо коње. Обичне послове обављамо насамо. Моје имање било је тада мало и запуштено. Касније сам ја гајио више стоке и направио добро имање. Коњ је сељаку велика помоћ. Без коња не би ништа стигао да уради, ништа да прода. Мени се знало: петком се иде на пијац у Бајину Башту, а суботом у Ужице. Четвртком се припрема за Башту и док сам ја тамо, отац, мајка и жена, спреме товар за Ужице и ја, ујутру рано, стижем на ужички пијац. Није то било ни мало лако стићи и све послове завршити како ваља. Било је, зими, хладних дана, да нисам могао ни килограм кромпира да узмем и да ставим на кантар. Толика је зима била! Ма, ни пола килограма шаргарепе или сира или кајмака или било чега. Муку сам мучио са коњима. Нема секунде, дана нити ноћи, а да нисам био негде на путу, спремао се да кренем или мислио шта ме све чека и шта све може да се догоди. Колико сам само пута прешао преко Романије!? Могао бих да ти испричам један мој доживљај са Романије?

Испричај.

Решим ти ја, шездесет и неке године, уочи Никољдана, и кренем на пут са мојим рођаком. Хоћемо да купимо кукуруза. Те године није родио, издао, горамо, начисто. Треба нам жито. Где ћемо? Хоћемо у Лозницу. Одавде нисмо гонили ништа. И тако, кренемо ти нас двојица. Био нам је план да стигнемо до Љубовије и да у Љубовији ноћимо. Сутрадан да стигнемо до Бање Ковиљаче и да у њој преноћимо. Али, не буде увек све онако како је планирано. Ми смо из Љубовије пошли, рано нам је, него хајдемоте до Полома. Ишли смо босанском страном. У Љубовији прешли Дрину преко моста. У Полом дођемо, има ту кафеција, има добро шталу да сместимо коње. Нама је било важно да сачувамо коње, децембар, Никољдан, да нам не озебу... Кад тамо, тај газда звао забаву, прело. Ми ти се удружимо с њима, млади, здрави, згодни и ја, а и рођак. Ухватимо се у коло и тако, скочи, поскочи, дрмај, ћерај, кад тамо зора свањава. Затече нас зора у колу! Нисмо спавали ни минута. Прежемо коње, крећемо даље. Стижемо у Бању Ковиљчу. Тамо сам имао познанике, неку бабу Милеву. Имала је шталу и примала рабаџије на конак. Ми смо спавали на колима или под наслоном... Дођемо ми код ње, а она мени: Где си Рале? Где си мој Еро?! Звала ме Еро, ваљда зато што сам од Поникава, од Ужица. И други су ме људи, у Босни, звали Еро... Ево ме, велим ја. Она ти увелико посечи, позвала касапине, она и њен муж, пуна кућа народа. Милева се, однекуд, више питала од мужа, ваљда старија жена. Хајде, каже нам она, сместите коње. Таман лепо што сте дошли, да нам помогнете цедити чварке. И радили бисмо и не бисмо, и можемо и не можемо, нисмо спавали целе претходне ноћи... И, на крају, немадосмо куд, него се прихватисмо оних стега. Навали, цеди, удри по оним чварцима. Домаћица нас је, до душе, нуткала са ражњићима и осталим ђаконијама. Ми ти се ту добро наједемо, па и поднапијемо. Нама је све то било лепо и занимљиво. Потпуно заборавили на умор... И кад су сви послови око посека били завршени, погледамо на сат, већ скоро пола ноћи. Намирисмо коње, шта ћемо даље? Хајде да идемо у хотел, да попијемо по које вино. Хајде. Ја и мој рођак. Да видиш само даље. Дођемо ми тамо, кад оно музика свира, певачица пева. Ере улазе, а присутни вичу: Ево Ера! Где сте, Ерцови! Еро, дођи код нас!... Сви гледају у нас, у оно наше сукнено одело, били смо им симпатични. И тако, у песми, уз вино, удри, удри, туци, туци, ми ти освапусмо у хотелу. И, сад је зора, нема се куд, него на пијац. Стижемо међу првима да изаберемо добро место, суво и тврдо. Кад натовариш жито, кола отежају и потону у меку земљу и коњ не може да крене. А оно ливаде, у Лозници велики пијац, заузима једно пет хектара најмање. Не видиш му краја, Сачувај Боже! Купимо ми кукуруз, завршимо сва остала посла и кренемо пораније. Дођосмо у Зворник. Код зворничког моста има један велики плато. Ту добро нахранимо коње, јер сад прелазимо у Босну. Босански пут раван, скроз, до Љубовије. Туда је урађен нов пут, пробијено девет тунела, из Зворника до Дрињаче. И, велимо ми, хајде да кренемо. Уз пут ћемо ускупити по неко дрво. До Дрињаче има двадесет километара, таман добра етапа. Тамо ћемо да одморимо коње и да се лепо огрејемо. Зима, мраз стегао. Шинска кола, то грми по макадаму. Чује се ко зна докле. Секирицу ћушнем под ноге, пипнем, ту је, пиштољ за појасом, проверим, напуњен, спреман сам на све. Тако се путовало. Било је, код тих тунела, пљачке, било је банди, било је чудних ствари, било је свега и свачега, да ти памет стане. Дешавало се понешто што нормалном, здравом, правом човеку никад не би пало на ум... Нисам се усуђивао да се попнем на кола и да седнем. Плашио сам се да ћу заспати и да ћу пасти одозго. Толико сам био уморан. Две ноћи нисам тренуо. Два дана, ни минута нисам спавао... И тако, прођемо оне тунеле. Да ли да се попнем на кола? Бојим се неке банде или неког чуда. Него, хајде још мало да пешачим. Ухватим се за неки ступац који вири из каната, овако (показује како се држао за ступац). И тако идем, наставим даље. Ишао, ишао... У ствари, ја ти идем и спавам. Ко зна колико је то потрајало. Ишао, ишао, ишао, кааааад ја осетим нешто меко под ногама. Пренем се, где сам?! Ја сам испустио онај ступац, сишао са коцке, пут био, на том делу, обложен гранитним коцкама, пошао даље травом. Кад се тргох, гледам доле, у понор. Било је нешто мало месечине, било је слабо видно, као оно пред зору. Требало је да корачим још само један и по корак и ја бих, са оне ивице, пао у језеро! У Зворнику била је већ онда урађена хидроцентрала, а језеро, дугачко 26 километара, протезало се скоро до Љубовије, до Полома. Да сам пао у воду нико ме никад не би нашао. Ни рођак, који је био нешто заостао за мном са својим коњем и колима, не би знао шта се десило. Нико не би знао шта је било са мном. Где је завршио весели Радивоје... А ја онда себе добро ишамарам: пљас, пљус (показује како је себе ударао шакама по образима), пљас, пљус! Фуке, фуке, фуке! Пупа, пупа, пупа! Руке се смрзле, образи бриде, зима, боли. У том пристиже и мој рођак, уставља коња. Шта је било? пита он. Да ниси и ти заспао као ја? Ја заспао у ходу. Држао се за ступац и спавао. Ено (показује прстом), донде сам ти дошао. Он погледа и види моје стопе у слани како иду све до ивице провалије. А где би отишо и докле би стигао, то не знам. Па, како, па зашто? Ја спавао, ето како. Човек иде и спава кад је блесав или кад је уморан ко ти и ја ово сад. У сну одвојио се од оне ручке на канатама и кренуо даље. Застао сам тек кад сам под опанцима осетио нешто меко. Била је то трава. Она се прва смрзла. Поред саме Дрине реке нема снега. Она смрзла трава заврушала и ја се тргао, пробудио. Да сам, мој рођаче, закорачио још само један корак, ти не би знао да кажеш шта је било са мном. Да ли би пробио лед? Језеро сво у леду, оковано. Да ли би остао на леду? Онда би ме нашао. Да сам лупио о лед, пробудио бих се (смеје се), сигурно би се пробудио... Или, можда би пробио и отишао под лед. И готово. Не би нико знао.

Како изгледа тај лед на језеру? Да ли су санте испревртане, населе једна на другу? Како то изгледа?

Тада је био раван, као огледало. Али, с пролећа, ишао сам у Босну, гонио тамо ракију, гледао сам санте, то је Боже сачувај. Читава гробља по језеру! А језеро у Дрињачи широко два километра. Оне санте изломљене, нека овако (длановима показује углове и положај), нека онако. То је било сачувај ме мили Боже... Нико није хтео да сруши цркву коју је потопило језеро. Из воде, из леда вирило је само кубе и пола прозора. Друге године када сам наишао туда, питам онде једнога: Човече, реци ми, молим те, шта је било са црквом? Зар онде, на сред језера, није било кубе?! Вирио је крст, добро се видело. Е, мој Србине. Да си ти жив и здрав, кубе је отишло у језеро, каже онај. Била је оштра зима, јаки мразеви и лед је одсекао кубе. Као ножем (замахује ивицом длана, затим звизне). Потонуло на дно језера. Ето, тако је то било...

И, дођемо ми у Дрињачу. Наложимо ватру. Додамо мало и чекија које смо посекли успут. Коње испрегнемо и доведемо ближе ватри да се грeју, једног с једне стране, другог с друге.

Направили сте логор?

Заиста, направимо ми ту логор. Кад се ватра разгорела заложимо овећи трупац. Седнемо, руке на колена, главе на рукаве и, тако, спавамо. Тако смо куњали можда сат или два. Кад се ватра загасила, ми смо озебли, пробудили се и устали. Покретосмо коње, упрегнусмо и хајде кући.

А, чекај, помињао си ми неке утваре, привиђења, шта ли? Зар те нису негде, успут, ноћу, испрепадале неке авети? Јеси ли нешто тако доживео? Причај ми, молим те, о томе.

Е, то је сасвим друга прича... То се десило мени и мом тасту. Једном приликом гонили смо нас двојица јабуке у Шабац. И заменили их за кукуруз, а нешто пара зарадили. Били смо тада упарили коње. То се десило у повратку из Шабца. Сећам се као да је јуче било...

Отерали сте јабуке у Шабац? И купили кукуруз?

Да.

Пошли сте назад, коњи су били упарени, вучете велики терет?

Јесте.

То је била велика тежина?

Па, било је 18 метара кукуруза. Скоро две тоне.

Како сте то натоварили? Имали сте двоја кола?

Не, једна кола!

Зар може толико?

Може, јашта... И, кад смо били код Љубовије, поче нешто... Ја тада нисам ни пушио, ни пио, био сам млад... Путујемо, пут се одужио, али мени никад није досадно. Увек нађем неку занимацију, ако ништа, певушим, звиждућем (звизди)... А мој ти старац спава на сред кола. Направимо ми нешто као лежај, распоредимо џакове, тамо и овамо, да му буде којекако удобно и да не испадне човек са каната, знаш... Ја возим, држим дизгине, месечина сија ко дан. Прођосмо Бачевце, кад се код кола створи једно дете. Дечко од једно седам-осам година, ко ће га знати. Сад га видим с једне стране, сад с друге, мува се око коња. Ја све хоћу да му кажем: Дијете, немој се играти! Пашћеш под точкове!... Толики терет, шинска кола, преполовила би га... Хајде, хајде! Тамо, овамо! Сад га видиш, сад га не видиш. Шта ли је ово, Боже мој?... Ти мислиш да сам се ја уплашио?! Ма, ни на крај памети, појма ти ја немам о чему се овде ради. Какво привиђење, какви бакрачи?! Боли ме, да простиш, уво!... И потраја та играрија са оним дечком једно два-три километра. Трчкара около, хоће да падне под копита, под точкове и Бог! Лепо га видим, а онда нестане. Шта буде с оним дететом, куд се дене, никако ми није јасно... А таста нећу да будим, да га узнемиравам тек тако, а не знам шта се збива...

Како изгледа? То дете, како изгледа?

Дете ко дете. Мушкарчић, мушко дете, ето!

Као живо?

Живо, живахно, као свако дете. Као да се игра, трчкара, скакуће. Иде около. Час отрчи напред па ме сачека, час заостане позади па га изгубим из вида. Час тамо, час овамо (показује)...

Да није било провидно? Да није бежало у сенку? Је ли месечина била довољно јака да га боље видиш?

Не знам... Хитро измиче, бежи... Да једном застаде, да га боље осмотрим, али не...Више нисам ни у шта сигуран...

Као да је живо?

Ма, кажем ти, има оделце на себи, скромно, онако како се онда носило... Их, ко да сам ја то пажљиво загледао... Онда, викнем на коње. (звижди) Стоооооој!... Мали, чујеш ли ти мене?! Немој се игарти око кола! Пашћеш ми под коње!... Коњи, ништа. Не плаше се. Погледам где смо, кад оно стадосмо баш крај неке чесме. Вода лепо изведена покрај пута. Чесма, корито. Заведем коње мало десно, па онда сиђем. Ухватим за руду. Бојим се, ако коњи нагло крену, удариће рудом у оно спомење над водом. То место као да сад гледам, лепо сређено, изведена вода и један леп споменик над водом... Тако урадим, скренем полако, напојим коње. Старца, таста, не дирам, не будим, а он лежи, спава, не помера се. Нека га, велим у себи, нека спава. Проћи ће и ово чудо као што све пролази... После, кад се он пробуди, он ће наставити да тера коње, а ја ћу отићи на оно његово место, као гнездо између цакова кукуруза. Да ја мало одспавам... Попнем се на кола, погледам пажљиво свуда около – нема нигде онога детета... Добро. Идем даље. Не дам на све то ни пет пара. А где ли оно дијете скрете? Шта је оно хтело? Да ми узме нешто с кола? Не може никако. Све је спаковано, увезано и чврсто утврђено... Да га опаучим бичем, нисам хтео. Није ми ништа било скривило. Да ми је пипнуло коња, ја би га ошинуо. Имам добар бич. Кога удари, тај се одмах усере (смех)... Кааад, ето ти га, пробуди се мој старац. И ја њему причам све редом. Рекох, некакво дијете ми се заврзло око кола, сад с једне стране, сад с оне стране, сад пред кола, сад позади. Рекох, ја му не хтедох ништа наудити. Доцније, кад напојих коње горамо, њега нема више... Таст ћути. И он је све видео!...

Исто што и ти?

Све исто, али...

Он се уплашио?

Он је схватио да нешто није у реду. Дупло старији од мене, дупло и више. А ја на све то не дајем ништа, ни пет пара, ништа. Он зна да се ја ничега не плашим. Ја сам ти као онај млади јунак из народних легенди и бајки који се, однекуд, ничега не боји. Такав сам рођен. Нема силе која ће ме препасти, нема.

Ти си дечко који се ничега не плаши.

Ма, боли ме, да простиш...! Долазимо ја и старац кући. Остављамо кола у Дубу, код њине воденице. Са целим товаром жита. Он јаше његовог коња, ја јашем мог. Ја једва чекам кад ћу доћи кући да видим Милесу. Био сам млад, јак, здрав, као бик. Долазим овде, пред кућу. Ту на тераси свалчим све са себе. Милеса оно одело трпа на камару. Умијем се. Избришем се, истресем. Бојим се да с пута не донесем какве гамади, уши-ју или бува... И, у кревет...

Нисте разговарали о оној прикази, о месечевом детету? Нисте расправили шта би то могло бити?

Ништа... Старац ми је рекао: Иди, спавај! Кад се пробудиш, доручкуј, добро се заложи. После, кад посвршаваш посла, поведи коња, па хајде овуда, поред мене, у Пејиће, па да идемо, заједно, за кола... И ја долазим тамо, све по договору и како је речено, кад... Његова мајка, Миља, шлогирала се.

Те ноћи?

Те ноћи.

Их, Бог те мазо!...

Те ноћи... Баш тада када се оно дијете врзло око кола (прекид, окре-тање касете)...

Отимарим коња, натурим му ам, узјашем га и право код таста, да идемо да потерамо она кола са кукурузом. И људима, Дубљанима, да поделимо колико смо коме жита дотерали под кирију... А старчева мајка се заиста шлогирала те ноћи. Живела је још неких три-четири сата, умрла је... После неколико дана, кад је прошла сахрана његове мајке и прва жалост. Разговарали смо о оном догађају. Понових му како се неко дијете врзло око коња баш кад смо били код Бачеваца. Све сам ја видео, рече старац. Видео сам оно дијете како се мува око кола и коња. Целе ноћи сам думао шта ли ће нас снаћи кад стигнемо кући. Које ли зло, која несрећа?... То ти је, Радивоје, било приказаније, каже он мени. Јеси ли ти, Радивоје, видео оног дечака? Јесам. Јеси ли се уплашио? Нисам. Једино што хтедох да га ошинем бичем. А, боље ти је што ниси. Кад сам напојио коње, оног чуда нестаде. Потерах коње од оне чесме, мало пожурих, да се коњи загреју по-што су пили хладне воде, а треба да вуку велики терет, па да се не прехладе... Све сам ја то видео, рекне старац. И добро се завршило. Нека иде по реду... Знао сам да ће у нашој фамилији неко да умре. Да ће нешто лоше да нас снађе...

То је било предсказање?

То је било предсказаније, приказаније, као што рече мој таст. Он је у то дубоко веровао. А све ово што сам ти испричао истина је жива. Па, ти види шта ћеш с тим...

БРЕЗОВЕ МЕТЛЕ ЛЕТЕ СА ОСКОРУШЈА

Неѣошева шоѣибија – Боравак на ВМА – У шрашњи мршвач-
коѣ ковчеѣа – Низ сшрашних доѣаѣаја

Причај ми о томе како се ишло одавде до Ужица.

Ево како. Ујутру добро поранимо, ја прежем коња и товарим ствари на кола. До Дуба је лако, низбрдо, може и пешке. Онда се возимо кроз Злодол и Заглавак, све до подножја Кадињаче. Ту путници силазе и иду пешке, пречицама, све до на врх Кадињаче, до споменика...

Ми идемо путељцима преко ливада и кроз шумарке, а ти, с коњем и колима, около, путем.

Јесте. Све завојице знам напамет, а и мој коњ, такође... Горе дођемо, одморимо коња. Па онда сви на кола и возимо се све до Ужица. Кола скачу преко макадама, дрндају, задњице нам утрну, али има и равнице када се лепо одмиче и добрао напредује... У повратку све исто, само обрнутим редом. Пешке од Граба до на Кадињачу, а онда вожња низбрдо, до За-главка, Злодола и Дуба. Последња деоница, из Дуба до Вуловића, опет пешке јер је узбрдо и коњ не може да извуче пуна кола и путнике. Вожња није била баш најудобнија, али шта да се ради. И да си најситији кола те тако истресу да часком огладниш. Носили смо храну и воду са собом, па би се, успут, поред неке чесме, у хладу, одмарали и ужинали... Е, то сам хтео да ти кажем: Бошко. Никад он није овде дошао на виђење, дође, по-некад буде месец дана, седам дана, није важно, зими или лети, и с вама и без вас, са снајом покојном, твојом мајком, или сам, да он пође а да Раји не да нешто пара. Колико – то ме није интересовало. Никад, никад! Мо-жда је то био и последњи његов динар, није он имао неку велику плату, али он то остави Раји:

Мајко, ово је за тебе, да ти се нађе... (ставља јој у цеп)

Ма, Бошко, не треба, имам ја... Дају мени и Радивоје и Ђоко, имам пара...

Ово је твоје, мајко... (Загрли је, тако то он с њом лепо, полако.)

Ово је твоје.

Поштовао је те људе. И гледао да им се одужи за њихову доброту.

Ма, то, нема. Или да јој нешто не купи. Увек, увек. Марама – марама. Платно за реклу – платно, тако се то звало, некад. Шећер у коцки, сто грама кафе, негро бомбоне, нема везе. Пажња је пажња.

Свака част.

Она то сашије. И дођу јој прије, комшинице, а Раја вели:

Е, видиш, ово ми је мој Бошко купио, а ја сашила реклу... Или сукњу... Увек, (тише) увек, (још тише) увек... Отишли су обадвоје, нису више живи, али ово што сам ти сад рекао истина је жива. Да се никад није десило да он њој не да нешто, неки дар или који динар, да јој се нађе! То је било тврдо правило. А колико је то било новца, то су само њих двоје знали.

Па добро.

Раја је била срећна због тога, презадовољна. О томе после прича, годину дана помиње Бошка и хвали се шта је добила од њега. Радује се, сија од среће.

Стварно је било лепо када смо долазили овде преко летњег распуста. Радило се, али се и веселило с децом. Долазили су и Деспотовићи. Играли смо се разних игара, клиса и машке, ораха... Тамо, у Батви, чувамо овце, па и краве, јунице...

Кад не радим с коњем ја га припнем да се напасе.

Коњ сам у ливади.

Пасе, ваља се, рже...

Игра се...

Тога се сећаш?

Били смо сви млади. Погледај нас сад... Ти си био млад, леп човек. Стизао си свуд, могао све. Јак, здрав, хитар!

Јесте, тако је било. Много се радило. Сатирало се од посла. Али био сам у пуној снази и хтео сам и могао сам све да стигнем и све да завршим.

И у ливаду, и у њиву, и у поље, и у забран, и у дуван, и у воћњак, свуда.

Причао сам ти. Целе ноћи будем у кафани. Пораним, а нисам ни легао у кревет, и будим Милесу, Рају, све их зовем да устану.

Кобајаги, сад си и ти устао!

Хајдете, људи! Морамо да идемо на орање! Пожурите!... (тихо) А ја тек дошао из кафане.

Једном си ми помињао неки чудан догађај. Чини ми се да си то ти био. Ишао си ноћу, у неко глуво доба. Доле, у Дубу, близу старе цркве брвнаре. И како си осетио како се, иза врзине, нешто креће. Нешто обло, игличасто, као пласт сена. Шушти, миче се, ври... Пођеш ти, крене и оно. Станеш ти, стане оно. Сећашли се тога? Шта је то било?

Не знам. Не могу да се сетим.

Можда ми је неко други причао о томе? Или сам негде нешто слично прочитао?

То не знам... Само знам да су ме брезове метле гониле од Оскорушја до пред кућу, то сигурно знам. А то се десило уочи страдања мог синовца Негоша, рођеног Радосављевог сина. Негош је у Тузли страдао од струје. Био је велики мајстор за електрику, пословођа на изградњи далековода. Радио је тешке и опасне послове на централама, на далеководима и никад се ништа лоше није десило, али зло никад не спава... Неко је грешком пустио струју док је Негош био на далеководу и он је изгорео тамо. Било је то у Тузли. Био сам тамо. Негоша су хеликоптером пребацили у Београд. И тамо сам ишао и мртвог сам га догнао кући... У подземљу болнице огромни базени у којима пливају лешеви. Болничар узе неку чакљу и извуче Негоша из воде. А он, јадник, сав угљенисан, црн. Тако као те твоје панталоне... То је било, као, данас, а синоћ, прошле ноћи, ја се враћао однекле с пута и затекнем се код њине куће. Прођем Оскоруше и хоћу овамо, мојој капији, кад ли ти дуну нека ветрина и неколико се брезових метли створи око моје главе. Ја руком мани, шта је ово? А оне метле, ношене ветром, опет се залете на мене, па у круг. Вихор их однесе, али, следећег трена, врати их, с друге стране. Зар оволико дува ветар, сунце му калајисано?! Какве су ово сањђаме, какве метле, шта је ово? И, у то ја већ стигох више моје качаре, до ђедове воде... Ветра нема, метли нема... Ветар се, нагло, стишао, метле нестадоше, све се смири... Тако је било.

Каква страшна ноћ! Ноћ када су се дешавала чуда!

Не чуда... Тада је Негош умирао, баш тада се борио с душом. У то доба, око једанаест сати увече. То су ми рекли лекари у Београду. Кад је умро? Синоћ, нешто пре поноћи, око једанаест сати...

Јеси ли се уплашио од оних метли?

Нисам се ничега плашио. Дођем до куће, нема ветра, нестадоше метле. Шта се ово дешава? Погледам на сат, сказаљке се поклопиле, поноћ, тихо, тишина, само чујем срце како ми лупа у подгрлцу... Ујутру ја причам мајци и Милеси како су ме гониле метле од Оскорушја до ђедове чесме. Оне окретоше на шалу, да сам можда коју више попио. У то већ стиже и телеграм: „Негош умро.“ Стигоше његове колеге џипом из Тузле. Неће без мене у Београд и Бога зови. Не дају Радосаву, оцу Негошевом, да иде, него изабраше, однекуд, мене. Има да иде овај младић који је био код нас у Тузли. Он је способан човек. Како је он, горе, са лекарима, како је он, горе, са људима. Како је са Негошем био све до хеликоптера, како га је сместио, како је плакао... Они су запазили како се ја понашам и то им се допало. Без мене неће да пођу, ни макац... А то је за мене (даље се не чује, вероватно промена батерије у магнетофону)... У то и Ђоко, мој отац: „Јој, људи! Па, где ћете Радивоја? Није он за то, уплашиће се.“... Ово, оно. Није отац био рад да ја идем с њима. Ја ћутим. Шта ћу? Ако тата каже да идем, ићи ћу. Ако не одобри, нећу ићи. Друге нема. То ти је онда тако било, питао се старији... „Па, добро, децо. Ако баш мора, нека иде... Рацо, сине (он је мене звао Рацо), вели Ђоко мени, иди се спреми, обуци се (ја полазим). Имаш ли пара? Па, имам нешто (рекао сам колико). Боље понеси још новца. Ко носи, не проси.“ Извади он његов велики, црни новчаник и мени даде још пара. Тако ја седох с оним људима у џип и одосмо у Београд... И, умало не изгоресмо, човече Божији! Кад смо, с Негошем, били у Севојну запали се мотор камиона. А мој имењак возио, Радивоје се и он звао. Он је покушао нешто са карбуратором, кад ја погледам – њему руке горе! Милан Поповић виче: „Отварај, Рацо, врата! Извлачи, спасавај Негоша! И то мртвога! Изгореће поново!... Како излетесмо из кабине, ја дохватим неко ћебе, па оним ћебетом по Радивоју и по мотору, удри, удри! Неко чудо даде ми силу у руке и памет у главу, те манух једном, дваред оним ћебетом. Радивоје подигао хаубу, па онај пламен сукну на њега и на мене. Вуууууу! (пљесне длановима) И угасим!

Била је то последња секунда. Да не угасих, експлодирао би мотор, сигурно.

Изгинули би сви. Можда бих ја остао жив, јер сам скидао Негошев ковчег. Али, Милан Поповић и Радивоје шофер изгорели би. И они!... Кад се мало смирисмо и средисмо, у Севојну одем код рођака. Вечито сам му вукао јабуке са камионом. Нађемо мајстора и поправимо квар. То је било час посла. Таман су брисали радионицу и хтели да напусте, кад ми банусмо и објаснисмо, таква и таква ствар, он онда врати раднике на посао. Дошлепасмо возило марке ТАМ (Товарна аутомобилов, Марибор), мали камион, од милоште назван тамић. Легоше под кола, неке делове имадоше, неке прилагодише, заварише, завршисмо... Настависмо пут... Ми у Заглавак, кад ли ти пуче десна спона на управљачу, код точка... Само нешто зазвекета! Стадосмо, шта ћемо сад? Догурасмо га до пред кафану, није било ни сто метара до кафане. Одем код Илије, пробудим га. Он је држао продавницу у то време. Донесе ми котур жице. Мој имењак и ја легнемо под камион и ону спону, којекако, свежемо... Пођосмо опет некако... Али, кад ли прођосмо неколико потока, оне се жице некако разлабавише и покидаше, Бога ти питај шта би с тим. Близу наше њиве у пољу камион хоће у канал. Хоће тамо, хоће овамо. А тамо, а овамо!

Иде куд он хоће.

Не може другачије, јер само једна спона управља. И догурасмо до кафане у Дубу. Можеш ли да замислиш шта сам све до тад препатио?... У Београду извукосмо га из оног базена са мртвацима. Ја сам понео са собом ганц ново одело сашивено у Тузли. Негош је желео да се понови за нову годину. Почесмо да га облачимо. Пипнеш за руку, где год пипнеш оно само месо отпада до костију. Лице његово, био је леп као лутка – нигде очију његових нема. Ја покушао кошуљу да му обучем, полако, кад се она увета његова изгорела, окорела – само свукоше... (уздише, хвата дах)...

Ту и тамо, мало га, нешто, обукосмо. Приђе нам један лекар. Приметио је мене и како се понашам, да сам потресен, да се трудим, али да сам сасвим на ивици живаца. Очигледно да је хтео да ме поштеди нових искушења. Наже се к мени и рече ми: „Другар, каже, мораш изаћи. Није ово за тебе. Ми ћемо. Ми ћемо урадити све што треба...“ Онда нареди једној сестри да ми поспе. Помаже ми да се оперем и мало средим. Избриса ми оне трагове на оделу. Те ја некако дођох себи. И спаковасмо га (уздише)...

Спаковаше га којекако... Како су га даље обукли, ја то не знам. Углавном. Одело им је дато и нису га вратили. Дође и лимар. Поче да летује онај сандук. Оставише одозго једно стакло, као неко прозорче. Па онда мени кажу: „Да ли ће мајка му и отац хтети да га виде? Тело не могу, али лице...“ „Јој, рекох, а шта има да виде, јадни и чемерни?!“

Боље да не гледају ништа.

Онда један између њих узе парче хартије, направи гуту и запали је. Онда принесе пламен уз поклопац. Хартија задими, стакло се нагарави, поцрне. И, готово... Кад смо стигли пред родитељску кућу ја сам им саопштио: „Казали су лекари да се сандук не отвара. Стакло је црно и не можете ништа видети. У то се огласи Милица, покојна, Негошева мајка: „А што ниси, Радивоје (имитира глас уцвељене мајке), ставио провидно стакло?“ „Нисам се ја у тој ствари ама баш ништа питао. Они су мени предали сандук, а ја, сад, предајем вама...“ Нисам ја помињао како је све оно било у Београду. Нисам ја ништа причао... Испричао сам, много касније, Радосаву, али тек када је прошло годину-две-три дана. Све како је заиста било. Испричао сам целу истину... (уздише)

Ниси ни ти могао више да трпиш.

А Радосав каже мени: „Нека си ми све испричао, Рацо.“ Он мене звао Рацо, као и Ђорђе. „Жао ми је тебе што си се насекирао и напатио пратећи табут...“

Сећам се, као дечак, да се много причало о Негошу. Да је био висок, црн, леп младић, јел да?

Ено ти, горе, слике. Јеси ли ишао на његов гроб, горе у башти? Ниси. Ено ти слике на споменику. Само што не проговори... Пише:

НЕГОШ ВУЛОВИЋ
ВК мајстор, монтер
радио у термоелектрани Тузла
страдао на изградњи
спомен подиже
Колектив

Да, да, споменик је горе, у башти, испод њихове куће, није на гробљу.

Горамо, у Нартку. Поред њега су и деда и баба. А сад, већ, и отац и мајка. Сви су ту... Јој, ћути, молим те, мој Мићо, кад се само сетим...

ТРЕЋА ТРАКА

ОБИЧАЈИ НА СЕЛУ

Куйљење шљива – Жетва – Вршај – Вашар – Испит

Хајде, чича! Ја сам укључио ову справу. Причај!

Не знам о чему, шта је на реду?

Остали су још народни обичаји. И оно што смо рекли: како је живела омладина, вашари, мобе и те ствари. Ето, то, ништа више.

Е, па пре (премишља)... пре тридесет-четрдесет година, кад су воћњаци били у највећој снази и у најбољем роду, кад дође време за купљење шљива, мој отац зовне по сто, по сто педесет купиоца. Шљиве се купе – једни тресу, други купе, а трећи носе и сипају у каце. Све по физичкој снази, како је ко и за шта способан. Најмлађи купе, највештији се веру по стаблима и тресу, а најјачи – носе пуне кофе, бакраче, раније и друге судове... Зовне отац и трубаче. Купиоци купе, а иза њихових леђа трубачи свирају, а бубањ бије. Збију се у врсту, једно до другога, купе и певају. Целу башту, широку око сто-стопедесет метара, покупе врло брзо. И све уз песму и шалу. Пођу одоздо, са дна баште и док изађу на врх – башта покупљена и свака шљива убачена у кацу.

И све – уз песму, игру и свирку!

Пола вагона шљива, очас посла, нађе се у каци. Све уз песму и уз шалу.

Нико се није уморио, а посао завршен. Певају девојке, пуштају глас, свирачи свирају из све снаге, бубањ бије... Онда дође време да се обедује. Није имало астала као ово данас, ни клупа да се седне. Него, мајка изаткала без од конопље, платно широко једно 60–70 сантима, па се оно по земљи простре дуж авлије. По том безу – платну, поставе се ћасе са јелом, салатом и пројом. Сомуна још није било. Купиоци, једно до другога, седају на земљу, на траву. Ко шта има он потури подасе, ко нема он седне на голу траву. У најбоља времена Ђокова софра постављена купиоцима шљива у неколико паралелних линија по целој авлији. Кад је терен нагнут као ово у нас, онда је згодније сести и сместити се, кад је мало страна... А увече дођу из села и они који нису били у купиоцима, па се сви заједно веселе и радују свршеном послу...

И тако, из баште у башту, покупе се све шљиве.

Баш тако, све се покупи. Кад је родна година, наши шљиваци се плаве. Кад погледаш из даљине, шљиваци плави, јабучари црвени и жути...

Свака воћка и сваки плод има своју боју. У тој слици уживам целог живота.

Добро, баш лепо...

Купили смо и по три каце за један дан. То ти је пола вагона! Кад су купиоци орни, прикупи се и 150 метара шљива. То је само један дан купљења, па ти види... Раније је било много теже радити. Није било најлон цакова, ни пластичних канти. Све посуде биле су дрвене: чаброви са два увета, онда чабрењаци које носе двојица снажних људи; на обрамачу па на раме, један напред, други позади, понесу и по сто килограма шљива!

То је велики, важан посао?

Најважније је шљиве сместити у каце, а после је све лако. Наша качара је једним ћошком укопана у земљу, па се туда, као по косој равни, купиоци пењу до висине тавана и одозго изручују судове са шљивама право у каце. Носе тешке судове и певају. Изруче горе, враћају се у башту и сво време певају. Дивота једна!... Балони са пићем и флаше са ракијом свуда су распоређене и при руци купиоцима – на качари, на неколико места по башти... Био сам дечко и све памтим како је било. Отац ми каже: „Сине, чим видиш празну флашу, трчи у подрум, наточи и донеси.“ Чим нема воде, купиоци жедни: „Сине, иди на воду, наточи воде у тестије!“ И тако је то било... А кад се покупе шљиве тек онда почиње право весеље. Коло игра овде, у дворишту, некад и до зоре. До поноћи, обавезно, а бивало је и до свитања. Зора руди, а купиоци још певају и играју!...

Цео дан се радило, целу ноћ веселило?

Јесте, баш тако. Посао се до вечери обично заврши, а онда игранка и весеље докле може да се издржи. До зоре? До зоре!... Ко није за игру, он оде кући. Ко је за игру, он игра, весели се, лудира. Ко је за пиће, он пије. Ко је за јело, он једе, мезети полако, никуд не жури. Спреми се довољно хране да сви купиоци буду задовољни. Закоље се овца, две овце, прасе, јагње. Домаћин зна колико ће требати јела и све лепо припреми...

Кад се још звала моба? За косидбу? Је ли било мобе за кошење ливада?

За ливаде нема мобе. Један другом комшије помогну покосити, покупити сено. Свако се снађе са својим чељадима и са родбином. Косидба – ништа, него: жетва!

Жетва је моба?

Јесте, жетва је моба, жетва... Људи су сејали подоста пшенице, оне старе сорте, пшенице-белице. Није она много рађала као ове садашње високородне сорте. Била је она доста лошија, али укусна, домаћа.

Пшеница-белица, она која се помиње у песми.

Јачи људи, домаћини, посеју по хектар-два пшенице и, кад сазри, зову жетеоце. Зову нешто у позајмицу, а нешто на мобу. Свако има свој посао... Ја, као дечко, купим руковети и носим ономе ко везује снопове. Плело се уже од сламе па се тим ужетом увезивали снопови.

Знам, знам! Био сам код вас на две-три жетве. Доле, у пољу, код нове цркве. Била је пшеница лепо родила. Лето, упекла звезда...

Жетеоци жању и певају. Газда зовне трубаче. У овом крају свако село има своје трубаче. То се свира, то се пева! Оно се снопље носи. Људи горе трпају пладње, стогове. Једни секу коље, други подупорњеве, трећи ударају, мајстори трпају. Ја сам био мајстор за трпање. По двојица су ме нудили да ми раде о пшеници, само да ја дођем да трпам. То је мој посао. Ја направим кладњу, заоблим, затегнем, као јаје. Не може да закисне, то нема силе. Кад ја трпам, онда је све затегнуто као струна.

Клас унутра?

Ја, ја, клас унутра, а слама напоље... И... (Чује се звецкање чаша за ракију.)... Вече... Игранка, игра ко колико може да издржи, игра, пева ради ко шта хоће... Од пића, служила се ракија шљивовица и ни-шта-ви-ше...

Пива није још ни било тада, нити га је ко помињао, а камо ли куповао или доносио. Тек по нека флаша вина, понекад, ретко, неко донесе и то ти је све... Е, кад је копање, кад је мало већа моба за копање, људи су сејали тада подоста жита, онда се кувала и врућа ракија.

А шта се окопавало, кукуруз?

Кад се кукуруз окопава, у пролеће, свежи дани и може врућа ракија. А кад је жетва, онда су велике вручине, па не иде вруђа ракија. Чај се не пије лети, него зими.

Онда је згодна и кувана ракија.

Јесте (звецкање чашама)...

А кад је вршај, касније, у јесен, и онда се зове моба?

Ових дана је вршај, у августу месецу или у септембру. Тада је вршај. То је углавном била позајмица: ја теби, ти мени. Мој отац обично није ишао, није могао да иде, на вршај. И он, онда, плати. Позове људе, разговара с њима и договори се: некоме да ракије, некоме нешто друго. Потребно је седам-осам људи, али то важи сад, када је дошла вршалица. Али, раније, док се гонио коњ око стожера, то је било, ја знам, као дете, гумно је било долама, где је сад слама и у Горњој Башти, код Радомирова гроба, онде, у оној равници. Или, горамо, код Милорада, те смо, понекад, гонили жито код њега те вршајили. За гумно мора да буде добро утабано место. И у Радојичиној авлији је било добро гумно. Онде, под Јоловом кућом, она равничица, баш добро гувно... Удари се један колац, скине се жито, уздупчи и – терај!... Ко има два коња, боље је, али без коња једног не може никако... И тера, тера, тера... Па кад дође до стожера, коњ се окрене на другу страну и одмотава конопац. Коњ, јадан, вуче конопац да би изашао са гумна и удаљава се од стожера... И тако, у ствари, иде по некој спирали одмичући се и примичући се ка стожеру. Кад дође до коца, он стане. Онда га газда или гонилац, ко је да је, окрене, па он онда иде на другу страну, онолико колико му конопац дозвољава, то јест – до ивице гумна.

А како се скупи жито? То ми никако није јасно.

Е, видиш како, сад ће теби чича да објасни... Коњ гази док не избије слама. Онда двоје-троје људи, дрвеним вилама, преврћу пшеницу и тако раде једно три-четири пута... Онда изведу коња... Па, претресу сламу и тако редом све док се не заврши посао... За коње је вршај најтежи посао. Много се зноје, а не смеш да га напојиш хладном водом, па је опасно по здравље. Вршајило се само кад је лепо време. По киши не може никако, не може никако. Нешто друго можда и може, али вршај – никако... Мука жива, таман вршај поодмакао, још мало и да се приведе крају, кад загрми, ето кише. Онда ону сламу коју си издвојио, обично се трпа на колац у средини гумна, скидај сламу, затрпавај да не покисне пшенице. Мука жива, кажем ти... Јој, ћути, Мићо, кад се само сетим!... (Неко је наишао и упитао шта то радимо, а стриц Радивоје му одговара:) Причам му о вршају, пало му на ум да сазна како се то некад радило, да запише, да се не заборави...

А оно, кад се зрна бацају у вис, шта је то?

То је мој деда радио, давно, још пре 1900. године и раније. Нису могли другачије него грабуљама претресу и издвоје сламу и плеву. Други иду за њима са метлама и бришу пшеницу ка стожеру. Први вилама, други грабуљама, претресају, гурају на суво... На крају се развејава, али није било ветрењача са крилима која се окрећу, то си видео, то знаш? Онда је потребно одвојити плеву од зрна. Почне се око ово доба, не веје се кад залади, то не може. До поноћи се развејава на ветрењачи... А раније, мој деда Марко и његови, ако нема ветра, они су купили ту пшеницу у вреће и чекали да дуне какав ветрић... Чим почне да дува онда се ова смеша дрвеним лопатама баца увис. Ветар плеву однесе, а зрно пада доле. Чим падне развејано, скупља се. Па ти види како је то урађено и да ли је сво жито одвојено од кукоља. Ветар дуне, па стане, пола плеве остане у житу, али шта ћеш, боље не може.

То не може да се очисти сасвим.

Јадан је био њин хлеб и њина погача... Е, после, негде око 1938. године, купио је Вукашин Деспотовић једну вршалицу из Немачке, марке „Хофнер“. Или ће бити из Аустрије, из Беча? Нисам сигуран... И тако, поче и у нас да се вршаји са вршалицом. Људи благосиљају, моле се Богу и захваљују, само кад је дошло време да не мора више коњ да се гони око стожера на гумну... Ко нема коња, уведе краву. Нема ни волова, него оне пусте кравице... Па са оним кравицама ходај, ходај. А оне јадне краве иду око онога коца. Ћерај, ћерај, никад му краја нема... Тамо, овамо, претресају. Уједно туку и моткама. И направе сламу, све тако газећи, у ситнину, у прашину. И та се прашина дигне, знаш оно – одозго звезда упекла, људи се ознојили, па се она прашина залепила за кожу, за лице, не могу један другог препознати... Е, после, кад су стигле вршалице, о томе ти нећу много ни причати, знаш и сам. Пожњеш жито, догнаш на место за вршај.

Онда се људи договоре и распореде: једни бацају снопове на вршалицу, један горе сече везе, други налаже, овај сече, додаје, онај налаже... И то ти је док се не сврши посао...

То сам гледао. Мора брзо да се ради машина неће да чека.

Машина, сила Божија, само гута! Онде излази плева, тамо слама, а доле жито. Потуриш џак, а оно само сипа. Кад се напуни повучеш засун, зауставиш, склониш пуну врећу, а потуриш празну... Клас прође кроз сва сита, около наоколо, док се не одвоји зрно од плеве и сламе. Путује, путује, сита се дрмају, пролази, док не дође у џак. Има ту лепога посла... За 4–5 сати рада вршалица оврше пола вагона пшенице. И све је готово: слама уједно стрпана, пшеница прикупљена и смештена у магазу, у преграде... Онда се пече јагње, прасе, мало се запева, мало се попије и иде се код следећег домаћина, код комшије. Често ће деси па останемо код вршалице и по целу ноћ. „Хајде, људи, да завршимо овоме човеку!“ „Хајде још овоме!“ „Још само овоме!“... И тако, терај целу ноћ. А поготово од како је стигла струја у село, онда тек нема прекида, може раат да се ради ноћу. Светло уведено, жице се спроведу докле треба, окачи се сијалица на неку високу грану или на забат и осветли се цео вршај... Колико смо само пута овде, код мене вршајили до пола ноћи. Укључим по две сијалице, осветлим лепо. Лакше је вршајити ноћу лети, јер је дању велика врућина.

Ноћу лепа хладовина... И чим се заврши на једном месту, комшија тера вршалицу на његово имање, онако како је по распореду.

Са вршајем се почне горе код Мила, па се иде мени или Радосаву. Од мене креће се до Брана, од Брана Мирку и даље, редом... Ти позовеш мене у позајмицу да ти помогнем у вршају, ја позјамим тебе, иде иста поворка са гувна на гувно.

Исти радници премештају се са гувна на гувно, само је газда други.

Јесте... И газда је један од радника, сви исто радимо, само што свршавамо послове од једног домаћина до другог док све не завршимо.

Да, да.

И, кад завршимо вршај, погледамо се и не знамо ко је ко. Само се види бело око очију и зуби сијају бели, а све остало је прашина, јад и чемер. Није имало купатила да се човек лепо опере, него потуримо чаброве, раније под чесму, наточимо доста воде у кофе, у друге судове, па онда узмеш лонче, посипамо један другом, и умијемо се... То тек увече, на самом крају посла. Иначе, током дана само мало истресеш кошуљу и седнеш за ручак, за ужину или вечеру, ето... И нико се није разболео, нико није био болестан.

Добро, то је вршај. Мобе смо такође завршили, вршај смо завршили...

Ја.

Шта је са другим догађајима у селу, са весељима, вашарима?

Има свега, село ти је мали свет. Вашар ти је важна сеоска свечаност. Свако село има место за вашар: обично је то код цркве, на неком раскршћу, код високог дрвета – под јасеном или на некој широкој ливади, на сеоској утрини. Раније су вашари били масовни, посећени, направи се велика гужва. Дођу људи а нарочито омладина из околних, али и из удаљених села. Дођу људи из Бајине Баште, Ужица, па чак и из Ваљева или Шабца... А сад се посета смањила, буде сасвим мало света, па кад све сабереш – ништа нарочито... А раније, било је много лепше и веселије. Људи се спреме, коље се нешто, испече, спреми се добар ручак, обуче се најновије одело, чиста кошуља, тесне ципеле, сви подшишани, дотерани. Тако се иде на вашар. Ко има сина за женидбу или ћерку за удају он се понајбоље спреми и иде на вашар. На вашару се момци и девојке гледају, родитељи разговарају. Следи упознавање. Питање. Женидба. Деси се – неко доведе младу кући с вашара... А док је вашар, игранка, трубачи, хармоника, то само бије. Такав је вашар некад био. И послужио је и за те ствари, да се неко ожени, уда, заљуби – ко шта стигне.

А како се прави питање?

Ево како. Родитељи иду да питају. Прво иде домаћин. Отац и мајка иду код пријатеља да питају. Као што су Ђоко и Раја ишли да питају за Милесу. Родитељи момка и девојке се договоре и то ти је готово. Кад дају реч, ствар је свршена... Онда следи – испит.

Шта је испит? Како изгледа испит?

Испит је код попа. Поп прави испит. Милеса, ја и наши родитељи, сви заједно идемо на испит. Поп дође нашој кући и прави се испит. Зовнемо мало најближе фамилије, једно 20–30 душа. Онда нам се поп обрати и пита: „Волиш ли ти, Милеса, Радивоја?" Она каже: „Ја волим." Стојимо мирно пред попом и одговарамо на његова питања: „Волиш ли ти, Радивоје, Милесу?" Ја кажем: „Ја волим!" „Хоћете ли да се узмете, да живите заједно као муж и жена?" Ми кажемо: „Хоћемо..." Тако поп испита нас и онда се закаже свадба и све остало. Оног дана кад је свадба иде се и на венчање. Поп нас свеже марамицом да више никад не можемо да се одвојимо... Тако поп рече (смех) и би тако!

Нисам знао за тај „испит". Није то лоше да се ствар испита пре него што буде касно.

Испит, испит, него шта!

После испита следи венчање, а без испита нема ни свадбе.

Поп лепо наплати испитивање младенаца. Све има своје. И све има своју цену. Тако и питање нешто кошта. Поп гласно пита: „Хоћете ли да будете добри или нећете!" И нареди нам како да се понашамо. Да поштујемо родитеље, да млада поштује свекра и свекрву, да скида опанке, да као најмлађа свима ујутру очисти опанке, да опере обојке и чарапе...

Поп све наброји шта треба да се ради?

Све поп нареди и научи нас шта и како да радимо. Тако млада, кад се уда, зна шта је чека.

Што поп каже, то је закон.

Чула је и рекла пред свима да хоће.

И ђувегију је поп овластио да обавља своје брачне дужности?

И њему се зна шта му следује. Да буде домаћин, да се брине о свему. Да буде благородан, да лепо заповеда. Нема сваће, нема битке, само љубав... И да се не иде по селу, код другог, тога нема... То ти је све, па располажи како најбоље знаш и умеш...

Јесмо ли завршили о вашарима? Какав је вашар овде, у Дубу?

То ти је овако: почиње од часног поста, прва недеља причешћа, поста, првих седам дана, у Дубу је вашар. Идемо да се причестимо. На вашар долази омладина, млад свет из околине. Старији поране ујутру да се причесте, а онда се врате кући и буду код куће. Од 10–12, углавном пре поднева причешћује се омладина. И све се заврши тачно у подне. После подне нема причешћа. После причешћа полако се развија вашар, настаје игранка, весеље, љубависање и све остало.

Шетња, гледање, упознавање, разговори, договори, песма...

Сада, о Госпојини, иду и у кукурузе!

Беру кукуруз?

Зађу, мало, међу стабљике, а кукуруз лепо нарастао, преко главе, па се и не види шта они тамо раде.

Омладина и треба да иде...

Па, ја, па, ја... То и ја велим!

Знају они шта ће и како ће...

Кукурузи густи као шума, а ни шума није далеко.

Згодно, заклонито, милина једна... Добро. Шта нам је још остало од народних обичаја? Јесмо ли све поменули?

Има тих обичаја колико ти душа иште... За Госпојину је први вашар. Па онда, млада недеља – вашар. Па, пред Ускрс – вашар. Па, на Ускрс – велики вашар, чувен на далеко.

То је све овде, у Дубу?

То је у Дубу. Ја ти причам само за Дуб.

Добро.

Па онда имаш Петровдан. Исто, велики вашар. Тада слави дубска црква.

То је било пре неки дан? Кад ли беше?

Петровдан је био 12. јула, а Велика Госпојина била је пре 2–3 дана, 28. августа. Тада је највећи, чувени вашар... Тада се решавају многа питања, ко ће да се жени и удаје, упознавање, решавање и коначно одлучивање – хоћемо ли или нећемо. И припрема, од Велике Госпојине све до Мале Госпојине. Онда следи испитивање на Малу Госпојину. Они који неће да праве свадбу, узму се под руку, одоше кући!... Имаш вашар у Бајиној Башти, велики, чувени. Па имаш вашар горамо, на Мрамору. Па имаш – на Пониквама, место звано Карађорђев шанац. На тај вашар на Пониквама највише смо волели да одемо, да се надишемо ваздуха на оном брду вишљем и од Кадињаче. Горе стално дува ветрић, пирка поветарац. Али је згодно, све саме ливаде, пространство и свежина. Ту је добар вашар...

Где се још ишло по вашарима, овде, у околини?

Па, има вашар и у Пилици, на други Васкрс. На први Васкрс у Заглавку, а на други у Пилици... Било је пуно вашара. И дандананс се иде на вашаре, али све се заврши у кафићима и по кафанама. И под шаторима. Више није оно. Нигде не можеш видети коло, да се младеж ухватила у коло и да игра. А у Дубу на вашару дешавало се раније, кад смо ми били млади, да заигра у исто време и по седам, и по осам кола!

То је баш лепо било видети.

Или: ухвати се сто људи у једно коло! Разумеш?

Их, сунце ти!

Стотину девојака и младића! Знаш која је то сила, која лепота?!

Добро... Помињао си, јуче, кад смо причали, да је данас пазарни дан? Кад рече? Петак је – Бајина Башта. Субота?

Петак је пазарни дан у Бајиној Башти. Идемо обавезно, и ако немамо намеру да нешто купујемо, нити да нешто продамао. Ко хоће прода или купи нешто од стоке. Свега има – од тек излеглих пилића до волова у јарму. Ту је и теглећа марва. Ту су коњи... Свега има. И још плус – пијачни дан на коме се може пазарити воће, поврће, јаја и све остало... Гужва као на вашару! Свако носи по нешто што је купио или понео да прода. Онај купи робе за седам дана што му је потребно. Петком заврши са куповином. Пијаца ради и осталих дана, али није то као петком.

Договор увек важи – да је пијачни дан ове вароши – петак...

КОЛЕНА ФАМИЛИЈЕ ВУЛОВИЋ

*Марко, Ђорђе, Радивоје, Љубиша – Теттак Обрадин – Учи-
теј Бошко, рођак – Корени у Дубу*

Мој рођак Бошко остао је сироче као дете од годину дана. Моји
су га родитељи прихватили, гајили и школовали. А кад дође, зими, на рас-
пуст, ми, деца, пуни среће – долази Бошко... Мој брат Мића и моја сестра
Продана били су мали. А ја сам био најмлађи и најмањи од свих. Мића је
био три године старији од мене, а Продана две-три године старија до ње-
га... Па, примерице... Отац Ђоко насече дрва и нацепа, па кад је готов, он
зове: Ђецо, идите, унесите дрва са цепала! Мајци, у кућу, да се ложи ва-
тра. А ми скачемо, идемо одмах, нема ту шта да се чека, мора да се слуша
старији. Нико није знао да каже да нешто неће. Наређење – извршење. Та-
ко је било тада. А данас... (одмахује руком, уздише)

А мој ти рођак Бошко, господско одјело на њему, и он носи са нама
дрва. Нас срамота, кажемо му: Немој ти да се прљаш. Ми ћемо унети др-
ва... Ми му бранимо, не дамо да слаже нарамак, испрљаће капут. Ја сам
био мали, па и ја, уз осталу децу кобајаги наговарам Бошка: Боко, Боко!
Немој ти, ми ћемо све порадити! Ма, какви! Баш ти нећеш. Он мени не да
да носим него да он носи уместо мене... И то се с дрвима заврши... Па, он-
да, идемо на санкање. Направио нам покојни деда Радомир дрвене санке.
Возамо се, уживамо... А Бошко мени само повиче: Пикула! Пикула!... Ја
сам био најмањи. Колико сам тада могао имати година, не знам, шест,
можда седам. Још нисам био пошао у школу.

Да ли је тада Бошко још био ђак учитељске школе? Или је већ постао
учитељ?

Није. Још није био завршио за учитеља. Биле су ферије, зимске и лет-
ње. Он је овде обавезно долазио и преко лета. И зимски и летњи распуст
проводио је код нас у Дубу... И, Бошко стигне у Вуловиће, а то је увек би-
ло за Божић. Мене стави на санке. Мене вуче узбрдо, А онда седнемо за-
једно и возимо се – низбрдо. Ја трчим за њим да ме опет пусти на санке,
да ме извуче на врх брда, а онда се сјуримо доламо. Што већа низбрдица,
то бржа и веселија вожња. Знаш већ како то иде. Дечије зимске радости.
И тако...Колико сам ја Бошка волео, то је чудо Исусово!... Закоље Ђоко
печеницу, увек смо за Божић имали богату трпезу. И ту, под мишаном,
постави се ражањ и окреће се печеница на ражњу. Ђоко оде по дрва, оде
да намири стоку, а Бошка остави да пази на печење. Бошко окреће ра-

жањ, ми седимо поред њега. А ја у себи мислим: Јој, мили Боже, господин окреће печеницу... Ја сам се њега мало и стидео. Он је знао да га волим и са мном је проводио највише времена. Кад ме позове: Пикула! О, Пикула!... Ја просто летим. Мића и Продана су понекад од њега добијали и грдњу, а ја – никад. Он је тачан као сат, волео је ред и љутио се ако нешто није како треба...

Строг, строг!

Друга деца су га се бојала.

И као млад. И као стар.

Био је људина, то нема.

Ђоко и Раја су га много волели, јел тако?

Их, какви! Ја ти гарантујем да је тако било. И Раја и Ђоко волели су Бошка исто као своју децу. Бошко је био такав да си морао да га волиш. Никога у нашем селу није било а да није волео Бошка. А колико је само било његових вршњака. Сећаш се стрица Радоја? Они су заједно ишли у гимназију у Ужицу... Или, на пример, да је нешто било да се ради, а да Бошко није прискочио да помогне. Иду да копају кукурузе или да жању пшеницу, раж или зоб – Бошко иде с њима, барабар. Колико је само он тресао шљива, колико пута сам га видео на шљиви...

Отац је помињао да су негде ишли да секу дрва. На планину, далеко. Не знам с ким... Са воловима су извлачили балване...

То се зове – на влаци. На влаци су извлачили на пут веће комаде. Ту су цепали, па стругали тестером... Можда је то било овде, горамо, у нашем забрану? Можда је ишао са Радосавом или са Милорадом?... Или са Радојицом? Или са Ђоком? Није имао с ким другим.

Тада је Ђоко имао волове?

Јашта. Причао је Ђорђе како су вукли песак из реке за ову кућу, кад је грађена ова кућа. Педесет кола је Бошко дотерао са воловима. Доле, заједно натоваримо, а он горе сам истовари. И док се он врати, Ђорђе извади из обале и просеје једна кола песка...

Нешто се присећам, у вези оних балвана, дрвене грађе... То мора да је било на Дрини. Кад натоваре кола, горе, у планини, нема кочења, него пусте волове да се сами клизају до подножја. Где ли је то могло бити? То је сигурно нешто друго?

Не знам. То не знам. Кад сам ја био мали они нам нису дали да идемо уз волове. А где је иловача, где је клизаво, није никаква вајда од винта. Ђоко је строго пазио да се не нађемо пред воловима. Бојао се да кола не крену превише брзо. На већој низбрдици волови се пусте да сами коче вратом, ногама. Паметна је то животиња...

Значи, Бошко је учествовао у изградњи ове куће?

Кућа је грађена 1924. године. Колико је тада Бошко могао имати година?... Матичне књиге су изгореле, па су Бошка уписали по сећању да је рођен на Ђурђевдан 1912. године. Тако је целог живота био млађи за једно лето.

И живео је пуних осамдесет година, а не седамдесет девет како му је званично уписано... Практично, одгајили су га и васпитали твоји родитељи, Ђоко и Раја? Како је изгледао један његов дан у Дубу?

Долази из школе, оставља торбу са књигама. Раја му да само једно парче хлеба и сира и он одмах иде да пусти овце на пашу. Неку књигу обавезно има под пазухом. Онај скроман оброк поједе гредом. Чува овце у Батви... Ујутру, порани, напасе овце, оде у школу. Ето, па ти види како је то било...Зато су га и волели, зато што је био вредан и радин.

Био је вредан. Али, знао је да је сироче и да мора да поштује своје добротворе. Упркос томе умео је да се постави, да се лепо понаша. То што је био сироче, није га превише оптерећивало.

Покојни тетак Обрадин, твој деда...

Брко!

Брко, редовно је, долазио, овде. Помагао је, радио је код Ђоке и Раје, све због Бошка. Сећам се зидања штале, био сам дечак. Мића и ја одемо позади и све гледамо. Тетак Обрадин, бркови огромни, какав је он човек био, права људина... Упамтио сам волове које је Ђорђе држао преко двадесет година. Кућа је направљена с њима. Одлично сам их упамтио, а рођен сам тридесете године, па ти види... Те волове Ђорђе је дао Обрадину. Онамо у гају одсеку грм за греде, дрво високо преко двадесет метара. Тетак неће горе да га креше, само мало оне гране које су се баш разапеле, насече и скупе се. Упрегне волове, ухвати их у јарам и дотера овде, пред кућу. А Мића и ја сакријемо се позади, ухватимо се за оно лишће и – возимо се. Брко се окрене и примети шта радимо. Погледа нас љутито, дрекне, а ми се заледимо од страха. Био нам је страшан са оним дугим брковима. – Шта ћете ту?! Да вас здроби грана, да вас самеље! Да вам се нешто деси не бих смео Раји изаћи на очи... После, ми не смемо да се прикучимо ни на десет метара од Обрадина и његових волова...

И он је био солунац. Дванаесте отишао у рат, а вратио се осамнаесте.

Брко је возио четворопрег. То ти је запрега са четири коња за извлачење тешких топова на положај. Какве све врлети морају да се савладају, кланци, чуке... Кад Обрадин почне о томе да прича, ја само растем. Много сам волео да слушам Обрадове приче.

Видиш колико је солунаца било у нашој фамилији. И Ђорђе, и Стеван, и Обрадин... Ко још беше?... Сви су прошли ратни пакао и вратили се живи.

И Неђељко, и Милан. Па онда, Гвозден Поповић, Боривојев отац... Сви су се вратили. Само је мој ујак, мајчин брат, погинуо на Куманову уочи похода кроз Албанију. Убише га Бугари... Други Рајин брат, Милоје, био је са оцем.

Ето, видиш! Колико су само солунаца покупили из овог краја! Бог те мазо!

Није било куће без солунца. Све фамилије дале су по некога свога. Оца, брата или рођака. Много их је изгинуло. О њима су остале само приче. Па се и то, полако, заборављало...

Сећаш ли се Обрадина?

Их, тетак! Како се не бих сећао?! Тетак је за мене био као неки јунак из народне песме. Као Краљевић Марко. Узме ме у крило, али ја нећу миран од бркова. То нема силе! Носио је огромне бркове и деловао некако застрашујуће. И руке су му биле обрасле густом длаком...

Значи, на Обрада смо сви овако рутави?

Нека деца су се плашила. И ја сам се, мало, плашио до њега. Тетак, кажем му, твоје руке су чупаве као у медведа?! А он се слатко насмеје...

Обрад је волео сву децу. Али, мене некако понајвише од свих... Имало би о томе да се прича! Јоооооооооооој! Шта би све имало да се исприча о тим прошлим данима, о ратовима, о првом, па о другом рату... А тек о овом рату што нас задеси преклани... Све би можда заборавио, али оно ратовање у време мог детињства – никад. Био сам мали, али сам све добро запамтио. Ја знам кад су партизани пуцали са брда (показује), а Љотићевци им одговарали на овом брегу (показује у супротном правцу), више Пејића. А изнад нас прелећу светлећи меткови. Ми побегли у подрум, повиримо, а оно само бије. Тек чујеш – крцне црепљика, залутали метак. Крцне у башти шљивова грана, сломио је куршум па виси и клати се... То је било, сачувај Боже и саклони. Ћути, молим те... Колико је само моја мајка Раја испекла хлебова и проја и поделила четницима, партизанима и осталим војскама. Ко год с пушком дође у авлију, он је нека војска. И мораш да му даш шта имаш. Рано ујутру Ђоко исцепа дрва и каже мајци: „Испеци, Рајо, доста хлеба, нека има! Кад војнику даш мало хлеба, он ти неће ништа. Неће ти ни отети, неће те дирати. Знам по себи, кад сам ишао преко Албаније. Ни једног војника нису пустили да оде а да му нису дали оно што су имали. Кору хлеба – кору хлеба. То је истина жива. Само да нешто ставе у уста.

А наилазиле су разне војске?

Ма, бежи, молим те! Чим угледају нашу велику кућу, ето их у авлију. То само надире! Ко губари...

Ваш кров се види из даљине преко шљивика и између шљивових грана.

И, правац, овамо. Хајде да видимо шта има код Ђока Вуловића.

Нити га знаш, нит га познајеш. Не знаш ни ко је ни шта је.

Четници сели овде (показује где) и чекају. Раја им вели: „Хлеб ми је у рерни. Сачекајте мало да га извадим.“ Они седе мирно и чекају. Хлеб мирише, већ је скоро печен. Пријђем ближе да их видим. Занимало ме оружје и њихове пушке. Кад имам шта и да видим! По њиховим раменима и по леђима размилеле се вашке. Тушта и тма ушију, то само гамиже. Беле, крупне вашке, баш повелике, па имају репиће који се мрдају тамо и овамо. Врве по њима, а они и не обраћају пажњу, онако уморни, попадали по дворишту, опијени, омамљени мирисом домаћег хлеба... Све, све, али оне уши... И сад ми се гади кад се тога сетим... Раја није волела што Ђоко устваља војске, нутка их пројом, па и преноћиштем.

Запатили би вашке...

Кажи им да нам се деца плаше. Замоли их, наговори да иду негде где нема деце. Плаше се деца тих ваших брада. Немојте овде заноћити. Има и других кућа у близини. Ево, даћу вам хлеба, даћу вам и мало сланине и сира. Наточићу вам и малко ракије. Поједите, попијте, само идите даље...

А нас најуре овамо, у собу... Као бајаги да се плашимо... И, Бога ми, војска послуша Рају, оде даље, кроз село... Добро, каже, наћи ћемо нешто, преноћићемо на другом месту... Раја каже отворено: „Све ћу вам учинити, али немојте остајати овде на конаку, молим вас. Плаше ми се деца...“

Добро се сетила. Шта друго да им каже?

Снашла се жена. Мајка је чудо! Шта све не би учинила за своју децу...

МИЛЕСА И РАДИВОЈЕ

Стрина Милеса приповеда како се заљубила у стрица Радивоја – О њиховом заједничком детињству у Дубу – Млада на коњу – Чувени ручни радови Милесе Вуловић из села Дуба – Радивоје често одлази на конференције, а за то време Милеса сама пласти у пољу – Прича о изгубљеном јагњету

Сада нам говори моја стрина, Милеса Вуловић. Кад је била млада шта је и како је било. Да чујемо...

Испричаћу све тачно онако како је било... Од првог разреда основне школе заљубила сам се у твог стрица Радивоја.

Тако рано?! Ух, Бога му пољубим!

Тако је било.

Допао ти се Радивоје?

Био је много леп као дечко. Ишао је један разред испред мене. Био је годину дана старији. Кад сам дошла кући, пита ме, у шали, моја баба Миља: „Јеси ли, Милеса, нашла каквог момчића?“ „Бога ми, ја јесам.“ „Па, кога си нашла, дете, Бога ти? Да ти није рано? Каква љубав, треба тек учити школу.“ „Ја имам момка.“ „Одакле је?“ „Из Вуловића.“ „Чији је?“ Ја нисам знала да јој кажем име Радивојевог оца. Али она је лако погодила да се ради о Ђокином и Рајином сину... И тако, идосмо ти ми у школу. Бог и душе, и та се љубав продужи.

Ишли сте у Злодол у школу?

Да, тамо где је сада Љубица учитељица.

Колико сте пешачили до школе?

Па, пола сата, сат, отприлике. Од мојих Пејића и Вуловића низбрдо до Дуба, то је лакше у одласку. Од Дуба до Злодола јесте равно, али има подоста да се хода. У повратку исто, али од Дуба до наших засеока узбрдо. Ишли смо заједно у школу, из школе. И успут се дружили, али, у почетку, правили смо се незаинтересовани. Као да нема ништа међу нама. Били смо мали, каква љубав. А, у ствари, волели смо се (смех). Тако је било, моје дете. Ово што ти кажем све је чиста истина.

А он, је ли узвраћао, шта је радио, како се понашао?

Узвраћао, него шта него узвраћао.

Испричај Мићу све по реду, како си се заљубила у мене.

И све би то било лепо и добро да ме баба Миље не изведе из школе. Била сам у другом разреду, отац је стално био позиван на неке војне вежбе и није имао ко да чува стоку. Зато мене моји испишу из другог разреда... Али, опет наиђе Радивоје из школе, а ја чувам краве у неком воћњаку. Он ме гађа каменчићима. Непуне две године ишли смо заједно у школу, а онда смо се виђали у пролазу. Ја чувам стоку поред пута, а он ме гађа камичцима. Тако је то било и наставило се и касније... После одрастосмо и почесмо да идемо по вашарима, прелима, весељима. Дођем ја на вашар под јасеном, а Радивоје се загледао у неке друге, лепше девојке. Кажу ми другарице: „Милеса, што си луда, што ти њега волиш? Видиш ли шта он ради?... На копању, на жетви, кад чуваш стоку, он је стално с тобом. А на вашару...“ Кажем ја њима: „Нека, нека, нема везе...“ А све мислим у себи: „Ја сам бацила око на њега. Он ће бити мој кад – тад“. А другарицама велим: „Нема ништа међу нама.“ Тако је то било... Оде он негде са бригадом, у Међуврше, где ли, појма немам. Кад ли ти моји реше да ме удаду. Била сам ја лепушкаста, виђена девојка за удају. Нисам била као садашње девојке што су бледе, слабашне, него јака, румена (смех)... А ја велим мојим родитељима: „Ја нећу да се удајем.“ Сочили су ме за неког официра. Знало се у селу шта је добра прилика за девојку: војно лице, поп или неко кога кум препоручи... Ја нећу... Како нећеш?! Живећеш у Београду. Тај момак био је на служби у Београду и данданас је тамо... Нећу. Ја имам момка... Куку, каже, црна Милеса, откуд теби момак?!... Радивојеви родитељи су били најбогатији у селу, имали највеће и најсређеније имање... У кога си се загледала, црно дете?... У Радивоја Вуловића. Он је мој момак... Јес ја, погледаће Радивоје на тебе, немој да се заносиш... Шта ме брига да ли ће гледати... Само да знаш, вели моја баба Миља, Раја је строга жена. Кад би ти била свекрва, не би ти гледала кроз прсте... Нека је строга. Шта ми каже ја ћу је слушати... Тако је тада било, наивно, скучено, млађи је морао да слуша старијег, а не као ово сад да нико никога не чује... На крају крајева, нисам ја лоше прошла овде, у Вуловићима, лепо сам са Радивојем живела, нећу да лажем. Његови су били строги, али добри. Држали су се старог начина живота, онако како су научили од својих старијих. И ако, тако јесте боље...

Ниси се покајала што си дошла у Вуловиће?

Нисам.

Колико си имала година кад си овде дошла као млада?

Колико, колико? Шта да ти кажем?... Имала сам петнаест-шеснаест година, толико. Више од петнаест, а мање од шеснаест. Шта сам могла да имам? Непуних шеснаест година... Младо, лудо, заљубљено (смех)...

А Радивоје?

Ку-ку мене (смеје се), па и он је био млад. Тек што је зашао у седамнаесту годину, инсан.

Ни ти, ни он нисте били пунолетни?

Ма, јок! Какви пунолетни! Морали смо да поднесемо молбу да нам се одобри, па тек да ступимо у брак.

Чича каже да је био пунолетан...

Док се све то догађало, он је напунио осамнаест година, али ја нисам. Илија Цанин био је матичар у Костојевићима. Није било никакве власти нити чиновника у Злодолу. Касније, Илија је био матичар у Злодолу, па је из Злодола отишао у Бајину Башту. Он је решавао нашу молбу, да ли да се венчавамо или да чекамо пунолетство. Е, моје дете...

И шта би на крају?

Свадба је заказана за октобар, а ја сам 19. децембра пунила осамнаест година. Млада је била сасвим млада...

И, каква је била свадба?...

Лепа је била наша свадба, лепа и богата, нема шта.

Сећам се фотографија са ваше свадбе. Послали сте свим рођацима који нису били на слављу. Одлично се сећам чиче и тебе. Била си млада са белим, прозирним велом...

Јесте, јесте. Имала сам и вал и венац и све остало. Јој, мене! Па кум довео коња за младу. То је стари обичај да кумови доведу коња за младу... А ја, да извинеш, не смем да узјашем коња. Почеше сватови да се љуте и да псују. Ко ће сад на коња?! Моји никад коња нису имали, нити сам икад коња јахала... На крају, морадох и то, Боже ме опрости.

Кад си решила да се удаш онда ти више ништа није било тешко. Па ни коња да јашеш?

Није, није, право кажеш... И тако. Леп смо живот живели. А најважније је да нисмо били љубоморни једно на друго. Уопште нисмо били љубоморни. Ја сам волела да он заигра са неком другом, да се нашали, да поприча. Никад се нисам љутила због тога. Никад.

Добро. Имали сте троје здраве и лепе деце?

Јесмо, јесмо.

Сво троје одшколовали... Међутим, мене интересује то прво доба, док су ови стари, свекар и свекрва, Ђоко и Раја, били у снази: шта се радило, како се живело? Радило се много, јел да?

Радило се пуно, то је тачно, али, Бога ми, радили су и стари. Нећу да кажем да нису кад јесу. Радили су колико су могли, али, наравно, никако нису барабар с нама. Радивоје и ја се нисмо штедели, гинули смо на послу.

Ти си и на разбоју много радила?

Јесам. Ја сам пуно ткала, па сам пуно хеклала, па сам штрикала, па сам... Што сам исхеклала и иштрикала овим мојим рукама то не би могао да повуче највећи трактор, ма какви! Све моје рукотворине, да се лепо сложе, не би могле да стану на тракторску приколицу!

А ћилими? Причај ми о ћилимима... Како си, од кога научила да ткаш?

Ћилими? Јооооj!... Од моје мајке сам научила да ткем. Она је много лепо радила ручне радове? Касније сам и од свекрве по нешто научила. Онда се још није чуло за пиротске ћилиме. Од неке Заге из Ужица, рођаке моје покојне свекрве, добавили смо прве комаде пиротских ћилима. Дај да видимо и то чудо!... Па сам ја то научила, скоро сама – гледала, бројила, мерила и ткала. Кад не ваља, опарај, па поново. И тако, све док не поновим тачно онако како се радило у Пироту. Мени се чини да сам и твојој мајци, једној, један ћилим исткала?...

Јеси, јеси..

Јесте. Пуно сам радила. Баш, пуно... Коме је год моја свекрва рекла, ја сам урадила, исткала. Свакоме сам испунила жељу. Само кажи какве боје волиш, која величина ти треба и кад хоћеш да буде готов. И ја радим...

Највише је било црвене боје?

Било је црвене, али и многих других боја: тегет, браон, грао, тамно црвене, лила, окер... Неко донесе своју вуну, већ обојену. А неко хоће од наше вуне. Свекрва је прела, а ја ткала. Кад испреде довољно, онда обојимо: у ораховини добијемо смеђу, у коприви зеленкасту и тако редом... Понекад смо носиле вуну код бојације у Бајину Башту или у Ужице. А касније бојиле вуну на вештачки начин: купимо оне боје у кесицама и лако обојимо по жељи.

Ти си ткала по цео дан и по целу ноћ. Направила си овде праву радионицу, као неку малу ткачницу...

Право кажеш... Али, није ми било тешко. Волела сам да ткем. Просто ме је нешто вукло да што пре завршим и да видим како ће тај комад или тај ћилим на крају да изгледа. Мајке ми, тако је било.

Други су запазили твој рад, твоју уметност?

Јесу, јесу... Био је то директор школе у Костојевићима. Касније је прешао у Злодол. Он је замислио да покрене домаћу радиност у околним селима. Нешто слично као Задруга жена у Сирогојну. Оне плету џемпере у својим кућама, а продају по целом свету. Свака жена добије материјал и цртеж како џемпер треба да изгледа. И стварно радиле су дивне зимске џемпере, а за Сирогојно се чуло одавде до Лондона... Тако нешто хтео је овај човек да покрене у Злодолу.

Аха, било би ти близу, пола сата хода.

Јесте, јесте... Све је било испланирано и договорено.

Ма, шта то причаш?!

Јесте, живота ми. И ја да радим у домаћој радиности... И тако (док прича Милеса плете, па понекад прекине причу да би избројала жице и петље)... Цела истина. Није ти, можда, Радивоје причао?...

Није.

Директор је долазио неколико пута и објашњавао како ће све то да изгледа и колико ће се новца зарадити и све тако... А ја, ко баксем, да будем инструктор, да показујем женама и да их уводим у посао... А шта мислиш зашто?... Па зато што су моји радови на изложбама у школи увек били најбољи. Кад оно ђаци декламују на крају школске године, о Видовдану, све су се моји ћилимови и прекривачи носили и распоређивали по зидовима за декорацију и за украс. Никад није пролазило без мојих ствари кад се уређивала учионица, школска сала или задружна канцеларија за разне свечаности, састанке и конференције... Људи су то гледали и свидело им се. Зато је директор долазио код свекра и код Радивоја. И, дође он једном овде и каже покојном свекру: „Твоја снаја, Ђоко, имаће лепу плату у кућној радиности. Имаће и радни однос, социјално, здравствено и све што припада раднику. А пошто је вредна сигурно ће пребацивати норму, па ће добијати и разне премије и додатке...“ Објашњава директор све како заиста и јесте, само да ја пристанем, да почнем да радим и да после привучем и другу омладину. Рећи ће: „Како може Милеса и ми ћемо!“... „Кад могу оне жене у Сирогојну, можемо и ми!“... Ја већ замишљам како ћу да почнем са тим послом, како ћу да ткем и да штрикам, већ имам на уму разне мустре које још нисам стигла да испробам... А моја ће ти свекрва: „Немамо ми разбој уза зид!“... Како то она рече ја видим да од тог посла нема ништа. И тако је и било. Јесам везла, хеклала, плела и ткала, али само за наше кућне потребе. И за моју децу. За све укућане, али највише за моју децу...

Узимала си неке шеме и од моје мајке?

Јесам, јесам... Она је читала женске часописе, кретала се међу људима, путовала, па је знала шта се носи и каква је мода наступала. Па ми је слала неке почетке и мустре... Или, кад овде дођете, преко лета, она ми покаже неке нове ствари или донесе по неки примерак „Базара“, па онда започнемо по неки прслук или шал или нешто друго... А ја сам брзо схватала како се то ради и врло брзо сам радила. Даница ми ујутру нешто покаже, до увече ја исплетем полеђину или предњицу или оба рукава... Само нисам волела гоблене. Све сам радила, али гоблене нешто нисам могла. Оно ми је било превише споро, пипаво... Ја сам то волела што пре да видим шта је урађено и да што пре почнем нешто друго, нешто ново...

Као да вас видим како седите на оним зеленим хоклицама и свака држи на крилу по неки ручни рад – баба Раја, моја мајка и ти. Нешто ћућорите, а оне игле само звецкају, севају у вашим рукама.

Сећаш се, јел да? Тако је било, баш тако... Само што сам ја морала да стигнем да завршим све друге послове, па тек онда да седнем да штрикам. Деци треба по цемпер, хајде Милеса. Радивоју се исцепао пуловер, хајде Милеса. Свекру чарапе, хајде Милеса. На крају, ред је да себе нешто мало поновим... А њих две нису имале друге обавезе сем штрикераја. Само Раја пристави ручак и док се јело у лонцу крчка, ако није било дувана за низање, онда су могле по цео дан да плету, крпе, парају, штрингле мотају у клупчад и да распредају старе приче. А ја, јадна, седнем с њима да се одморим, да данем душом и да ипак још нешто урадим...

А Радивоје?

Он је обављао мушке послове. Имао је и он много посла...

Јесте ли некуд ишли заједно?

Јесмо, али ретко. Просто, није се стизало од рада, од деце. Ја сам волела да се дружим и то... Било је то доба комунизма, организовани су разни курсеви, домаћичке школе, аналфабетски течајеви, али ја нисам одлазила. Куд ћеш, Милеса? На теби је кућа, на теби су деца. Као што се лепо каже: није кућа на земљи него на жени... Радивоја су такође звали и он је одлазио. Седница овде, седница онде, лепо, Бога ми. А колико имамо посла? Сено у пољу неће да чека док ти дођеш са седнице. Нека, то ћеш ти, Милеса... И ми морамо да идемо да пластимо. Само што смо сишли у поље, растури се плашће.

Дуну ветар, поче олуја, је ли?

Јесте, јесте... Одох ја сад, каже Радивоје, одох на седницу. Иди. Шта вреди причати, шта вреди свађати се. Иди, Радивоје, на седницу кад мораш. Нема њега по пет, по шест сати. А ја сама по шеснаест, по осамнаест пласта сама саденем, завршим са плашћењем, њега још нема... Ноћ, остало пуно двориште дувана на моткама, изнешено, знаш, да се суши... Тек, ето ти га Радивоје, иде са седнице. Ћути, жено, да само знаш какве смо важне одлуке доносили. Прште ми глава од брига! Ти појма немаш каква је политичка ситуација у свету, то само кува ко у лонцу! Треба то решити, треба то добро издискутовати и дебело размислити...

И тако, идемо кући до голе коже мокри, што од зноја, што од кише, а Радивоје ми приповеда о спорењу источног и западног блока и како ће Тито свима да доскочи оснивањем Трећег света. Већ се договорио са Нехруом и са Насером. Још је остао Сукарно да размисли, а прича се да ће и Кастро с нама пре него с Русима... Знаш колика ми је глава, пита ме Радивоје, ко кућа, ето колика је, прште ми чело од светских брига... Само што смо се помолили ту код капије, а покојни свекар почне да псује чим нас угледа: „Шта сте до сад радили?! Не пласти се сено кад сунце зађе и кад залади! Где сте до сад зијали и заврзивали, а толики посао вас чека код куће?!“... А ја све ћутим. И никад нисам хтела да га одам. Да није ни купио сено са мном, да сам све сама свршила. Мој ти Радивоје отишао лепо на седницу, јер зна да ће луда Милеса завршити сав посао...

Седница су дуго трајале.

Јесте, јесте, како да не... Седнице су дуго трајале и врло често су заказиване (смеје се).

То је било доба када су седнице јако дуго трајале.

Него шта, била је озбиљна ситуација и седнице су биле све дуже и дуже.

Биле су веома дуге и све чешће и чешће.

Јесте, јесте (смех)... Биле су све дуже и све чешће те седнице, Бого мој!

Чудо једно како су се продужавале и множиле, а стрина? Како си ти гледала на те ствари, на те дуге и честе седнице?

Како сам могла да гледам? Видела све и ћутала (смех)... Ко да сам ја сама нешто могла против те појаве?! Ништа нисам могла... И није ми ни преостало ништа друго него да поштујем седнице и ове људе што су на њима седели и седничарили.

Ко ли измисли те састанке? И то само за мушкарце?

Ништа ти ја не знам о томе. Сем да су биле важне, да се није смело од-суствовати. И да су трајале до зоре. А било је случајева када су трајале и три дана без престанка. Ко је то могао издржати?!...

Па, издржао Чикола, шта му фали?

Не фали му ништа пошто сам ја била разумна жена. А свака би да је била на мом месту или полудела, или би му поломила све кости...

Шта ћеш кад се баш теби заломило то чудно време у коме су седнице и састанци били тако важни. Нису жалили својих гузица, седели су неу-морно, само да реше проблеме и да свима нама буде боље...

Јесте, јесте (смех)... Баш су се намучили састанчарећи и дискутујући са друговима из Комитета. Па то су биле полемике – ко је већи: Тита или Кардељ, Ранковић или Ђилас... Тита је преломио и казао: „Другови, ја преузимам на себе ту одговорност да будем највећи!“ И било је тако ка-ко је рекао...

Само се не зна да ли је прво лупио парабелумом о сто?... И ми смо, као деца, по мало пластили са вама у пољу.

Јесте, јесте.

Били смо и кад се пшеница жела.

Јесте. Скупимо се сви. Лепо је то било... Сад то ради машина, комбајн. А онда смо жели срповима, ручно... Јесте, добар је био твој стриц, добар радник. Трудио се колико је год могао да нешто привреди, да постигне, мимо тих седница (смеје се)... Нисмо се свађали. Никад се у животу посва-ђали нисмо, Бога ми милога. То морам да ти кажем, Мићо. Као човек Ра-дивоје је добар, с њим си о свему могао да се договориш. Кад види да ни-је у праву, он онда попусти. Ми се нисмо замерали, није ни било неких озбиљних разлога... Али, пуно пута није ми било право кад у колима на-ђем она женска, пресвучена дугмад. То ми нешто није било право (није ја-сно да ли се шали или говори озбиљно)...

Чекај, зар ти ниси подносила вожњу?

Нисам...

Па, зато није ни могао да те вози!

Аууу! Па, значи зато је то било?!

Кога ја возим (добацује чича), ништа му не фали!

Како ми то није пало на памет?! Кад ја нећу, има ко хоће...

Ето, видиш. Сад ти је све јасно.

Кад смо се ми узели?

Четрдесетдевете.

Љубица се родила педесете. И ти си, Мићо, педесето годиште?

Јесам. Рођен 1950. године. Двехиљадите имао – педесет. Пола века жи-вео сам у XX веку, а другу половину у XXI. Стојећи на размеђу миленију-ма могу да сагледам сав хаос и невољу историјских дешавања.

У ствари, још траје продужени XX век. Као што ни онај претходни, XIX, није хтео да се заврши пре краја Првог светског рата, тако ни овај, тзв. XX, неће да се сврши пре неког значајног догађаја. Како ће та прекретница изгледати нико право не зна. Само да не буде каква несрећа... Људски род као да се свикао на недаће, па просто није спреман, нема вољу да се одупре несрећи.

Срећа га гледа. Онај му не да.

И тако ми бисмо и живесмо, кад ли бануше Немци у наше село, мој Мићо. И населише се у Пејићима, а нас све истераше. И ми се склонисмо, тамо, преко брда, у Пајиће...

Из Пејића у Пајиће?! Па и нисте тако лоше прошли: променили сте само једно слово. Из Е у А. Што би казао Рембо: из плавог, чини ми се, у жуто...

Избегнемо у Придоле, село твог оца.

Тачније, село је Пилица, засеок Придоли, а Пајићи дођу као неко гнездо у шуми?

Тамо отерамо сву стоку: говеда, свиње, овце. Да сачувамо шта било.

Војска мора да једе.

Сваког дана Немци кољу по једну овцу.

А кокоши? Шта сте учинили са пиладима? Њих сте препустили окупатору?

Шта смо друго могли? Ко ће да се петља још и са живином?! А ни глава на раменима није сигурна...

Не могу да се сетим тачно, али чини ми се да се мој покојни отац нешто шалио са твојом покојном мајком? Јел тако било? Како оно беше?

Јесте, јесте, ево како је било... Кад су били млади твој отац је друговао и учио школу са мојим оцем. Мој отац је завршио два разреда гимназије. Па га је моја баба вратила кући. Била је тада у нас задруга са много чељади, пуно народа. Девери нису хтели да га издржавају, да га школују. И баба га врати кући... А моја мајка била је онако, лепушкава Бога ми. Мој отац се с њом дружио, а и Бошко, његов друг био је с њима. Често су бивали заједно. Моја баба је рекла... Пошто је њу удала тетка, тетка која је и одгајила. Она је као сасвим мала, од месец дана, остала без мајке. У време рата мајка јој је умрла од тифуса, па је тетка прихватила и одгајила, јер није имала своју децу...

Слична прича као са Бошком?

Иста прича као са твојим оцем... И онда је баба говорила: „Боље да те удам за Бошка него за Радоја!“ А моја мајка јој одговарала: „Не знам ја, али Бошко је учитељ, господин, а Радоје се вратио у село, остао сељак. Опет ћу ја у Пејиће...“ Ето, тако су се шалили и зато су помињали Бошка.

Знао сам да је била нека шала.

Не довдрах ти причу о бежанији...

Како је било у збегу у Придолима?

И одемо ти ми у Придоле. Моја сестра била је баш у Пајићима и Недићима. И биле су овце са нама. Имале смо своје стадо бело и биле смо младе чобанице... Али. Хоћеш врага! Хоћемо ми да некако видимо шта се ради у нашем селу. Шта ћемо и како ћемо, ми се досетимо па потерамо овце, ко бајаги, да их добро напасемо, овамо, преко брда, што ближе Пејићима. Али, деси се тако да изгубимо једну овцу. Изгубисмо овцу! Ку-ку, шта ћемо сад? Немци близу, заниремо од Немаца, не знамо тачно где су и куда се крећу... Договоримо се нас две да брзо повратимо овце горе, на брдо, пошав Мрамору, до оног превоја ка Недићима. Моја сестра остане код стада, а ја се вратим... И вратим се ја. Целу Батву прегледам, нема ми овце. Где год је било неко сено ја сам завирила да видим да се овца није ту задржала. Дозивам и вабим, али шапатом... Кад ли отуд, са Баришта, почеше да пуцају! Меци само звижде око мене. Да ли баш мене угледаше или ратују какве војске? А тад мени као нешто каза: „Бежи, Милеса! Можда су Немци!“... Неко као да ми шапну? Као да то није била моја мисао, него нечија туђа? Бога питај шта је било?...

Толико си се препала да ниси ни могла смирено да размишљаш.

Јесте, јесте... Немци су ваљда осматрали са Баришта кроз дурбине и видели су да се нешто миче. Шта их брига да ли је то нека зверка, животиња, овца или човек! Можда им је било сумњиво како се понашам, као некакав шпијун: завирујем око сена и по скровитим местима, вабим овцу, проклету... Кад ли запуцаше око мене, мила моја мајко! Чувши онај глас ја се тргох и поче да бежим. Трчала сам погнута иза пресека и кроз шумарке, па коритом потока и путем до куће. Дођох овамо, а Немци су пре мене стигли овде, у Вуловиће. Мислили су да сам ја нека одрасла особа, ко зна шта им је било у главама... Како су ишли отуд, из Пејића, они заклопе покојну Јовку и Радомира у њихову кућу. Ђоко је био овде у дворишту, на цепалу. Још му нисам била снаја, него девојчица из комшилука. И тако, ја долазим одавде, из потока, кад ли стрефих три Немца, овде код капије, можда мало ниже. Немци иду право к мени. Нешто вичу, као да грде. А ја само плачем и понављам: „Тражила овцу, Бога ми... Изгубила сам једну овцу и не могу никако да је нађем. Не знам куд је могла да забаса, куд ли се деде?! Остало ми негде јагње, изгубило се. Изгубила овцу, Бога ми...“ Кад ли један од оне тројице Немаца проговори на српском: „Балавица!“... Шта ли ће сад са мном бити? Комшије су затворили, љути су, наоружани, пуцали одозго к мени док сам трагала за овцом. Ко зна шта ће сад бити?! А Ђоко стајао на дрвљанику са секиром у рукама. После нам је причао: „Да се машише за дете, ја бих скочио на њих са оном секиром.“... Тако се то сложило и наместило. Тако то буде у животу... Кад ли се онај Немац опет обрати мени, али као да се руга: „Плачи, плачи!“ А ја плачем од страха, али и због овце и само понављам: „Тражила овце! Тражила овце!“... Онда ми приђе, зграби за раме, жестоко протресе вичу-

ћи: „Кући! Марш кући!...“ Видели ваљда да сам клинка, да сам дерле. Ја
јадна, пођем, идем путем тамо, ка Јоловој кући. Али, мислим, куд ћу та-
мо, у Пејиће, тамо су Немци. Ја онда окренем са Оскоруша лево, па туд-
горе, Милорадовој и Миленијиној кући. Па даље на Мрамор, горе где је
остала сестра са овцама. Кад сам била код Милорадове куће погледам до-
ле и видим да су и Немци пошли узбрдо, пречицом, кроз башчу. Нису мо-
гли знати куд сам пошла, а испало је као да луњам около и да нисам по-
слушала шта су ми наредили...

Опет Немци на тебе?

Ја се толико препаднем. Окренем се, потрчим. Трчала сам, трчала, све
до Биљега. Тако зовемо једно место, Биљег. Остала сам без даха и без но-
гу. Паднем на колена и даље не могу. Срећом, Немци нису ни пошли за
мном. Мрамор за њих као да је била некаква граница. У Придоле нису за-
лазили, нису завиривали... Их, шта сам ти ја страхоте поднела, мој Мићо,
само да знаш...

Прошла си као боса по трњу.

Све због јагњета.

И, нађе ли, на крају крајева, то изгубљено јагње?

Ма, јок, нигде га није било. Да видиш шта је било. Дођемо нас две та-
мо.Нека баба пита: „Јеси ли нашла јагње?“ „Нисам. Нигде га нема!“ Не-
ма га, па да се убијеш. Али, да видиш. Нађем ја неку марамицу. На сред
пута стоји лепа, бела марамица од фулара. Ја рекох, добро ће ми доћи да
убришем сузе. Причам оној баби да сам се престравила, како сам изгуби-
ла јагње и плачем. Онда јој објашњавам да су се Немци нешто међу собом
договарали. И да сам онда, као гром из ведрог неба, чула једнога од њих
како се издире, како виче на мене: „Ба-ла-ви-ца! Ку-ћи!» Проговори срп-
ски аветиња. А кад се обраћао својим друговима, војницима, онда је ко-
ристио страни језик, немачки ваљда. Никако ниси могао знати шта гово-
ри... И тако ти је то било, мој Мићо. Ето... Било је свега: и лепих и оних
других ствари, и тешкоћа и радости, и весеља и жалости. Али, све у све-
му, лепо се живело са овим твојим чичом.

 Колико се радило, лепо се и живело?

Јесте, баш тако. На живот се не жалим. Деца су нам била добра што је
најважније... Имала сам свекра и свекрву и морала сам да их поштујем.
Пуно се радило, али се и имало. А сад, Бога ми, мање се ради, не може се.
Сад смо и остарили.

Више се ради, а мање се има.

Јесте, јесте... Причала сам ти пре неки дан да се љутим на њега. Рани-
је, док смо били млађи, имао је обичај да ме сваки час запиткује: где си би-
ла, куд си пошла, шта то радиш, што си се замислила? И тако, хајде ова-
мо, хајде онамо, прошле су године. Више ме ништа не пита... И љута сам
на њега. Ни где ћеш, ни куд ћеш, е, не може то тако...

Сад зна да си ту! Да никуд не можеш.

Зна, зна (смеје се)... Зна да сам овде, код шпорета. Или да сам отишла до оставе. Или до штале да помузем краве, али сад ни тамо не идем, не могу. Никуд даље... Ето, Мићо, не би имала ништа више да ти причам...

БАЛАДА О МИШКУ ТОКМАКУ

*Аутобус звани пошта – Гале – Мишко Токмак – Балада о вилови-
том коњу – Овце, краве, свиње и пернаша живина, као сеоско благо*

Најдража моја њива зове се Лазина. У току дана, сат-два, док ја
ту воду разводим, по ливади, овде-онде, овде-онде, у том времену ја раз-
мишљам шта ми је најпрече после овога. Најпрече ми је да идем ја да ви-
дим шта ми је са дуваном, каква је ситуација: да ли треба да се прска или
да се залама или да ли је зрео да се бере. Тај посао обавим, враћам се у ку-
ћу и крећем, премда сам то и планирао, да идем да косим. Имам две-три
велике њиве у Батви. Идем да косим. Поведем и коња, спремим ланац да
препнем коња. И понесем воде, узмем ракије. Косим, ко наиђе он вели:
Сретан рад! Честитам! Да буде са срећом! – па попијемо по неку... У то-
ме неко од мојих, да ли Милеса, да ли деца, била су мала... донесу ручак,
ручам. Питам – шта ради тата, шта раде краве? И кад то завршим враћам
се кући. Опет ми је најпречи посао да одем у Лазину да пустим воду. То-
ком дана нам се напуне резервоари. Ето... А друга најдража њива ми је
била још кад сам био дете – Поље. То су две њиве. Сече их пут, сада ас-
фалтиран, а некад био макадам, звани цада. Највећа ми је радост била
(као детету) да идем упоље са оцем, са коњем, али да видим аутобус који
је изјутра одлазио у Ужице, а после подне се враћао за Бајину Башту. Јо-
оооооој! – никад ишчекати да се аутобус појави. Тата, кад ће тај аутобус?!
Не знам, дете; око 3–4 сата.

Звао се пошта, зато што је носио пошту, је ли?

Аутобус-пошта, носио је новине и писма. И кад наиђе тај аутобус и
стане доле код Чедине кафане, а ја питам оца: „Тата, како онај чико зау-
ставља аутобус? Колика је његова ћускија? Како је забоде у цаду да би по-
шта стала?...» А он се насмејао: „Дете моје, нема он ћускију. Он искључи
мотор па тако стане»... Није ни он знао тачно шта се тамо дешава и како
она тешка скаламерија стане... А ја гледам, гледам, не трепћем, све док ау-
тобус поново не крене. Људи излазе, улазе, и – оде. И ја сам се радовао до-
ласку поште. Мени је то било лепо, па велим: „Да ли ће и сутра долази-
ти?»... Подалеко нам је одоздо до куће, уморни, цео дан нешто радили.
Отац мени каже: „Дете, ја ћу да узјашем коња, а ти хајде полако поред ме-
не." Ја мислим: „Па, што он мене не стави на коња? Нисам се сетио да је
он стар и да се уморио много више него ја. Цео дан косио, купио сено, ко-
пао или је напорно радио нешто друго што је било на реду да се ради, до-

ле, на њиви званој Поље. Тек сад, са мојих седамдесет и две-три године, схватам и јасно ми је зашто је он јахао а мене пуштао да ходам. Сад бих и ја требало да јашем коња, а млађи да иду пешке поред мене.

Сад га схваташ добро...

Него шта, разумем га одлично... Трећа њива ми је најдража, горамо, Нартак. Налази се изнад куће, изнад ових воћњака. То ми је ту, близу. Ту увек садимо дуван. Понекад посејемо и бели кукуруз. Раније, сејала се и пшеница, раж, а најређе зоб. Обично зоб сејемо по Батви зато што је западнија њива... То је све о њивама... Онда (шапуће, шушка папиром) да видим шта је на реду...

Коју животињу највише волиш?

Од животиња, коју највише волим... Волим све животиње, али у своје време највише сам волео коња... Онда, и свиње, прасиће, кад ми се опраси крмача. Свим животињама ја наденем имена – овај је Кусо, овај је Шаро, овај је Бели, а овај Шарац и тако редом.Премда волим и телад, али, ето, кажем, коња сам највише волео..

Колико си променио коња?

Само два.

Само два?!

Један ме служио осамнаест година.

Како се оно беше звао први коњ?

Звао се Гале.

Гале. А други?

Мишко.

Гале и Мишко.

Гале је био са мном четири године, па сам га продао. После Гала купио сам Мишка и он ме је служио осамнаест година. То је био Мишко. Купио сам га на Романији, у Соколцу, село Власик.

Мишко је значи био Босанац?

Јесте, јесте...

Није био нарочито крупан коњ?

Није, није. Али је имао срце веће од моје главе. Помали јесте био, али је био радишан и јак. Био је толико снажан да људи нису веровали. По 800 килограма довуче он мени из Ужица...

Шта кажеш?!

Да, да! Мишко, Мишко!... Раса му се звала: босански токмак.

Токмак? Никад чуо, нисам знао шта значи та реч.

Мишко Токмак. Име Мишко, а презиме – Токмак!

Које ли оно боје беше Мишко Токмак?

Неке жуте боје, затворено жуте. Нигде по телу није имао никакву белегу... Просто речено, био је браон боје, са црвеним одсјајима.

Црвенкаст, али вуче и на браон, је ли тако? Није браон?

Није, није!

Значи, жућкаст?

Затворено, загасито. Више је деловао некако црно-браон. Прави онај токмак.

Токмак је Токмак!

Па, кад се изодмара и поправи, могао си да се огледаш на њему.

Прави токмак!

Ех, какав је то коњ био... Бољи, поузданији од многих људи...

Боље ти је било с токмаком него са човеком.

Кад га ја средим, истимарим, то сија као сунце!

Ти си га лепо пазио и гајио, добро хранио...

А кад почне да се игра, дивота га је гледати. Тесна му је цела башта кад се разигра. Коликом он брзином пројури, просто пролети, воћњаком, то је невероватно. Додуше, огулио ми је две-три шљиве и једну јабуку. Он закачи куком и скине велико парче коре са старог стабла јабуке, али ко те пита, терај даље...

Како трчи кад је башта стрма?

Зна он да га ја гледам. И намерно се измотава да ми покаже колико је радостан. Зовем га да се смири, да прекине, а он се прави да ме не чује и још више се цилита... Волим и ја да се он игра, али плашим се да се не повреди. Кад закачи грану или воћку, то иверје и гранчице лете на све стране. Кад се смири и дође к мени, ја га прегледам, а на њему се ништа не познаје. Мало длаке фали њему, мало остало на оном месту које је скресао...

Највише си се дружио, разговарао са Мишком Токмаком?

Вала, имаш право. Највише сам провео времена с коњем кога сам звао Мишко Токмак. Он ме никад није изневерио, преварио, а људи јесу... Имао је лепу, дугу гриву исплетену у плетеницу. А кад он потрчи она му се плетеница вије за њим. Он млати главом, пропиње се, јој мене, шта све не ради... А кад дође до мене, ја погледам, а она му се плетеница сва згужвала и начинила као нека гута. После неког времена то се клупко одмота и опет буде грива каква је и била, лепо уплетена. По томе стари кажу позна је се да је коњ виловит.

Мишко Токмак је, да кажемо, био виловит? Кад трчи она му се грива вије за њим?

Ја не знам, (слеже раменима) тако испада... Узми ти, пробај, да му оно рукама расплетеш, не можеш никако, ма, нема силе. И овај... Кад се оно њему расплете, данас расплетено, сутра опет замршено, па ти види шта је. Да има нешто, има, нека сила – има. Која, каква – појма немам. Ко му оно онако уради, ја нисам паметан... Као да га и сад гледам: он се дигне на задње ноге, а предњима хвата ваздух (смеје се).

Изводи тачку као у циркусу?... А сада ће вам наш најбољи коњ извести једну балетску нумеру. Наступа Мишко Токмак!...

Вала, баш као у циркусу! Ти се шалиш, али има у томе доста истине... Кад се Мишко разигра по башти, то ти је стати па гледати... И њишти и прче на нас. Па, горамо, овај бунар за заливање поврћа, кад је пун Мишко га користи за купање и за играње. Нападну га мушице, а он уђе у бунар и потоне скоро цео. А кад почне да удара ногама по води пола резервоара од две хиљаде литара истера напоље. Мишко бије копитама по води, а млазови лете по десет метара увис. О, Боже сачувај, шта је он све радио.

А кад се ради, онда нема шале. Какав је био у послу?

Ујутру почнемо да оремо, цео дан, све до ноћи. Нема разлике, он ради истим темпом, како ујутру, тако све до мрака. Јесам га хранио, јесам му био добар, али је и он мене слушао и свршавао ми велики посао.

Сећам се кад ти оно са плугом ореш. Он вуче, а ти за њим, не можеш да га стигнеш, јел тако?

Он је вукао плуг. Понекад спаримо се са старчевим коњем, али чешће, ако је земља мекана, орем сам. Колико је само пута Милеса водила коња! Кука и жали се и данасдан: „Мишко ми је живот узео!“ Он је ишао брзо, а она, жена, није могла да иде тако брзо ко што је Мишко хтео, па мука жива. (насмеје се)

Он јури!

Ма, какви. Он игра и оре.

Их, сунце ти?!

Онаквог коња (стрина говори) нигде више не можеш наћи...

Био питом, а вредан.

Ма, кажем ти: имао је срце! Његово срце било је веће од моје главе.

А кад путујете, како је било? Често окасните, па идете ноћу? Како се он понашао?

Ма, иде он, не мари да ли је дан или је ноћ. А кад осети неку животињу, он мени да знак, пррррр! И ја знам да је нешто живо у жбуњу. Али се није плашио, док се Гале, први мој коњ, плашио, он се плашио. Кад смо ишли у Соколац, у Тузлу, у Хан Пијесак, па, деси се, морамо да путујемо ноћу. Оне планине њихове, босанске, страхота једна. Гале застане, па почне предњим ногама да туче у пут (удара руком о сто: туп, туп, туп!) И прче. Ја одмах скачем с кола, фењер у руку и њега под браду и идемо тако даље. Животиња дивља неће на светло.

Беже, беже од светла. Тако каже у бајкама, тако пише у књигама.

И, кад прође опасност или кад сване, ја се опет попнем на кола и тако наставимо даље.

Кад прође опасност животиња то зна, осећа. Ко зна која је зверка тамо у мраку?

Не знам ни ја. Никад је нисам видео. Само знам, кад он пркне на нос и кад се укочи да нас нешто вреба. Мркла ноћ, глуво доба, чујемо се само коњ и ја. То јечи кроз планину. Пррррррррууууууу! Па – туп! Ногом (опет удари руком о сто).

Растерује зверове...

Боји се, па Бога зови!... Ето, тако ти је то са животињама.

Добро... А ове друге? Највише си ми причао о коњу. Шта је са другим домаћим животињама. Увек си имао краве, овце...

О овцама и кравама и другим животињама, шта да ти причам... Некад смо их имали много више. Стизали смо и до тридесет оваца. Па, 27, 25, 23... Па, двадесет... Око петнаест, просечно, увек смо држали. Данас, ето сад, имао сам, до скора 17, а сад имам десет. Свадба била, па клали, па прилози, па дође ми неко у госте, ја кољи одмах и тако, ето... Држао сам крава по четири и по две јунице. А сад имам само једну. Неки дан ми се отелила и сад имам – две. Малу Кују. Малопре смо се доле, у штали, шалили...

Видео сам теле. Много је лепо. Има само петнаестак дана, а већ је тако живахно и велико теле?!

Велико је било теле. Једва се, јадна, отелила.

Ма, немој?

Бога ми... Иде на воду и шали се са мном, као да ме закачи рогом, да ме боде. Игра се... Онда, држали смо увек по две крмаче, па смо... свиња држали ко зна колико, биле су пуне баште. Велики воћњак око куће, у Батви, па смо чували свиње у башти. Све је било заграђено у добру ограду... Овце, говеда, живина, све се некад могло... Е, сад се остарило, па се свело на најмање. Нема више ни добре ограде, нема ни оваца као некад, нема ни говеда, ни коња, нема ни свиња...

Почео си да набрајаш као онај песник који има обичај да набраја животиње, биљке, храну, обичаје...

То ти је сад тако.

Добро, има свега по мало.

Свега по мало, али...

Није као што је некад било. Али, било се младо, па се могло...

И... није ми јасно. Деца нису са нама. Све то отишло у град. Тако... Држим пуно кокошију, пуна авлија патки!

Сад имаш највише врста пернате живине.

Има свега.

Било је и ћурки, а сад немаш ћурке, је ли?

Немам.

А све друге имаш?

Ћурке сам анулирао. Оду ми у повртну башту, направе велику штету.

Направе штету?

Купићемо на пролеће питоме ћуриће (говори стрина). Једно четири, па ћемо од њих да изведемо јато ћурки.

Треба ли им подсећи крила?

Треба. И њима и паткама.

И паткама. Видиш ли како лете на све стране?!

Морају крила да се сасеку (говори стрина), мада ми је жао.

Добро. Јесмо ли поменули све животиње? Јесмо ли завршили с њима?

Јесмо.

ЧЕТВРТА ТРАКА

БУДИМКЕ И КОЛАЧАРЕ

Дуван, шљиве и јабуке – Продаја јабука йо Србији и йо Босни – Будимке и колачаре – О мушмулама – Сйрадање ораха – Нове оскоруше – Обичај йаљења лила

Е, сад су биљке на реду... Ја овде питам: да ли и с њима разговараш, пошто са животињама увелико причаш. Ти знаш немушти језик? Разумеш се са животињама?

Која је биљка најважнија? (чита даље) Да ли с њима разговараш? (смеје се)... Са биљкама разговарам само уколико нешто није у реду. Пуно пута ја их грдим, псујем. Али, да разговарам – ретко. Раније, како је било, не знам, мало сам и позаборављао (шеретски)...

Која је биљка најважнија – у смислу: шта си гајио – дуван, па, не знам, кукуруз, па детелина, па ...

Највише сам пара узимао од дувана и од ракије. У то време док сам гајио дуван – од дувана. Затим, од ракије.

Значи, дуван и шљива.

Дуван, шљива и јабуке.

И јабуке.

Ја сам брао по 120 метара јабука. И гонио да продам. У Митровицу, у Београд... (пауза) Код Вуковог споменика... Сремска Митровица, КПЗ (Казнено-поправни завод) продао сам им камион јабука, а то је четрдесет и нешто више метара... Два пута сам гонио јабуке у Београд, овај... Како се зваше онај факултет код Вуковог споменика?

Правни.

Прођеш мимо правног па горе...

Технички?

Имао је назив... чини ми се – Иво Лола Рибар?

Студентски дом „Иво Лола Рибар“?

Да, да, студентски дом!

А-ха.

Па сам гонио у Тузлу, заједно са шураком, сто двадесет метара јабука.

Тамо сам био шеснаест дана на пијаци и то некако о Никољдану, били мразеви, јади и чемери. Сад замисли какав је био мој живот када нисам могао својим рукама да скупим јабуке и да их ставим на кантар?!

Смрзао си се.

Смрзао се, јашта него се смрзао. Никад ишчекати да дан мало поодмакне и да колико толико отопли... И тако шеснаест дана! (нарочито наглашава) Спавало се на неким палачама, код неког муслимана. Ето моје муке и моје невоље... А био сам, касније, исто шеснаест дана, али сад у Новом Саду. После две-три године. И тамо смо отерали камион јабука и продавали на пијаци. Е, тада сам већ имао ауто.

Па си имао где да се барем склониш.

И, нема проблема. Ја упалим ауто, оно угреје, па дивота... Грејем, ако ми треба. Ујутру одвезем шурака на једну пијацу, а ја се вратим у магацин, натоварим гајбе на мој ауто. Отерам на другу пијацу. После се вратим, њега покупим, јој, па целу ноћ бриши јабуке да се сијају, припремај за сутра, пакуј у гајбе...

А, кажи ми, којих су сорти биле јабуке?

То су биле ове наше, домаће.

Будимка?

Будимка и колачара. У Војводини сам најбоље пролазио са колачарама.

Ма, немој?! Тамо воле колачаре?

Ауууууууу!... Жене праве штрудле, шта ти ја знам!

Она је накисела, је ли, лепа?

Накиселе, меке, румене, округле, брашњасте, велике, па знаш и сам.

Знам, знам.

Има их и сад (стрина говори), има.

Има, али их је радијација толико упропастила да више нема ни квалитета тих јабука као што је некада било.

Нема оне величине?

Ма, ништа, кажем ти! Нешто пегаво, сво никакво. А, раније, то је била дивота, јоооооој, Мићо!

Ја волим будимке. Она је слатка, укусна, миришљава.

Будимка слади, а колачара киси.

А кожара? Јеси ли имао кожара?

Јесам, јашта сам, али оне су непостојане. Њих продајем са гране.

Не могу да стоје дуго?

Не могу.

Још само две су остале (вели стрина). Још две имамо...

Две, још само две кожаре и више ни једне.

А шљиве, које су врсте?

Ми овде држимо три сорте шљива: рановачу, маџарку и јакљанку. А највише јакљанки имамо, јер оне су најотпорније. И оне дају највише ракије. Али, у последње време нека болест их ухвати. Грдна стабла су ми се исушила, а друга још нисам посадио. Нећу ни посадити (резигнирано)...

Нешто си обновио?

Па, јесам... Сваке године посадим по десет-петнаест шљива и тако...

Па, колико имаш садница воћака на имању? Јабука, шљива, у најбоља времена?

Па... Пре двадесет, тридесет година имао сам око 1500 стабала шљива. Тако, по седам хиљада килограма ракије, по седамдесет метара ракије се пекло. То сам пекао ја, лично, твој стриц Чикола.

Флаша, килограма, литара, чега?!

Да, да, да! (уздише, смеје се)... А јабука, колико је јабука било питаш. Био је попис биља па сам зато пребројао. Имао сам двеста осамдесет и неколико стабала јабука. Разних, разних... Доста сам посадио, из Чачка сам доносио сортне, овај...

Из Института за воћарство?

Златни делишес, црвени јонатан, па ричардо... Али, неће овде, код нас, не одговара му нешто...

Овде мора да се испита шта ће најбоље да рађа.

Наша, домаћа јабука је најбоља и данас дан. Њих калемимо и гајимо.

А друго воће? Имао си, горе, једну крушку, зар не?

Имам и сада крушака разних сорти. Где год да се појави нова врста крушака ја је доносим овде и гајим, али само за кућевне потребе. Једне врсте 2-3 комада, ових пет, оних шест, ту и тамо, све кад сабереш 20, 30, можда и 40 стабала, али не више.

Имаш ли мушмула? Или старих, ретких воћака?

Мушмуле сам сам садио, крчио трње доле око Лазине, не сећаш се, као дете? А, сећаш ли се?

Јесте, она је ниска, је ли?

Па у Пејића башти, па у Доњој Батви. Ја сам имао најмање педесет мушмула. Али оне не могу дуго да живе. Мораш да их крешеш да их не би трње освојило. Доле, где је калемљено, оно извуче све сокове и онда плодови горе буду ситни и кисели. Колико смо само Милеса и ја доле брали мушмула!? Колико сам их носио на пијацу? Узимао сам лепе паре за мушмуле.

Слатка је то воћка.

Ма, какви, мушмула је, еј, брајко!... Сад је дотле дошло да сам почео да ништим јабуке, а да садим орасе.

А-ха.

И пре десет година натерао сам сина: „Иди, Љубиша, преброј орасе!" Редом. И шта мислиш, колико је он избројао ораса?

Колико? Не знам.

214 и словима двеста четрнаест! Толико сам ја имао ораса!

Ко би рекао?! Овако, кад гледаш, тек ту и тамо по неко стабло, па онде још неко, али кад се све зброји...

214! Све сам то ја садио, све су то расни ораси. Грдне сам расаде и продавао. Дубској цркви продао сам 25 комада. И сви су се лепо примили и порасли. Кад будеш пролазио онуда, поред старе цркве, погледај. То су све моји ораси... Делио сам и продавао и другим људима, на другим местима, пошав Бајиној Башти, пошав Ваљеву и Шабцу... Једне године олуја ми је уништила много ораса. Само овде, код бунара, пало је шест стабала, па доле, у потоку, још једно, па горе, изнад баште, још неколико...

Зар орах није издржљив, силан? Како то да се толико стабала срушило?

Јак је орах, али ови моји сви који су пали били су веома разгранати и лиснати, имали су густу крошњу велике површине. И кад је олуја ударила, све их је из корена извалила!

Замисли да жилави ораси нису одолели?! Чудо једно!

Сила Бога не моли. Кад налети, руши све пред собом...

Мора да је олујина била страховита кад су толика стабла пала?!

У последње време, пре две-три године, брали смо и по хиљаду килограма ораха. А сад, слана нам, у пролеће, све упропасти. Ове године само на једном ораху има једно 3–4 килограма ораха...

Нема (говори стрина), нема ни толико.

Јел да? Само једна непуна гајба?

Све је слана уништила. И лани и оломлани слана је деловала и толико је гране оштетила да орах делује као да је сув, као да се осушио, нема од њега ништа. Ове године продао сам шест ораха као трупце. Кад се заиста осуши, онда нико неће да га купи.

А-ха.

Шест стабала сам продао, а посадио три...

Имао си саднице?

Имао сам моје саднице. Посматрам пажљиво где ће да никне, негде око плота, таквих има једно 7–8, још толико доле, у малинама. Код овог ораха (показује руком), ту, близу куће...

Како то иде са садницама?

Кад довољно порасту треба их пажљиво извадити. Сад су порасле отприлике (показује) – метар и по. Такве саднице могуће је пресадити на друго место. Али, слана може све да поквари... Да су понели ораси ове године имао бих три-четири стотине килограма језгра (наглашава), чистог језгра, по 350 динара, израчунај колики је то новац, које су то паре. А ја немам довољно ораха ни за славу. Па, сад ти види...

Сећам се, с јесени, кад се ораси суше на поњавама.

Пуна авлија! По три дана сви купимо само орасе. Знаш ли ти како је тешко и опасно отрести орах? Стабло је високо, глатко...

Високо?

Ја сам главни за тај посао. Попењем се на сами врх. Само провучем ноге у рачве, свежем сам себе ногама, па заокупим зелене плодове, пупа, пупа... Док ја отресем три стабла, мој син заврши само један.

Па оно треба љуштити, а обоје се руке.

Волим ја кад су мени руке гараве. А сад су чисте (показује, смеје се), а то значи да ораси нису родили!... Ове године баш ништа. Имам седамдесет и три године, али не памтим да је икад било баш без ичега... Осим 77.

и 87. године кад нас је град тукао и уништио нам све. Али, и тада је остало нешто мало, по рачвама и с доње стране крошње, у доњим крајевима, по неки плод, по нека шљива или друга воћка... Е, ове године ја ти немам од чега да испечем ни пола литра ракије. Ни шљиве, ни јабуке, ни ораха. И ти сад види како се ја осећам као сељак и домаћин човек, који је навикао да ради и да има. И колику ја штету трпим, на пример... А претпрошле године продао сам „Будимци“ у Пожеги колачаре прве класе. Није имао ко да бере, само што смо Милеса и ја сакупили 27 метара и предали доле у Дубу, дубској задрузи, а они су продавали доле негде у Македонији. Ни данасдан то још нисам наплатио.

Чувају ти људи паре, ништа се не секирај.

Кажу да је Задруга тужила ту фирму којој је испоручила наше јабуке и добила пресуду, али немају од чега да наплате. Нуде нам камионе да нам даду на конто јабука. После помињаше и вино, али до нас још ништа не стиже. Кажем ја Милеси да узмемо шта било...

Узми вино! Узми камион!

Да узмемо то њино вино, па ћемо овде раздавати које-коме, нашим људима... Није то ни мала сума (пауза)... Тридесет... тридесет и шест милиона и нешто преко тога дугује Задруга нама за јабуке. И колика је сад ту камата? Трећа је година како смо предали јабуке, а још динара добили нисмо. Па ти види о чему се ту ради...

Даће вам признанице, бонове и ове, хартије од вредности.

Ма, мани ме, човече... Их, што не роди ове године, не бих ником ни давао ни продавао. Нека има да једе стока и ми, наша чељад. Овако немамо ни ми, него морамо да купимо кад нам затреба. Ја то, брате, нисам доживео за мојих 73 године живота.

Крушке надођу ових дана (говори стрина), до Божића има крушака. Ко год наиђе, ми пружај, дај, а, у ствари, немаш...

Ове крушке маслинке јесење добавио сам из Чачка, из Института. Имам једно четири-пет стабала. Са сваког дрвета наберемо Милеса и ја по десет-петнаест великих гајби. Слатке, мекане, не требају ти зуби за њих, можеш само уснама да их једеш, све у сласт. Ма, какви, пуна сока, пуна софта, слатка као мед, прсте да полижеш... Али, ове године, ово мало што је родило – није низашта. Ухватила их суша, све то гараво, увело, ни једну ја окусио нисам, ако ми верујеш, ето, дотле је дошло...

Да нема нека болест, о чему се ради?

Од како би бомбардовање, аеродром Поникве би близу, грдне су ту бомбе бачене, нас радијација упропасти. Ево, сад да те одведем у воћњак да ти покажем да није остао ни један младарчић на шљивама (показује прстима), нема га нигде... Цветају шљиве, све почне како треба, али листа нигде нема! И ни један плод се не заметне, нигде једне једине шљиве – нема. Пази, сад! И, поставља се питање да ли ћемо имати шљива и шта ће даље бити... Знаш ли ти колико је нас бомбардовање иштетило? А-јоооој!

Па, ни поврђе није оно што је било. Ни трава, ни трава! Није то више она трава што је била раније. Неће стока да је једе. Озбиљно ти кажем. То је опасна ствар... Ми смо овде близу Босне, а тамо је тучено. Тек је сад из Босне наступила грдна радијација. Па ће на њу да се настави ова са Поникава. Ја не знам шта ће бити са овим нашим крајем и са нама. Озбиљно ти кажем. Ни код вас, нигде није боље.

Ништа није прескочено. Све је редом тучено.

Ето, рекли смо све о вођу.

А оскоруша? Она на раскршћу, тамо је била, ретка је то вођка, зар не?

Тачно, оскорушу смо заборавили. Сећаш се ње, остарила, прозукла, иструлила је и овако се (показује) искривила, нагнула над пут... И кад су радили путари она засмета булдожеристи, он потегне оном кашиком да је исправи и – сломи је. Касније, из пања и из жила избише око ње младари. Сетим се једног човека, неког Драгише, Милесиног стрица, замолим га да ми помогне, навучемо земље око жила и подгајимо саднице. Једну оскорушу посадим ја, овде мени и, да видиш, ове године она мало родила. Моћи ћу још једну да пресадим...

Ја сам помислио да је стара оскоруша уништена и да их нема више.

Ено је, ено је, кад пођеш у башту видећеш је.

Та, што си је ти пресадио и већ родила?

Родила.

Има већ толико стабло да може да понесе и род?

Има, има. Сагни се, погледај пажљиво. Ја сам је пренео као шибу, овде, испод качаре. Ове године родила је једно четири-пет гроздића...

То је ретка вођка.

То ти је нешто као крушка, али ситно. Ситно. И кад угмили, то је тако лепо да се не може описати. Оскоруша.

Јесте. Знам, кад дођемо на раскрсницу, код оскоруше, знамо да смо ту, пред кућом.

Јесте, јесте. Та оскоруша нам је служила да кажемо: „Чекам те на Оскорушју...“ „Иди горе, код оскорушја, сад ћу ја доћи.“ „Кад будеш вабила овце на Оскорушју, ја ћу те чути из Нартка, па ћу одмах доћи...“

Кад смо били клинци правили смо лиле и ишли одавде до Оскорушја...

Јесте, јесте, тако је било. Овде се направе лиле, нанижу на штапове и запале, па се носе свуда кроз село, дође се до сваког раскршћа, а на крају најдуже се задржимо код оскоруше, на Оскорушју...

Оно је било лепо.

Дођете ви, деца, скупите се сви, колико вас има...

То беше у лето? Кад оно беху лиле? Кад се то правило?

Пред Петровдан, 12. јула. Одем ја у шуму те вам нагулим доста брезове коре да се направе лепе, велике лиле. То је за вас децу било велико весеље. Скупите се сви, сва деца, па кренете у колони, једно за другим, и машете оним лилама, а већ је сумрак прошао и пада ноћ... Окренеш се, погледаш, а оно на све стране сија. Сија на Пониквама, сија на Кадињачи, сија доле по Заглавку и по Злодолу, то сија свуда, небо сија од лила!...

(окретање касете)

То је један леп народни обичај, лепо веровање да ће лила помоћи да усеви лепо роде, да ће светлост лила утицати да оно што је никло и понело стигне до рода. То је тако смишљено да се сви радују, а пре свега да се деца друже, да се играју и да се радују животу...

То је врло стар обичај?

Јесте, јесте, то су наши стари изумили. Хајде, замислимо да је сутра Петровдан, Петар и Павле. Ра – до – ва – ње! Зри раж. Да идемо да намлатимо. То је била некад највећа сласт. Умесити погачу од брашна млевеног у воденици. Имао сам можда петнаест година, а нисам видео бели хлеб. Сем ако неко није донео из Ужица или из Чачка. Чико Стеван дође па донесе...

А, видиш, сад кажу да је црни хлеб много здравији од белог. Да би добио бело брашно, он скине љуску, а у њој има тамо триста чуда, и минерала и...

То је све испитано.

Ја сам сад жељан црног хлеба. Бели ми се огадио, неукусан, никакав...

Стари народ био је много здравији док је јео проју и црни хлеб. Данас нема куће у којој се спрема и троши црни хлеб. Сви једу бели!

Нико неће црни хлеб. А црни хлеб укусан и здрав. Лудило, право лудило и у томе, као и много чему другом.

Пази ти мој случај: пожњео сам пшеницу и ове године на мојим њивама нашао сам шеснаест и по метара. Ја нећу окусити од те пшенице. Купим по џачић-два брашна и то Милеси и мени буде по месец-два дана.

Не мељу више (говори стрина Милеса) оне воденице поточаре. Нема их више. Остала само једна, па и на њу неће да навраћају воду.

Неће.

Купили људи по селу оне мале млинове са каменовима, које прави Трстеник. Кад су изашли прекрупачи, свака кућа набавила по прекрупач. Али, с тим не може да се самеље за јело. Нема ништа... А раније, колико је само у Дубу било воденица! Па ти човек самеље како год хоћеш, са љуском и без љуске, овако и онако, како год ти је драго...

Добро... Него, интересују ме неке друге ствари. Која још питања нисмо поменули са оног списка?... Постоји ли тапија твог имања са свим цртежима њива, ливада, парцела, све што си наследио и оно што си ти докупио и проширио? Хтео бих да нацртам мапу твоје државе, па ми требају те скице, те ћаге, државни папири.

Има. Све има.

То бих волео да видим.

Сва је нацртано. Имам цртеж сваке њиве. То ми је доле, у подруму. Не могу сад да идем да то тражим.

Онда ћемо сутра о томе?

Сутра, боље сутра... Свака њива има своју класу и површину у арима. Онда, са којим комшијама се међим. Пише: Вуловић Радосав, Вуловић Милорад и тако редом...

Ваљало би да седнемо и да то пажљиво погледамо. И да нацртамо тачно где је шта. Али, то није једна целина?

Није спојено... Све ти је то код Срба сељака разбацано, подељено. У распону, горамо, са Мрамора, па доламо до Поља, има једно четири километра. Може се рећи да је цело моје имање у једном кругу пречника не већег од четири километра.

Центар је овде где ти је кућа, твоје главно боравиште. Око куће је окућница, а све остало је удаљено, одвојено?

Подсети ме после да одем у подрум и да ти нађем планове, па ти носи са собом, сними и нацртај све како јесте. А кад завршиш посао ти све стави у коверат и врати ми. Наћи ћу ја теби документа и планове и све друго што имам. Има на скицама и кућа и вода и повртна башта и све, све... Све то има...

То ћемо све да скупимо и да нацртамо границе Радивојеве државе Батваније. Шта кажеш, како да је назовемо?

Не знам ни сам. Можда по зеленилу или брдима? Можда по дувану или по шљивама? Можда по Дубу – Дубљанска земља?... А знаш ли ти зашто мене зову Чикола? Твој брат Слободан тако ме први прозвао. Био је мали, тек можда неких 6–7 година, дошао код нас са Даницом, са снајком. И уместо да ме назове стриче, да каже чича, њему ваљда лакше било да каже чикола. Чикола, Чикола! И остаде – Чикола.

Пођеш ти, Радивоје са коњем (стрина говори), а он хоће да иде са тобом. Слободан са Радивојем. А покојна Даница и Бошко нису му дали. А он би, онако мален, хтео да иде, па зове: Чикола, Чикола! Идемо ја и Чикола! И тако остаде – Чикола.

Угледао Слобо хлебну фуруну, па ме пита:" Чикола, што ти је ова кућа црна?" А ја њему испричам: „Овде Чикола ложи ватру, оџак повуче оно мало дима. Стално треба хлеба и зато се фуруна ложи дан и ноћ, тако данас, тако сутра и пећ се огаравила. Кад је била нова била је жута и црвена. Њему је то било чудно, па је зато питао: „Зашто ти је ова кућа црна?"... Видео је он да ту нешто није у реду...

ПОНОВНИ ОТКУП ИМАЊА

Скицирање маше Радивојевог поседа, од Башве до Нартка и од Мрамора преко Лазине до Поља – Поновни откуп имања од стричева Стевана и Ђунисија – Проширење поседа куповином Мрамора, Пејића баште и Равна – Нека непријатна питања

Воћњак овај, воћњак онај, све... Овде ливада, пише: ливада, он-де њива: њива, онда: шума, шума, шума...

Шта си наследио од оца Ђорђа? А шта си купио касније? Јеси ли проширио имање?

Јесам. Па, купио сам скоро све.

Како све, Бога ти?!

Тако, лепо.

Купио од стричева?

Купио све поново. Прво, педесете године, од стрица Ђунисија из Краљева. После, кад оно национализоваше дућан стрица Стевана у Чачку, он дође овде и каже брату Ђорђу: „Немам од чега да живим. Дај да видимо, ако ми шта припада..." Исплатимо и њега.

Их, сунце ти калаисано!

Четири стотине хиљада...

Јесу ли се браћа раније поделила? Да ли се знало чије је шта?

Нису се делили. И није се ништа знало.

Само су се договорили?

Све је међу њима било на реч... Кажем ти, четристо хиљада дао сам ја, године 1950. чики у Краљево.

Бог те твој. Велика сума...

За те паре могао сам онда у Ужицу да купим кућу са два спрата.

А-јој!

Па ти види: да ли сам ја био блесав или нисам... Слушао сам оца, шта сам друго могао?... А кад погледаш: шта ће ми њива? Који ће ми враг? Зар ми и ово што имам није доста?! Не могу ни са тим да се изборим... Али, сељак воли земљу. Сељаку је земља све! Нека је, нека чека, ако мени не треба и не ваља, затребаће и ваљаће некоме моме. Земља је опасна ствар. Она нас је створила, она нас узима на крају. Од земље смо саздани и њој се враћамо пре или касније. Не може сељак без земље, а не може ни земља без сељака. Вуче ме нешто да заимам још мало, нека је и парче за један гроб... Касније, купимо Милеса и ја...

Немој тако! (говори стрина) И матори су помагали. Немој: ја и Милеса...

Тата и ја гајили смо дуван, продавали ракију. Имали смо пара. Деца су још била мала, није било великога расхода. Нисам имао за шта да потрошим... И ја онда купим три њиве: Мрамор, Пејића башту и Равне.

Те њиве ниси помињао?

Сад си ме питао шта сам купио, па сам ти рекао. Имам и од њих све документе, тапије, скице, све.

Причај ми о томе: какве су то њиве, како изгледају, шта гајиш на њима и све остало, редом.

Све три парцеле су њиве. Тамо смо садили дуван. Пре неки дан смо у Пејића башти, Драгиша и ја, посејали пшеницу, а били нам кукурузи и пасуљ. А горе ми је, у Равнима, била ливада. А у њиви, на Мрамору, на 43 ара, нашао сам 16,5 метара пшенице.

Мени се чини да је на Мрамору била детелина? Како то иде, културе се смењују, јел тако?

Не може стално бити детелина. Детелину држиш две године, онда узореш и посејеш нешто друго.

Да, да, сећам се кад смо ишли у бербу печурака медведара. Идемо шумом, идемо, идемо, па избијемо, на превоју, на Мрамор.

Само ливада може да траје десет-петнаест година. А друго ништа. Мора обавезно да се смењује, једна култура са другом и то иде тако у круг. Ове године зоб, догодине кукуруз. После кукуруза, пшеница или раж. И тако даље...

Да се земља не би испостила?

Ако поновим кукуруз на истом месту, принос је упола мањи.

Што би то радио? Немаш рачуна.

Ни пшеница не може опет где је била прошле године. Па чак и кромпир не ваља увек гајити на истој њиви; највише двапут на једном месту.

И ако би појачао ђубрење не би ништа постигао?

Не би, не би (упада стрина), не вреди, не може.

Баца се и стајско и вештачко ђубриво. Пре но што се узоре добро се поћубри...

А Равни? И то је њива? Кажеш – равна као тепсија.

Зове се Равни, зато што је равна као ова кујна.

Чекај, где беше она?

Горе, навише (показује руком у којој држи запаљену цигарету)... Тамо, изнад Нартка. Јеси ли био горе? Ако ниси, прошетај.

Колико је далеко? Мало је подаље?

Није далеко. Ту, море. Одмах изнад Нартка.

Баш равна? Зар горе није стрмо, брдовито?

Равна као овај астал (показује гладећи дланом по столу). Потпуно равно, рав-но.

Зато си је и назвао – Равни?

Нисам је назвао, тако су је звали одувек. А ја је не бих ни купио да није била равна, погодна за орање и за све друге ратарске радове.

А-ха.

У нас има много ерозије. Бујице носе много зиратне земље са стрмина. Зато је увек боља равна њива од оне у страни.

Добро, кажи ми, колика је површина твог имања у хектарима? Колико је било пре, а колико после куповине ове три њиве?

Наследио сам од оца шест хектара и седамдесет ари. А сад имам близу девет хектара. Све заједно, непуних девет хектара, ето.

Проширио си скоро за половину.

Није баш толико... Рећи ћу ти тачно, ако ти треба, кад погледам у поседовни лист.

Све ћемо да прегледамо и да скицирамо.

Све имам, све.

Све је убележено тамо?

Све, све, све.

Извори, воде, стублине?

Све...

РУКЕ РАДИВОЈЕВЕ

Прелом леве руке – Оловка експлодира и разнесе ми десну шаку – У ужичкој болници оперисао ме немачки лекар – Хоћу да идем на вашар, али десну руку држаћу у џепу – Сва кожа остаде ми на залеђеној гусеници тенка – Пуче ми нога у буту, изломи се на цепке

Ништа онда. Хоћемо ли даље?

Хајде, шта је сад на реду?

Који су догађаји – каже – најзначајнији, преломни у твом животу? Као на пример: Мићина смрт, рањавање у руку и томе слично...

А-јој! Немој ми то помињати!

Што?!

Шта сам све преживео, о, Боже сачувај!... Као дете сломио сам леву руку у лакту. Рука отишла горе. Направила се као садаљка за купус. Неки Радоје ми ово повуче, оно цакну. Нити сам ишао доктору, нити ништа. Рука ми висила 2-3 месеца о врату. И то је мени прерасло, али мало укриво. Она је мени и сада нешто мало крива. Која је то мука била...

У којој години ти се то десило?

Било је то можда 1937. године. У мојој седмој или осмој години.

И, шта рече, како се то десило? Пао си, шта је било?

Пошли ми да донесемо дрва. Био је ту тај Радоје и још друге деце. Успут смо се играли, шиљкали, задевали. И ја ти се некако саплетох и ружно падох. Кад оно само учини – крррррц! Рука се клати тамо и овамо (показује, маше), мимо моје воље. А онај Радоје упита ме: „Шта то би?“ (имитира Радојев уњкав глас). Радоје је говорио некако кроз нос. Ја му рекох: „Не знам ни ја. Нешто пуче!“ Он ухвати моју руку, био је млад, јак као бик. Зграби ме за мишицу, овде, и повуче. Чу се опет нешто као: „Хххх-м! Крц-крц, крррррц!“ И он то мени намести, кобајаги, као што је било. Како Радоје учини, тако је и сада.

Где је био прелом? Није ишчашење, него прелом? Је ли тако?

Ишчашење, али, Бога ми, није ми било лако... Није се онда ишло тек тако код доктора (смеје се)... Ко је онда ишао на снимање?! Мајка Раја ми привијала овде кучине и јаја. И ја сам то преболео... О ономе шта се догађало 1943. године причао сам ти. Попалише нас и одоше као да их гони нечастиви. Нисмо имали ништа, ни са чим да се покријемо. Раја одвукла доле, у Лазину, једну сламарицу. Ту смо преноћили Мића, Продана и ја. А мајка остала да чува оно што није изгорело, што смо спасили од пожара. Остало су Бугари будацима...

Растурили?!

Све су излупали!

Оно што не могу да понесу, они разбију.

Што је могло да се запали, то су запалили. Све што је могло да гори, изгорело је. Нешто ствари изнели смо испред куће заједно са паликућама. Немци износе, а Бугари пале и на крају све изгоре... Чико из Чачка био донио штоф Мићи за матурско одело, тата и мама дали шнајдеру и он сашио дивно одело. „Овде био четнички доктор!" – виче Бугарин, натаче оно одело на бајонет, па у ватру. Мића јурну на њега, жао му било оног одела, није стигао да га обуче. Онај Бугарин зажди Мићу неком мотком, удари га, овде, по мишици. То је било поцрнело, чини ми се да му је месо струлило од оног страшног ударца. Ех, какве смо све муке видели и преживели... Следеће, 1944. године, мој брат Мића оде у Ужице да узме диплому гимназије. Кад се враћао кући ухвати га љотићевска војска и више га од тада нисмо видели. После десет година чули смо да је убијен негде у Словенији. Па сад ти замисли како нам је било и колико сам ја њега волео. И данасдан тугујем за њим... Ето, тако је било...

А како си руку иштетио? О томе ниси причао?

На Богојављење године 1944, дошао ми је друг да идемо заједно упоље... Идући путем нађемо неке оловке и стрпамо у џепове... Вратимо се у село, кад тамо неки Милан и неки Ђорђе пале барутне шипке. Било је ратно време и деца су се често играла опасних игара. Обојица су била старија од нас, замомчили се већ, велики, високи...(тихо) И ми њима показујемо оно што смо нашли. Оловка као ова цигара. „А-јој! – каже Милан, – Па то може да пукне!" И одломише од барутне шипке коју су нашли негде у некој неексплодираној гранати, знаш?...

Да, да, да...

И вели: „Иди, Милојко, донеси жишку!" И стварно, оде Милојко, понесе жишку. Ја оно онако држим у руци. Овој руци... Онај каже: „Упали, па баци." Ја не умедох дати њему: „Ево ти, па упали..." Ето, шта знају дечаци и чиме се занимају за време рата, Боже сачувај... Оно никако неће да плане, фитиљ кратак и некако мастан... Овај мој друг се саже мало, па пирну у ону слабу жишку, а како он пирну, оно само – пуче, моја рука оде за леђа, а њему оде око, изби око, Милојко остаде без ока, и мене закачи по лицу и оштети ми чело... Ја вратих руку да видим шта би с њом, кад оно у мене само нокти висе на дамарима. Ова три прста – нема... (дужа пауза) Куд ћу сад? Шта би са мном?! Мало сам као ошамућен. Они се одмакоше и побегоше куд који. Нека Цана што се ту задеси узе неких крпа, зави ми руку и оно што је остало од прстију... Комшија Максим дотрча и поведе ме у Бајину Башту. А баш тог дана, као за инат, тата беше у Башти на седници Дуванске станице. До на Мрамор некако сам и ишао, а оданде даље ја не могу. Отишла ми грдна крв, то само сипа, око ме боли, једва видим... Максим се снађе некако, добави коња од неког мог тетка Мила и кренемо даље и већ стижемо у град. Кад тамо сретнемо оца Ђор-

ђа, он таман био пошао из Баште. Ишло се пешке, другог превоза није би-
ло. Угледа тата мене, па пита: „Максиме, је ли то мој Радивоје на коњу?“
„Јесте, Ђоко, јесте Радивоје“... „А-јој!“ – поче тата кукати. „Шта је било,
дете, Бога ти?“ „Ништа“ рекох, – „Нађосмо једну оловку на путу и пуче ми
у руци...“ Онда Ђорђе пође са нама код неког доктора Пауновића. Овај
ништа, мртав хладан. Узе маказе, оне живце моје и дамаре исече, узе неке
црне масти из неког чанка и оно мени добро намаза, па мало као зави и
каза: „Дођи сутра на превијање. Није ништа опасно...“ А мени рука сва цр-
на од барута и од оне његове масти, од оног чуда... И стварно, идох ја јед-
ном, двапут на превијање, кад ли ти се оно мени инфицира. То је било, ре-
кох ти, на Богојављење и пао је велики снег. Десетак дана после тога упуте
ме у Ужице у болницу. Дошао мој тетак са санкама, једва смо прешли пре-
ко Кадињаче. Рука ми отекла, упалила се све до лакта. Видим ја да лека-
ри нешто спремају. Били су решили да ми секу руку до лакта. Али, у току
ноћи, Немци одступају од Чачка и Пожеге, а партизани били побегли из
Ужица. Нађоше ме Немци у болници, показују у мене и вичу: „Партиђа-
но! Партиђано!“ А мени није ни до чега, боли ме цело тело, а осећам како
ми се рука усмрдела. Гној цури мимо оне газе, није ни било довољно заво-
ја да ме лепо завију, нити лекова да ме мало полече. Сећам се као да је ју-
че било, приђе ми неки њихов лекар са наочарима и одмах затим преба-
више ме у операциону салу. Дигоше ме на онај болнички астал, везаше
каишевима, навукоше ми бели чаршав преко главе. Чинише нешто око
оне моје руке, чинише, чинише... Чујем их као из даљине како разговара-
ју међу собом: „Партиђано, пу-пу-пу! Партиђано, пу-пу-пу!...“

Мислили су да си ти партизан? И да си рањен негде у борби?!

Ваљда. Углавном, видели су руку и схватили да је мој случај хитан, да
мора да се оперише.

Да, да.

И заврше они посао са мојом руком и врате ме у собу. И ја заспим...
И спавао сам цео дан и ноћ и тек сутрадан се пробудим. Погледам руку,
а они се завоји олабавили, нема више отока, нема ничега. Неколико прет-
ходних ноћи нисам спавао од болова, него онако, изгубљен, био као у не-
ком полусну... Ја устадох са кревета кад ли се они моји завоји само поче-
ше осипати доле по патосу. Ја онда овако руку, скоро сви они завоји
спадоше.

Смирила се упала, спао оток.

Нема гноја, све очишћено и лепо зараста. Швабе мене оперисали...
Наши болничари наставише да ме лече и превијају још неколико дана.
Једног дана изведе ме тата из болнице и одведе код неког Мише Пејића.
Био сам код тих људи још неко време. Њихов син Драган беше мало мла-
ђи од мене. Играли смо се, ишли по пољу, санкали се, био је велики снег
и у Ужицу. Тата дође да ме обиће и донесе у торби сланине и још којече-
га. Са његових бркова висе леденице, колики је мраз био... И тако, мало

по мало, та се рука мени замири. Да не би Немаца, ја остадох без руке. А како ме лечио онај лекар у Бајиној Башти, можда бих и умро, ко зна шта би било...

Значи, Немац те оперисао?

Немац.

Онај те гонио по Дубу, а овај ти спасао живот?!

Нису ни часа часили. Чим су схватили о чему се ради, одмах су предузели шта треба. Само видех како облаче оне зелене доламе.

И сад хирурзи кад оперишу носе зелене мантиле.

Средише ми руку колико се могло... На Богојављење сам се оштетио, а на Ускрс већ сам ишао у поље на вашар. И кажем мајци: „Хоћу ја да одвијем руку. Не иде ми се на вашар овако, завијене руке...“ Одвијемо, погледамо, кад оно само на овоме прсту једна мала копча. Остали зарасли...

Све зарасло?

Све зарасло... Мајка каза: „Јој, Рацо, бојим се да не повредиш прсте.“ „Нећу, мајко, пазићу. И држаћу руку у џепу.“ Приметио сам да ми рука постала осетљива на хладноћу. Извадим руку из џепа, мени по руци зима. Био је тај дан баш леп, топло, сунце сија, а мени рука бела као та хартија... И тако, ето, и та моја невоља би, па прође...

Што се тиче посла, ти се ниси обазирао на тај недостатак. Радио си као да имаш све прсте?

Никоме не дајем предност у послу, ни раније, а ни сада. Што год сам започео, то сам и завршио.

Јеси ли могао нормално да држиш оловку, да пишеш?

Писао сам овако (показује), па овако (показује), па овако... Сад сам научио овако (опет показује). Могу и овако да пишем, као и ти. Пишем (пише). Ето тако. И, после, тако... Све сам радио од сеоских и пољских радова, све. Па, после бише и оне радне акције и тамо сам био и то на неколико места. Ваздан сам радио барабар са здравима. Никоме се нисам жалио, нико ме ништа није питао. Мени није сметало и могао сам да радим доста и радио сам ударнички... После, године 1949, ожених се. Доведох Милесу и заснивах породицу. Следеће године роди се Љубица. Ја сам 24. октобра 1950. године позван у војску. Љубица је била мала и, сећам се, имала је мало косице позади, за вратом. Кад је погледам, ја се заплачем. Само ми сузе иду. И... отишао сам у војску, у ЈНА. У војсци онда избише неки нереди на бугарској граници. А ја сам био у аутојединици, тенковска бригада, Јастребарско код Карловца, у Хрватској, чак иза Загреба. Ноћу нас истераше да мењамо уље у моторима тенкова. Стигли нови тенкови из Русије. И ми радимо по наређењу: просипамо руско уље из картера, па сипамо наше. А-јој мене, пола бурета уља стане у један тенк! Мотори, сила Божија, снаге 400 коња!... Нареди нам заставник да подигнемо гусенице. Ми скинемо гусенице, онда тенк ради четири сата, па поново навучемо гусенице. Све се ради са рукавицама, а ја пожурих, не натукох рукавице.

И како сам ухватио – као регрут-ремац, још није било ни четрдесет дана како сам био у војсци, мени се залепи кожа за она гвожђа. Толики је био мраз, гусенице су биле ледене. Ја тргох руке назад, а оно се кожа отеже као гума на праћки. И тако повредим обе руке, а ову неспособну, још и више. Кад ли онај старешина, неки Јоже Подбожек, никад му то заборавити нећу, поче да виче на мене, да се издире и да псује: „Зашта ти служе дупле рукавице, једне од вуне, друге од мушеме?“... (тихо) Шта ћу, ја ћутим. Правац, амбуланта. Амбуланта у Загребу на Шалати, војна болница. Они ми превише руке и вратише ме поново у касарну. Рекоше да дођем поново тад и тад. И тако идох два пута у Загреб, трећи пут у Сисак. Кад ли ме пустише кући са документом – стално неспособан. Кад хоће зло: рука ми и онако била неспособна и ја је још оштетио у војсци. Могао сам добити инвалиду, али нисам хтео да тражим... И, довиђења!

Могао си да тражиш инвалиднину, јер се то тамо десило, као што и јесте, у војсци, и тако даље.

Могао сам тамо ономе казати: „Пиши да сам оштетио руку. Нека ми дадну какве помоћи! Видиш и сам како то изгледа...“ Јок, море. А кад су ме пустили кући, ја сам пешке дошао из Јастребарског. Пешке, пешке... Стигао сам овде за два дана из Карловца до Дуба. Колика је моја радост! После оних мука, нађох се неочекивано код куће. Наспавах се, одморих се, их, ништа ме не питај...

О тој војсци?

О тој војсци... Педесете године биле су веома тешке, Боже сачувај!... И, добро, и то некако преживех. Само да знаш колики је био мој стрес... А, пре пет година опет доживим велике муке и јаде, под старост, ни сам не знам што ми је то требало?!

Шта је било?

Пошли ми на гласање: зет Драгиша, Милеса и ја. И кад смо са споредног пута, из Дуба, излазили на аутопут, њему зашлајфује точак на леду, па трже на асфалту и стрефи нас чудо, као да нас је гром ударио. Како смо излазили на пут би мало као узбрдо, зет није обратио пажњу, овај ишао одоздо од Костојевића, пипно квачило, оно се докопало, ауто убрзао, скочио... Удари нас.. Милеса је била дуго у несвести. Не знам ни сам како није више била изломљена и исечена... Мени пукне нога у буту, пукне уздуж, изломи се на цепке. Нађох се у болници у Ужицу. Био сам пуних сто седамнаест дана на лечењу. И данасдан не могу да идем без штапа. Не могу ни да устанем док се за нешто не ухватим. Тако ти је у животу – нико не може да прође без проблема, те тако ни ја...

Није те живот баш мазио? Није те миловао?

Не дам ја на то ни пет пара. Опет могу да радим све! Ништа ми не фали. Устанем, кренем доле, низ башту, вабим пилиће, разговарам са мојим животињама и са биљкама. То је мој свет... Седнем доле, на једно згодно место, запалим дуван и уживам...

ПОХВАЛА НЕИМАРА ИЗ ОСАТА

Све што видиш у мојој авлији то су дунђери из Осата саградили – Кад Осаћани пођу у печалбу – Чувени мајстор Јоја из Осата – Они су као нека људска плима и осека – Колики је, у ствари, Осат? – Бајка о осам стотина Јована, мајстора из Осата – Како су живели, шта су градили, којим алатом и зашто су проклети – Легенде о црквама-брвнарама – Тајни језик осаћанских неимара

Јеси ли чуо за мајсторе из Осата?

Јесам чуо! Како не бих чуо?! Па, они су направили све ове наше грађевине од дрвета. Све што видиш у авлији дело је осаћанских руку. Дуго су се бавили само дрветом и били дрводеље. А касније, прихватили су и друге материјале: камен – каменоресци, циглу – зидари, дунђери! Што оком види, то рукама створи – такав ти је био мајстор градитељ из Осата... Били су вредни и добри мајстори, а скромни људи. Кад с њима погодиш посао, сигуран си да ће на добро изићи. А нису ни много тражили за руке, тако да их је народ у овом крају заволео и радо с њима склапао важне и велике послове. Градња куће, е-хеј! Није то мала ствар и не ради се сто пута, него једном...

Добро, причај ми о тим неимарима Осаћанима.

Казаћу ти само оно што сам чуо од мог оца, а он опет од свог, јер ипак давно је то било када су они последњи пут овде били и радили за Вуловиће. А све што су створили, видиш и сам, још стоји, није ни тенуло. Осаћани, градитељи, били су чувени на далеко. Сви су они пореклом из Босне, наше комшије, Срби, само с оне стране Дрине. Они су ти, да ти право кажем, као нека посебна сорта људи, права секта. Као у Индији што постоје касте, тако су они били посебни, своји, чувени мајстори из Осата, источна Босна. За друге ствари слабо су се интересовали. Код њих су жене радиле у пољу и око стоке, а мушкарци – алат у шаке, па у свет. На пут, па мисли! – што рекао неки Павле Стокић из Заовина. Док ти све средиш, припремиш, испланираш, време прође и ти остаде где си и био. Мора се поћи, мало у неизвесност, мало са друговима, мало буди виспрен, снађи се, нема друге. Иначе, остаде вечно где си био. Не виде ни света, ни века. Не заради, не стече... А Осаћани су стицали и чували. Мало, помало, мало, помало, скупи се нека црквица...

Колико сам чуо, Осаћани су масовно ишли у печалбу, је ли тако?

Тачно је, Осаћани су ти листом били печалбари. Мало што су морали, јер је њихова земља посна и тешко се на њој живи. А мало што су волели да путују и да граде. Да упознају људе, да им направе куће. А нама су, овде, у Дубу, направили и цркву-брвнару... А кад се посао приведе крају наступа весеље заједно са домаћинима. Домаћин се усељава у нов дом, а мајстор Осаћанин, зором, креће даље, на пут. Тражи новог газду или жури ономе код кога је још прошле године заказао виђење и почетак градње...Чуварни су то и вредни људи били. Их, кад кажеш „Долази ми мајстор из Осата!" Сви знају да је то частан човек и добар мајстор. „А, је ли, Бога ти, јел ти мајстор Јоја правио ову магазу (или качару или стају или било шта)?" „Јесте, баш он, мајстор Јоја!" „Види се одмах како је рађено – чврсто, греде одлично уклопљене, талпе сложене као срасле, лепо, чисто. Знао сам да је Јоја!"... То је био један од њихових мајстора, неки чувени Јоја из Осата. Тај је био живо спадало. Волео је да ради и да пева! И како посао одмиче он све брже пева и све брже ради. А они помоћници око њега само лете... И тако, уз песму, шалу, посао лепше иде... Пева Јоја са крова, па обрне неки њихов језик, дунђерски, наређује својим радницима, а они њему одоздо довикују, нешто слично као наши Цигани. Имали су они, божем, неки свој тајни језик, да се договарају, а да их нико не разуме. Ја мислим да су се они шалили, да су мало терали шегу да им време брже прође...

Јесу ли ишли даље одавде, некуд далеко, у печалбу?

Јесу, јашта него ишли. Стизали су они ко зна докле у далеке стране земље. Нема више таквих, вредних и чуварних људи. Кад се намучи у Белом свету, да видиш само како уме да цени и да поштује и своју родну груду и свој народ и ону пусту пару што је знојем и крвљу зарадио. Стотинама година Осаћани су ишли у печалбу. Из генерације у генерацију, с колена на колено, наслеђивали су тај занат градитељски и тај посао. За друго нису марили, а и вукло их је да крену у Свет. Макар само до Србије, макар довде, преко Дрине... Скупе се, договоре, бољи мајстор скупи себи равне и подели посао. Тачно се знало ко шта ради и ко коме помаже. Главни мајстор погаћа и води посао, а сви слушају шта он каже и следе и разумеју сваки његов покрет, сваку реч. Са Осаћанима би свако могао радити и те како. И још да научи како се ради и како се поштује посао и мајстор. Вредни, брзи, окретни, увек раде као за себе. А што обећају, то испуне. Никад нису преценили свој рад, али нису ни хтели да раде испод цене. Онако како се домаћин и главни мајстор договоре, тако и буде. А они, пре него што почну да раде, све гледају: каква ти је грађа, јеси ли спремио, осушио трупце, какав је терен, шта све правиш од грађевина, какав си човек. Ако им се допаднеш, начиниће ти и нешто више и боље него што си се надао и рачунао. А ако им се не допаднеш као човек, ако си неправичан и шкрт, раскидају посао, неће да раде. Са лошим човеком нема посла.

Сада се сматра да је осаћанско градитељство нека врста уметности?

Па, кад све узмеш у обзир и погледаш – стварно јесте. Права уметност која је корисна за живот. Видиш како се све уклопило у нашем домаћинству. Све је то Осаћанин видео у својој глави, распоредио и повезао. Да буде и лепо и услужно. Наше мале дрвене куће, у којима се лепо борави, здраво спава. То је добро и за чељад и за стоку. А тек наше домаће цркве брвнаре, то је посебна прича! У њима је права милина молити се Богу. Јер, осећаш као да је Он ту, да је заиста присутан између греда које миришу на шуму, лишће и на смолу... А материјала је, хвала Богу, имало у изобиљу. Старе наше шуме, храстове и букове, биле су густе, ниси могао Сунца видети испод тих густих крошњи. И шта су радили наши преци, морали су да крче те шуме да би добили њиве и ливаде. Њиве за жито, а ливаде за испашу стоке. А кад већ крче, обарају столетна стабла, онда имају материјала за изградњу свега и свачега. Само грање и кора за огрев, а цело стабло за јапију. Па кад се то исече, спреми, осуши, онда можеш да градиш све што замислиш и што ти треба. Да си му тражио, Осаћанин би ти начинио и чардак ни на небу ни на земљи. „Добро, газда – рекао би ти мајстор Јоја. – Може, али то ће мало више да те кошта!“... Па се ти после пењи на куле и на дрвене градове, живи, уживај, ради шта год хоћеш!...

Шта је важније: око или рука?

Најважнија је памет, па онда искуство. Прво се одлучи: шта радити, па онда – како. Ти мислиш на оне талпе и греде, како су сложене, уклопљене и састављене без и једног ексера, без кланфе, без завртња... Е, али требало је до тога доћи. Дуге су припреме и многи послови док се не дође до слагања дасака у зидове или до изградње конструкције крова. За те ствари главно ти је тесање. А ови наши дунђери из Осата били су ти савршени тесари. И шта мислиш, да је он имао справе и инструменте? Није имао ништа осим оштрог ока и чврсте руке. Онај кесер, длето и секира у рукама мајстора-тесара из Осата чини ти се лака као перо. Иверје лети, пршти на све стране. А онај само зажмури на једно око, па погледа дуж ивице. И наставља даље. За трен ока створи се даска, греда права као стрела. Ивице мало заобљене, то је већ мајсторија, остављен по неки зарез као украс и као потпис, да се види да је то мајстор из Осата радио и да је био задовољан обављеним послом. Па он узме ону даску па је пољуби кад му пође за руком да је начини баш онако како је и замислио. Ем ради, ем, ужива. Кад све то види домаћину срце игра од среће.

Многи су се Осећани насељавали у нашим крајевима и остајали да живе овде, нису се враћали у Босну?

Они су ти били као нека људска плима и осека. Надирали су отуд у таласима. Примире се неко време, а онда навале као мрави... Све је зависило од времена, а времена су онда била бурна и пуна неизвесности. Периоди ратовања, растурања држава, разарања скромних домова, доба сеоба, болештина и разних других пошасти, смењивала су се са периодима мирног живота, изградње, досељавања, сваквог развоја и успона. Осаћани су били сведоци, па и учесници тог дешавања. Нису долазили да раде у време ратова, а овде су се, знаш и сам, сукобљавале царевине. Дрина је више пута била граница држава, па, ево, и сад је. Али, чим се народи умире, престане клање и погибија, ето, с пролећа, око Ђурђевдана, Осаћана, ето их, журе преко Дрине, грабе ка Ужицу и ка Ваљеву, па и много даље одатле. Док су они ту, са нама, добро је. Нешто ћемо радити и градити, биће добро и нама и њима. А кад нема њих, не ваља, ништа не ваља, није добро, а шта не ваља видеће се убрзо – ил је рат или нека страшна болешчина, али добро није. Мајстори из Осата су нам били као неки весници бољитка. Ево, Јоје, биће посла и весеља!

Па, кажи ми, хлеба ти и соли ти, колики је тај Осат? И колико је било тих Осаћана?

Право велиш! По овоме шта се о њима прича и по томе колико су иза себе оставили грађевина и колико су лепих послова опослили, рекло би се да их је било тушта и тма. Али, није, није, Бога ми! Него је њих сиротиња натерала да се прихвате посла и да раде. Осат је, иначе, убог крај, брдовит, кршевит, шумовит. Још је брдовитији и кршевитији него овај наш крај. Да је другачије, можда бисмо ми ишли тамо, а не они код нас. Да смо били још скученији, а јесмо, ми бисмо ишли код њих у печалбу, а не они код нас. Али, тако је испало, тако се погодило да се они први прихвате алата уместо оружја и да крену да дижу оно што је пало, да поправљају оно што је покварено. Највише посла за Осаћане било је после Другог српског устанка. Турци су што протерани, што сами напустили села и градове. Срби су порушили, запалили или запосели њихове куће. На тим згариштима требало је градити. И шта бива? Ето Осаћана! И за турског вакта они су надирали у таласима, а како неће кад је стварана и грађена српска држава.

Прочитао сам у једној причи Милорада Павића, а он је то преписао из неког рачанског документа, да је у једном моменту неки турски скелеџија на Дрини савесно пребројао и дојавио својим властима да је у Србију прешло осам стотина дунђера из Осата и да су се сви звали Јован...

Откуд може бити толико Јована? Или је скелеџија био пијан или су се Осаћани спрдали с њим, ко зна шта је било. А, можда је Турчин, надмен и охол, видео пред собом рају, робље на које и није обраћао пажњу, није им гледао лица, него руке које су спуштале новац у његову кесу. Било му је сасвим свеједно како се ко зове, а ако је требало писати, онда је кратко записао: „Прође туда, на мојој скели, преко Дрине, скоро осам стотина дунђера и сви се зваху Јовани...“ А он је њима претио и изазивао их, иако је волео њихове новце: „Шта је, рајо? Шта си зинуо, Јоване? Куд си пошао, куд си навро? Е, мој Јоване, моја будало! Пази, све сам Јован до Јована,ован до овна?! Колико вас је то Јована?! Шта зверате у мене?! Плати и пролази, Јоване! И слободно цркни у Србији!...“

Јован Осаћанин, чувени дунђер!

Колико сам ја чуо помиње се и познато је бар стотинак неимарских породица из Осата и околине. А најпознатије неимарске породице биле су: Гођевци, Јовановићи, Васићи – међу Васићима је био и Карађорђев војвода Кара Марко, Андрићи, Антонијевићи, Бабићи, Бајићи, Беомуже-вићи, Билићи, Богдановићи, Боровићи, Босићи и Бошњаковићи... Онда,

Теофиловићи, Тешићи, Тодоровићи, Тошићи – од ових су и они луди То-
шићи са Златибора, па онда Ћировићи, Урошевићи, Филиповићи, Шој-
ћи. Од Гођеваца најбољи мајстори били су: Ђуро, Милутин и Петар. Од
Марковића – Никола и Танасије. Од Сандића – Иван, Ђорђе, Ђуро, Ми-
хајло, Никола, Радослав и Ристо...

Како су се уређивали? Какви су односи били међу њима, унутар једне
радне групе?

Међу њима је владала строга досциплина. Поштовали су давно утвр-
ђену хијерархију и понашали се у складу с њом. Пословођа или главни
мајстор је погађао и водио и више послова у исто време. Он се бринуо о
наплати и расподели новца. После мајстора на лествици су се ређали кал-
фе, шегрти, помоћници и на крају прости раденици, такозвани „проста-
ци“. Сваки мајстор, било да је дрводеља или зидар обично је пролазио све
степенице од најнижег до највишег градитељског звања. А доказивали су
се сваки дан на градилишту, најпре по окретности и послушности, а ка-
сније по брзини и тачности, по облику греде, уклапању венчаница, коси-
ни крова или по украсу на вратима...

У печалбу су кретали око Ђурђевдана, а када су се враћали у Осат?

Враћали су се кући око Митровдана, у новембру месецу. У томе су би-
ли слични хајдуцима: чим гране пролеће мајстори крену на пут, а хајдуци
у гору, да вребају непријатеља; крајем године, у позну јесен, чим загуде
ветрови, Осаћани се враћају у завичај, а хајдуци се повлаче код јатака.

Који су алат користили?

Њихове торбе биле су тешке, јер су са собом увек носили неопходан и
проверен алат: секиру, тестеру, просек, брадву, кесер, чекић – мањи, за те-
сање камена и већи, мацолу, за разбијање већих комада, затим: разна дле-
та, рендиће и друго, па онда: макара – висак, ђунија – угаоник, васер-ва-
га за проверу да ли је нешто водоравно или усправно, сукаљка – канап
умочен у туцану циглу за обележавање ивица греде. Мајстори из Осата
имали су свој посебан систем мера, конопце подељене чворовима, гвозде-
не аршине и дрвене цолштоке.

У народу се помиње некаква клетва?

Њима је грађење било и више од посла и више од заната – као нека
страст. Они кад почну да раде толико се занесу да забораве на време, на
пиће и јело. Чуде се кад домаћин зовне на ручак, зар већ?! И тако су се на
неком важном послу задржали, па су и на Косово закаснили. Зато их пра-
ти Лазарева клетва: „Проклети да сте, Осаћани! И довека да дељате и да
градите и да вам никад не буде доста! Да се мучите на туђем прагу, да по-
дижете туђе куће а не своје, да напредује туђе имање и држава, а не ва-
ша!...“

Шта су правили?

Правили су све што је потребно за свакодневни живот Срба сељака.
Осим куће и зграде, то су: млекар, пекара, салаш, амбар, стаја, кућер, ку-

лача, колиба, тор, појило, качара, мишана (сушара за шљиве), уљаник (кошница за пчеле)... Па још: конаци, чардаци, собрашице...

Шта су то собрашице?

То су надстрешнице, нека врста колиба без зидова. Оне су грађене у црквеним портама или негде на згодном месту у близини цркве. Коришћене су у време црквених празника, слава и сабора. Домаћин је у својој собрашици могао лепо да се смести са својом чељади, па и да преноћи ако се задржи и ако му је кућа подалеко од цркве.

На чему су се осаћански неимари посебно доказали и прославили?

На градњи наших цркава-брвнара. Кад је дошло и до тога да је устребало помолити се Богу, они ни пред тим узвишеним задатком нису устукнули, него су, уз помоћ Бога, још вредније и приљежније прионули на посао. И заиста, створили су дивне цркве-брвнаре, мале дрвене цркве, драге и Богу и људима. Међу понајлепшима је ова наша у Дубу, а осим ње чувене су и омиљене у народу цркве-брвнаре у Такову и Брезни код Горњег Милановца, у Сечој Реци код Косјерића, у Скадру код Ваљева, у Цветкама код Краљева... И на многим другим местима, али увек само између Дрине и Мораве. Чак је и она црква Покајница код Велике Плане, скромна и тужна црква-брвнара, истесана рукама мајстора из Осата... Да се зна и да се памти где је српски кум ударио на свог кума...

О црквама-брвнарама постоје разне легенде?

Народ верује да оне саме лете. Кад им нешто није по вољи, оне се дигну и, као мудре сове, прелете на друго, згодније место. За собом оставе траг јер гране и крошње остану савијене онде где су цркве прелетале...О дубској цркви прича се да је првобитно била саграђена на незгодном месту, на сеоском раскршћу, надомак засеока Пејићи. Расклопљена је само за једну ноћ и премештена – прелетела! На ново, заклоњеније и скровитије место, скоро два километра одатле, у засеоку Поповићи, где се и данданас налази, хвала Богу. Приступ овој цркви је тако одабран да је нећете запазити у зеленилу док скоро не закорачите под њен трем. Толико је добро уклопљена, срасла са крошњама и шумским сенкама. Нећеш је лако наћи, сем ако унапред тачно знаш где се налази. Причају старине да је наш стари храм од дрвета био нарочито прирастао за срце светом владици Николају Велимировићу. Нерадо је, кажу, дао благослов да се освешта нова, зидана црква у Дубу док постоји и делује као жива ова стара. Молићемо се, каже, владико, на оба места, и у цркви-брвнари, а и у овој новој, ближе путу, са великом портом... А што да правимо непотребан трошак, питао је владика, кад је молитва тако слатка и богоугодна у дрвеној цркви? Кад се у њој молим, оно ми дрво мирише, па ми некако лепо и топло око срца, а молитва ми је течна и иде право Богу. Јесте, владико, али тамо не може да стане много народа, а у нову ће стати... Добро, попусти на крају владика, али немојте никад заборавити и запустити оно свето место! Нећемо, владико, Бог с тобом!... Није било баш тако како су обећали... Кад су па Срби памтили и слушали старијег, кад?

Значи, летела је?

Да ли је летела, то не знам, али да је мала и лака, то је сасвим сигурно. Баш таква је била потребна нашим прецима, да је брзо поново могу саградити уколико је непријатељ нађе и уништи, као што се и дешавало ко зна колико пута. Зато су мајстори из Осата измислили ту малу дрвену цркву на расклапање, да се хитно може склонити, преместити, па и ако изгори, да штета буде што мања. Тако се црква кретала за својим верницима, куд они ту и она, они у збег, сакрије се и црква, они се врате кући, врати се и њихова богомоља... Слично оном кућеру, кревету на саоницама, који је служио да чобани увек буду уз своје стадо које се креће у потрези за испашом. А кад погледаш и ове сељачке дрвене куће, свака ти је намењена за више делатности: пре свега она је склониште за децу и за младунчад, кад затреба постаје радионица, кад је берба ту је складиште намирница. У кући се станује, слави, светкује, дочекују гости, у њој се васпитава и учи. Све је при руци, све што треба скромном и радином човеку – ту је огњиште, софра и троношци, на зиду гусле и икона. Око ватре као око стожера окреће се сав сеоски живот, ту се породица окупља и обнавља.

Деда Обрадин је волео да каже: „Где сте момци, око ватре лонци?!“ То га је веселило и то је често понављао. Као мали нисам га разумео, какви лонци, а он се радовао напретку и новим нараштајима који су се рађали... Него, не завршисмо причу о осаћанским неимарима?

Мајстори из Осата били су уметници свога доба. Они се нису плашили ни једног посла, а нису ни одбијали посао који им се нуди. И због урока, да неће бити новог посла или да се започети посао неће одржати, али и због веровања да би то био велики грех. А благословено је подићи оно што је порушено и попаљено. Нису се они устезали да раде и за Турке. Посао је посао, нема везе ко је газда. Умели су Осаћани да саграде џамију са све минаретом. Тако се, на крају, показало да је њихов стил постао укрштај византијског и орјенталног. Све што су радили оставило је трага на њима и у њима и пренело се на следеће грађевине. Што намерно, што несвесно, они су повезали времена, прошла са временом у којем су живели, култ предака са Христовом црквом. Препуштали су се свом градитељском осећају и он их никад није преварио. Њима је било исто – праг и олтар, жртвеник или часна трпеза, важно је да се гради и да је корисно. Кад погледаш, на целом свету, у свим пределима где има дрвене грађе у изобиљу, ницале су сличне грађевине, тако једноставне и тако лепе, сличне лађи која плови зеленим океаном или Нојевом ковчегу насуканом на какав српски брежуљак...

Наводно, Осаћани су имали неки свој тајни, мајсторски, дунђерски језик?

Тај бањачки језик Осаћани су донели са собом из печалбе. То им је успомена на крајеве и државе у којима су боравили и радили. Осим новца, они су увек са собом доносили и по неколико речи страних језика. Они су брзо и лако, са своје бистрине, учили језике својих послодаваца како би се с њима лакше споразумели и погодили посао. Слушајући њихов тајни језик препознајемо да су радили и путовали по Турској, Аустро-Угарској, Румунији, Грчкој... У сећању остала им је по нека реч, одломак, фраза из турског, немачког, мађарског, румунског, циганског, влашког, цинцарског и других језика. Већ у Ваљеву које је било осаћанско састајалиште и полазиште, боравили су многи турски војници, пореклом Арбанаси. На домак куће чули су арбанашки језик који су запамтили и по злу, био је то језик окупатора, али и по добру, кад од ових задобију какав посао или наруџбину... Касније су домаћи Турци говорили српски и нису размевали своје дунђере, Србе из Осата, кад би ови, намерно, брбљали на овом тобож тајном језику. У турској царевини десила се вавилонска пометња језика и то је можда један од разлога што је пропала. У том хаосу осаћански језик више служи за забаву као и разни шатровачки говори, него за неки озбиљнији разговор. У дугим зимским ноћима, Осаћани су се радо присећали згода и незгода са пута по туђини. Имитирали су језике странаца и гледали да прекрате непријатно доба нерада и доконости... Мајтор Јоја вели: „Наханио сам певача, па ми се покачио бураћ.“ (Најео сам се пасуља, па ме заболео трбух.) „Покачила се ђаволад, па дочкојио трем што на ђавладима тажи, те сваком убанио по три ормаљике по баналци.“ (Побила се деца, па дошао учитељ, те свакоме ударио по три прута по длану.) „Ницкам фолињати чкоји чешљо.“ (Немој говорити, долази жандарм.) „Нахранио се шуље, па ми се покачила фантара.“ (Напио се ракије, па ме заболе глава.) „Ђе ти тажи трем? Одкочио преко визе.“ (Где ти је муж, домаћин? Отишао преко реке.)...

Највише су волели да праве цркве?

За мајсторе из Осата то је био најлепши посао. Док су радили они су уживали и непрестано се молили Богу... Мала, дрвена црква, тако је скромна, топла и удобна. У њој је лако остварити везу са Творцем. Она је оскудна, посна, пропадљива као и онај који се у њој моли. Чим је угледаш и кад уђеш унутра у њеном си окриљу, обузет миром и складом. Као верник скрушен си и свестан пролазности своје, храма у ком се налазиш и Света и којем живиш. Не пада ти на памет да се погордиш или да се узохолиш. И ништа те више не боли... Као да си у лађи отиснутој низ време која је за трен застала, насукала се под крошње, у хлад домаће, завичајне шуме. Ко год уђе у нашу цркву од брвана схвати поруку:

Ово је добро место.
Дођи. Не ремети тиховање.

Ко обитава у овој кући? – запиткује млађано чобанче свог нешто старијег друга.

Зар не знаш? Ту је наш добри Бого!

Где је Он сад? – распитује се оно чобанче држећи у наручју тек ојагњено јагње.

Овде је, у нашој малој дрвеној цркви. И свуда где има добрих људи.

ПЕТА ТРАКА

ПРОЗИВКА ЗА ВЕЧНОСТ

Набрајање предака или Прозивка за вечност – Жене, мајке и ста-
рамајке у Вуловићима одувек су биле стамене, способне и пошто-
ване – Добри обичји фамилије Вуловић да помаже сиромашне ро-
ђаке и подиже њихову децу – Како је Бошко стигао у Дуб –
Извлачење песка за градњу нове куће – Пола Вуловић, а пола Пајић

Марко је мој деда, а отац му је Ђорђе. Дали су му име његовог деде.

А-ха.

А мени је прадеда Ђорђе.

Да.

А деда – Марко.

Да.

А отац – Ђорђе.

Да.

Како се зваше (говори стрина) Бошкова мајка? Ђокина сестра?

Цаја.

Тако је – Цаја.

Е, то ми причај.

Управо сад ћу о томе да ти причам... Сестра мога оца, Цаја, удала се у другу општину, Пилицу, засеок Придоли, за Обрадина Пајића.

За мог деду?

За тавог деду... Твој деда, а мој тетак звао се Обрадин. Надимак му био – Брко. Био је људина: руке огромне, бркови оволики! И он је родио са том мојом бабом Цајом једно мушко дете по имену Бошко. То је био твој отац. Деси се да та моја баба-тетка Цаја умре после кратког времена. Бошко је као сасвим мали дечак остао сироче. Не знам да ли је имао и годину дана? Можда мало више? Остао са стрином и чичом и са тим мојим тетком Обрадином. И стално је био слабуњав, болешљив, а није имао ко да га чува и пази. Онда реше моја баба Јулка и мајка Раја да узму то дете од тетка Обрадина. Донесу га овде и окупају...

Јесте ли укључили? (пита стрина) Ја ћу вам рећи како је било. Кад је видела како живе и како се муче, баба Јулка је почела да плаче и није могла да се заустави, да се смири. Твој деда Обрадин остао човек удовац и није умео да се бави око деце. А наступила велика сиротиња и није било довољно хране. Рекла јој нека комшиница да немају ништа него да само наберу коприве, жаре, мало обаре и – то је све. У њега, каже, био се надуо стомачић као лопта. Касније је то исто и сам Бошко причао. Јулка се обраћа брату: „Јој, Ђоко, морамо нешто чинити!" А Раја, јадна, вели: „Мајко, што га ниси повела са собом?! Може да буде овде, нека га са нама!“ А она почела плакати: „Нисам смела, да се Раја не увреди!“ И они се ту договоре и после два-три дана, она се врати у Пилицу и узме Бошка. Доведе га овде и она га је гајила, одавде је ишао у школу. Увек је твддио да нико не уме лепше да умеси хлеб од моје бабе Миље. Ишао је са овдашњом децом у Злодол у школу... Касније је Бошка ујак Ђорђе дао у гимназију у Ужице. А твој се деда Обрадин ожени по други пут са Савком. После су се родили: Радиша (живи у Гучи) и Цана. Узму они и Цану, као год што су Бошка гајили уз њихову децу, доведу је овде. Хоће људи да је гаје и да је после одавде и удају. Овде је Цана девовала. Хтели су са Цаном да ураде исто оно што су учинили са Бошком. И она се одавде уда за Илију Пејића...

То нисам знао.

Јесте, јесте... И Цана је овде гајена. Била је и као дете и као девојка...

Знам тетка Цану. Она је, што би се рекло, прави делија!

Баш тако, у праву си. Она ти је јуначина. Није било лепше девојке у селу од ње.

Кад се Цана удала (стрина говори), кад је одвео Илија Пејић, сећамо се добро свега, јер су њихова и наша – кућа до куће, тамо, у Пејићима. И причало се да је Радивоје рекао: „Да сам имао пиштољ, ја бих њега убио!“ Било ти је нажао што је он одвео Цану...

Тачно тако! Убио бих га да сам био наоружан. Нешто сам толико волео Цану, то је невероватно. Кад год скривим нешто и Ђоко или Милеса хоће да ме казне, а она не да! Само ме зграби оним њеним рукама и побегне преко авлије. Није она дала да ме дрирају. А ја њу волим и данданас боље него икога. .

Цана је јунак.

Јесте.

Јесте.

И уме да се понаша. И да прича и да саветује...

Ми смо са Пајићима велика фамилија. На пример, твој отац, он је више волио и ценио моју мајку, него ико други. За другу мајку он није знао. И тако све до гроба, за њега је Раја била све. И ти то добро знаш и сећаш се како се он понашао кад сте ви били деца.

Он је овде цело лето проводио?

Он је овде одрастао. А касније, кад је био на школама, свако је лето овде проводио. Ти си видео како је он умео да ради. Ако се коси, он моментално тражи косу да коси са нама. Ако купимо сено он ће да пласти, ако копамо он ће да копа. „Где ћеш ти, Бошко, копати? Прснуће ти руке.“ „Ништа се ти не бој за моје руке...“ И узима косу, виле, грабуље, мотику или већ оно шта треба и – ради. Никад није бежао од рада...

Да, да, да...

Толико је радин био.

Прошао је кроз све те послове док је овде живео и ничега се није стидео.

Кад је кућа прављена он је довлачио песак. Не знам ни сам колико је песка довукао из Дуба, можда педесет-шездесет кола. Ђорђе је доле просејавао, онда заједно натоваре, а он сам дотера овде и истовари са кола.

Имали сте онда волове?

Јесте, држали смо волове... И касније, кад је био у учитељској школи, он је за време ферија увек долазио овде. И зими и лети. Увек.

О томе нам је причао.

Никад није рекао да не може или да неће, ма какви. Учествовао је у свим сеоским пословима и радио је с нама све што је требало да се ради... А по некад, одведе га чико у Чачак да ради у дућану како би он могао да иде на одмор у Врњачку Бању. Показао му све шта треба и имао је поверења у Бошка. Он је са покојним Боривојем радио у чикином дућану. Боривоје је био калфа, а Бошко шегрт. Њих двојица су продавницу држали, све радили.

Док газда не дође!

Док газда не дође.

Да, да...

Мени је Бошко причао (говори стрина): „Био сам, каже, захвалан ујни Раји. Никад је нисам чуо да се нешто пожали на мене. Нити је икад прекоревала бабу моју Јулку што сам ја овде...“. Гледала га као своју децу.

Није га одвајала од нас.

Ето, видиш, значи Раја је велика жена. Могла је да каже: „Шта ме брига за Бошка! Морам ову моју чељад да гајим!“... Да је то икад казала, нико ништа не би могао да јој замери.

Јесте, јесте (говори стрина), дабоме да је могла, јесте.

Ништа од тога. Бошко је био шесто дете.

Свака част, свака част...

Тако га је ценила (стрина говори) и волела. И њиме се увек и свуда хвалила.

И Бошко јој је узвраћао колико је могао. Поготово како је ступио на посао учитеља и почео да прима плату. Никад није Бошко дошао овде, а да Раји није дао неки динар. Колико, то ми не знамо. Дође он овде и буде по месец-два дана. Али никад није изашао из авлије а да Раји нешто посебно није дао, ћушнуо у џеп. „Ово је за тебе...“

Свака част.

Свима он да (говори стрина), али њој – посебно.

Он њу никад искобио није. А кад дође, посебно њој нешто припреми. „Рајо, молим те, ово сам теби наменио.“

Знао је да се понаша, нема шта. И Милован Мишо Вуловић прича како је било кад је био студент; каже: „Ми дођемо код Бошка и знамо добро да ће он студентима нешто да да.“

Он није пуштао дете, ђака из фамилије од себе док му нешто не пружи, неки динар или којешта згодно, лепу оловку, свеску, књигу, било шта.

И Ђоко, покојни (говори стрина), имо је исти обичај. Раније се у Ужи-
це ишло коњским колима, није још било аутобуса. Увече комшије донесу
торбе и договоре се с Радивојем да изјутра рано иду у Ужице. Било је до-
ста ђака који су учили више школе у Ужицу, дешавало се да се скупе по
њих четри-пет. Ђоко никад није прескочио да не да ученицима, никад ни-
је искобио ђацима. Онда је важила она црвена новчаница од десет дина-
ра. Ђоко свима редом дели, а мајка повиче: „Па, зар сваке суботе? Дани
брзо пролазе, честе су и суботе!“... А он вели: „Рајо, ћути! Ђак, бешика,
невеста, бешика, не сме да се искоби...“ Увек је било тако, Бога ми... А и
Бошко је радио исто тако.

Добро. Хоћемо ли сада да попричамо о Бошку и о Пајићима?

Приближили смо се као фамилија.

И ја се осећам: пола Вуловић, пола Пајић.

Тачно тако.

У КОЛИБИ ОД БУЈАДИ

Први досељеници, браћа Пејо и Вуле, начинили су колибу у долачи – Требало је да се зове Марко, а не Радивоје – Поуздани људи: Пенезићи, Кремићи и многи други – Радојко Вуковић, пријатељ за сва времена – Загрми, удари невреме, најури ме кући, не завршим посао, још и покиснем, онда ми се смучи цео свет

Знаш ли шта детаљније о постојбини одакле се Марко доселио? То је Херцеговина, зар не? Знаш ли шта о томе?

Не знам. Не знам одакле је прадеда стигао. Први насељеници дошли су у једну удолину (показује правац). Очев отац био је са њима. Направили су неку врсту заклона, неку колибу од коља, грана и бујади. То им је била кућа. У том долу боравили су кад су се доселили. Касније се Марко преместио овамо. Дошао је и оформио засеок Вуловићи. Ту смо ми, ту боравимо и данасдањи.

Где је та увала?

Тамо, у долу, тамо (показује)... У Батви смо купили сено, па одатле још наниже, једно 300–400 метара. Тамо има једна згодна долача.

Има ли шта сад тамо?

Нема ништа.

Има кућа (говори стрина) оних Вуловића.

Да, тако је, Дамјан се доле спустио. Учинио је то због воде. Да би бар воде имао довољно. А мало даље одатле, где је боравио мој деда Марко, нема ничега. То је обична њива сада. Њива.

Како рече да се звала? Долача?

Као нека долачица и ту им је била кућа. Ту рупу у земљи покрили су и то им је било све. Они су од бујади направили себи кућу.

Од папрати?!

Ми велимо – бујад, може – папрат, кажи како хоћеш. На средини су учврстили један добар, јак колац. Друго коље поболи су у обалу и одозго свели.

Слично шатору?

Бујади су имали колико год им треба. Накосили су у оближњој шуми и набацали одозго. То им је био кров. Доле су каменовима оградили огњиште и ту су живели.

Описујеш кућу од папрати као да си је видео?

Ту су боравили док нису прешли овамо.

Није то било ни кратко?

Није; можда годину, две, три... Колико су били, не знам. Он је рођен овде, године 1857.

Марко?

Јесте.

А Ђорђе је био старији од Марка још ко зна колико...

О том мом прадеди не знам ништа. Осим онога што ти рекох, да је мој отац по њему добио своје име.

Да, да.

Да смо то поштовали, онда је требало да ја будем Марко, а не Радивоје. Али, зато се један мој унук зове Марко. Тако је то...

Све у свему, мало знамо о нашим прецима.

Кажу да су из Херцеговине дошли.

Скоро сви су дошли из Херцеговине. А ко није из Херцеговине, он је сигурно из Црне Горе.

Била, кажу, два брата. Један се звао Пејо, а други Вуле.

Пејо и Вуле?

Њих двојица. Вуле је био у Долу, а Пејо је продужио даље, тамо где је сада Томина кућа.

И од Вула настали су Вуловићи?

Кад је изашао закон да се људи уписују и по породичним именима, по презименима, онда су се ови Вулови уписали као Вуловићи. А Пејови као Пејићи. Тако је било... Е, сад, кажи шта је на реду? О чему да беседимо?

О пријатељима. Волео бих да ми, у најкраћем, опишеш неколико твојих пријатеља. Ако си, у међувремену, размишљао о томе и о осталим темама набројаним у мом писму, онда си ми спремио нешто?

Јесам. Добро, фамилија је фамилија... Имао сам увек поуздане људе и велике пријатеље где год да се нађем... У Бајиној Башти, на пример, имао сам пријатеље Пенезиће. Код њих сам увек остављао коња и робу коју сам дотерао на пијац. Коња водим у Пенезића шталу. Тамо дам динар, пола динара момку да ми пази коња, да га нахрани, напоји и све што треба... У Ужицу сам наследио очеве пријатеље, неке трговце Кремиће. У Ужицу су они били чувени трговци. Кад кажеш Кремићи, сви знају на кога мислиш. А кад виде да си пријатељ са Кремићима, друкчије те гледају. Кремићи, чувени Кремићи! Њима је мој отац вечито давао ракију за њихову кафану. Годинама су они ракију узимали само од мог оца, од Ђорђа... То су ти наши пријатељи Пенезићи, Кремићи и многи други... Касније, кад сам од оца преузео домаћинство, ја сам онда стекао моје велике пријатеље који су ми се нашли кад сам школовао децу. Први мој пријатељ био је и остао Радојко Вуковић, шеф радничке мензе у „Хидротехници“ из Београда. Они су градили хидроцентрале. Са Радојком сам се упознао 1952. године када је грађен Кокин Брод, хидроцентрала, брана и језеро. После Кокиног Брода они су се преселили у Потпећ код Прибоја. И тамо је Радојко био шеф кухиње и радничке прехране. Све што бих произвео, Радојко ми је узимао. Узимао је и ракију и све остало. Долазили су са камионом до Ужица за робу. Мени јаве, ја догнам. Треба ми то и то, двоје прасаца и троје јагњади, ако немам ја позајмим од комшије. Треба ми кромпир, пасуљ, јабуке, ракија, шта год да је ја му набавим, спремим, отерам где он каже. Снабдевао сам их првокласном робом и увек су били задовољни... То је трајало до шездесет и неке године. Кад су завршили Потпећ, мој пријатељ Радојко преселио се у Мратиње, у Црну Гору. Мратиње, то је та чувена, огромна хидроцентрала, висока 228 метара. Мратиње, то је таква недођија и пустиња да ти то не можеш ни да замислиш... Кад се мој пријатељ Радојко вратио у Београд са терена, моја су деца већ била при крају средње школе. Све је то било тако, згодно се наместило: били смо сви у снази, отац и мајка још су били животни, рађало ми воће, успевало ми поврће, овце ми се близниле, знаш ли ти шта то значи за сељака?! Све што посејем, оно, хвала Богу, никне, порасте и роди како треба. Уживам док гледам како расте. И знам да ћу од свега тога имати лепе користи... Дошао сам до нешто пара. Године 1968. положио сам возачки испит. Био сам прва генерација која је полагала тестове. Преко свих послова и обавеза, ја сам то од прве положио... И, онда, нешто сам пара скупио, нешто мало позајмио од зета Новака и купио сам добар аутомобил. Купио сам ауто што га није имала цела општина Бајина Башта. Фолксваген, караван, 1500 кубика. Он ми је добро послужио за превоз мојих производа и моје робе. Он ме је довезао и до Мратиња. Био сам натоварио нешто јабука, око хиљаду килограма, више није могло ни да стане. Што су ми тада јабуке лепо рађале! Продавао сам јабуке, да ли ти рекох раније, у Београду, у Сремској Митровици, у Новом Саду, у Тузли... Али, ауто много значи, не само за превоз до града, него и за распоред по пијацама... Снабдевао сам мог пријатеља Радојка на градилишту у Мратињу. Ишао сам шест пута мојим аутом у Мратиње...

Није то ни близу? Где му то дође?

У Црној Гори, далеко! Јој-мене, од Фоче још сто километара. Лево, горе, Плужине, чак иза Никшића, десно, у пустињи. На реци Пиви. Пива, река, бижи-баци!

Зар се прође и Никшић?

Лево се скреће у Никшић, а ја сам ишао право, за Мратиње.

А-ха.

Пут тек прокопан. Па се често деси да људи упадну у блато. Јој, то је била мука жива...

Кажи ми чича: зашто се живи? Да ли се циљ и све остало што си замислио у животу – остварило?

Много је лепо да се све оствари и испуни. Планираш и радиш кад имаш с ким и кад се све заврши успешно – то је лепо. А кад немаш с ким, шта год можеш да урадиш данас боље је него оставити за сутра. Јер сутра се промени време или се нешто деси у селу, неко умре, напушташ сав посао. Тамо се иде да се помогне, да се нађе људима у жалости... Или, кад је весеље и ту се одлази под обавезно, прекидаш све своје послове. Ето, тако ти је то...

Кад позиваш своје укућане на посао шта ти кажеш, како објашњаваш?

Нема ту шта, ми се договарамо о свему. Сутра морамо ићи да жањемо. Или: морамо да идемо да окопамо кукурузе и кромпире на брду. Сутра ујутру да устанемо раније, да се намири стока на време, па да идемо на копање. Свако узима своју мотику и крећемо... Ако још послужи време и завршиш то што си испланирао, онда си пун среће и ништа ти није тешко...

Али, ако стигнеш на њиву, почнеш да радиш једно два-три сата, а онда да загрми, удари невреме, најури те кући. Још и покиснеш успут, онда ти се смучи цео свет.

Нити си завршио посао, нити знаш где си био, ништа.

Ништа.

Остаје све за касније, за други пут, за сутрадан, ко зна кад.

Нешто је урађено, али најурила нас киша. Деси се и да се добро ради, али се не постигне, падне ноћ и све остаје за сутра. Сутра. За други дан планирао сам нешто сасвим друго. Па, кажемо, на кућној заједници: „Морамо ми прво отићи да оно од јуче завршимо, а после ћемо ићи у другу њиву која још није дошла на ред, за другим послом...“

Зна ли се ко шта ради?

Зна се, све се зна. Пре свега зна се ко је домаћин.

Зна се ко је шеф?

Њега сви слушају. Нема – нећу. Ја још то нисам изговорио. А чујем свуда около – не могу, не могу, нећу, нећу... Раније тога није било.

Ти ниси у животу рекао „нећу!“ својим родитељима?

Никад. Нисам смео. Ма, какви, то НЕЋУ – не постоји, није постојало код мог оца Ђорђа. Нема НЕЋУ. И није то било само код мог оца, него у свим домаћинствима у селу. Поштовао се старији. Шта газда каже, то је уједно и наредба. Газда седа у чело софре, у горњи крај, да одобри ручати. Газди се одваја најлепше и највеће парче меса или сланине. Да би имао довољно памети и одлучности да управља фамилијом онако како треба. И по свим Божијим законима... (Одавде па даље пета трака је непажњом избрисана. Њен садржај реконструисан је по сећању.)

ЛУДОРИЈЕ КОД КАЗАНА

Комишање – Прело – Плетење и ткање – Опасивање цркве – Пе-
чење ракије – Лагарије и лудорије код казана – Прављење цигле –
Прављење брезових метли

Комишање. Кукуруз се, кад сазри, не коми на струку, него се обе-
ре, допреми до куће, смести у празну одају, изручи на гомилу, па се онда
коми – скида, одваја, љушти комина са клипа. Тај посао зове се комиша-
ње и сазива као моба, као испомоћ или као позајмица између суседа. Да би
се посао што боље и што брже завршио позива се и музика. Кукуруз се
лакше коми уз разговор и шалу, а кад се окоми и последњи клип настаје
игранка која често траје и до предзорских петлова. На такве скупове дође
доста света, скупи се омладина из ближњих села. Младићи и девојке вред-
но раде како би игранка што пре почела. Тако се, за једну ноћ, заврши ве-
лики посао, а омладина се упозна, зближи и лепо провесели. На комиша-
ње девојке не долазе ако нису позване, а момци долазе и без позива у жељи
да сретну девојку коју су раније негде запазили, упознали за овцама, на
плашћењу, на купљењу шљива или на некој другој моби код комшија.
Комишање се обично одвија тако што на једном крају хрпе кукуруза
седе момци а на другом девојке и натпевавају се. Музиканти свирају, че-
сто започињу љубавне песме или оне тзв. „чикалице“. Окомљени клипови
падају на нову гомилу и она све више и више расте, жута као злато. Слу-
жи се хладна ракија, а вечераће само свирачи. Ако се нађе црн кукуруз,
кажу да је то „спавач“, а кад их има више на једном клипу – то су „копа-
чи“. Онда се рачуна колико је копача летос окопавало кукуруз и нагађа се
„који је који“, ко је до кога копао, ко је кога бегенисао или само дирао и
задевао.
Комишања бивају свагда у јесење ноћи, под светлом пуног месеца, пе-
тролејских лампи, фењера или лампи-карбитуша. Свирачи свирају на до-
маћинов рачун док се кукуруз коми. А после, ко хоће да води коло, мора
свирачима добро да плати. На вашару је „срамота“ да девојка буде коло-
вођа, док на комишањима, мобама и свадбама и девојке воде коло као и
момци. Али девојка никад неће „наручити коло“. То ће учинити њен мо-
мак, отац или други сродник. Ко наручи коло он га и плаћа. Момци се ка-
дикад потуку због девојке, а домаћин се труди да изглади ствари и да за-
ташка сукоб. И све се, на крају, заврши лепо, уз песму, игру и шалу.
Сутрадан се кукуруз помоћу котобања премешта у кош, салаш или у
амбар где се суши и чува. Касније се приступа круњењу, скидању зрна са

кочањке. Кукуруз у џаковима носи се у воденицу да се самеље и да се добије кукурузно брашно. Од тог брашна пече се проја, спрема качамак и друга јела. Комина се такође искористи, она може послужити за разне ствари – њоме се налажу душеци на којима се здраво спава, они шушкањем успављују, а осим тога сува комина лепо мирише. На селу се ништа не одбацује него се гледа да нађе неку сврху и примену. Тако кочањке послуже за огрев, а ако ништа друго парче клипа може послужити као чеп на флаши или каквој посуди. На послетку, комином се ложи ватра у шпорету или се положи стоци у штали уместо сламе. Сељаци су чуварни људи и гледају на свему да приштеде и све да искористе на најбољи начин. Није прави домаћин онај који троши и расипа, него онај који чува и штеди.

Прело. Прела су познојесење или зимске седељке на којима жене и девојке преду тежинова (од конопље) или ћетенова (од лана) повесма или кудеље. Предење је женски посао и обављају га искључиво жене. Прелац – шаљив је назив за мушкарца који иде на прела, али не преде. Преље се налазе у једној одаји, а мушкарци у другој. Свака преља доноси са собом преслицу и вретено и преде за домаћицу влакна (од лана или од конопље) која је ова припремила. Вуна се на прелима не преде, јер је скупа а преље никад не преду једнако. Мушкарци се налазе у одаји са огњиштем, уз банак и вериге. Чекајући да преље заврше посао они седе око ватре, додају дрва, шале се, играју разних игара, мице или карата и пију ракију...

На крају прეље заврше предење, смотају пређу на полутке и тада настаје игранка. Понекад се прело сазове кад је нека девојка испрошена, а не може до свадбе да стигне да опреде пређу за све што јој је потребно за девојачку спрему пред одлазак у нови дом. Девојке радо помажу својој другарици, замишљајући да ће се можда и оне ускоро наћи у сличној ситуацији, да буду испрошене и да допуњавају свој мираз.

Опасивање цркве. У Дубу је сачувана легенда о летећим црквама. Народ приповеда о путујућим храмовима, о црквама које су напуштале невернике. Са оног места где јој се не посвећује довољно пажње, црква једноставно пређе на неко друго место по свом избору. Једном, уочи Тројице, дошли су Цигани и заноћили код цркве. Опрали су своје кошуље и прострли по крову да се суше. Кад ујутру, гле, а цркве нема! Да би се спречило ово лутање цркава обавља се нарочит ритуал који је назван опасивање цркве. Жене изаткају платно тако дуго да се њиме може опасати црква целом њеном дужином. Исто се може учинити и веома дугачком свећом на висини од метар до метар и по. Опасивање се обави у рано јутро уочи празничне литургије. После службе платно (или свећа) се скида и поклања цркви. Опасивање или венчавање цркве почиње од главних црквених врата и тамо се, природно, и завршава, како би био затворен, окружен простор. Ово се ради зато што се верује да су сакралне грађевине одухотворене и да живе као људи, као живо тело човека. Нова црква у Дубу описивана је приликом освећења за здравље деце и за оздрављење вернице-нероткиње.

Плетење и ткање. Плетење је женски рад, а такође и везење, ткање, предење, прање рубља и посуђа, мужа крава и оваца, доношење воде са извора, чесме или бунара итд. Рад са пређом је чисто женски посао. Пређа може бити, свеједно да ли је вунена или пртена, мрсна и посна. То је она пређа која је опредена кад се мрсило или постило. Пређа се са вретена намотава на мотовило. Мотовило је начињено од неког тврдог, облог дрвета, на једном крају је ракљасто, а на другом му је попречна дашчица. Дугачко је око једног метра или нешто мало јаче. Народно веровање забрањује да се мотовило износи из куће. На њега се одједном може смотати само један полутак. Два полутка сачињавају комад. Сваки се полутак „разбраја“ у ситније делове: чисанице и у пасма. Свака чисаница има три жице, а пасмо двадесет чисаница. Чисанице се не везу, а пасма увек. Сваки полутак мора имати по четири или по пет пасама. То се удешава према дужини брда, у које ће се основа уводити. И потка се намотава на мотовило и на исти начин разбраја на чисанице, пасма, полутке и комаде.

Основа (уздужне жице пређе у платну) не снују се нити навијају на вратило од Андријевадне до нове године „због звјериња и града“. Исти послови не раде се ни за време међудневице, као ни у среду, нити на празник Усековања. У те дане баксузно је започињати и друге важније послове. Када се основа снује, има једно место које се зове чини. То је простор између два најближа коца око којих се обмотава пређа. После сновања пређу треба обесити о отворена врата неке грађевине „да би зијев, када се платно тка, био широк као врата“. Навијањем пређе на вратило не уме да се бави свака жена. Често то ради само једна жена у неколико заселака или чак села. Милеса је умела сама да започне ткање и у томе је била прави мајстор. Када се основа уведе у нити и брдо, ткаља не устаје иза разбоја док не започне ткати платно. Да брже тка, ткаља себе бодри овим речима: „Лети чунак кроз пређу као младина ријеч по селу“. Кад се саткива платно и шипка са вратила падне, ткаља не треба ништа да једе док посао не заврши нити да прекине рад, нарочито ако је у другом стању. Урезници су крајеви основе што их ткаља на крају посла одреже.

Печење ракије. У околини Бајине Баште и Ужица ракија се најчешће пече од шљива, највише од рануше, а онда и од пожегаче (или мацарке), трноваче, пискора, пријеворке и ценарике. Од свег воћа ракија од шљива је набоља, најиздашнија, али зато око ње има највише посла. Добијена ракија зове се шљивовица ако је од шљива, а јабуковача ако је испечена од јабука. Ако се у казан, кад се ракија пече, стави род од клеке (вење) добија се клековача која има нарочит мирис и веома је омиљена код зналаца.

Шљивовица од пожегаче је питка и по мало слади, од рануше је јака и по-мало „гркне" (горчи), а од трноваче је – жестока, горопадна.

Зрео плод шљиве најпре се стави у добро орибану кацу. Ту почиње превирање при чему се воћни шећер претвори у алкохол. Превирање иде брзо, особито уколико је шљива сасвим зрела, а дани топли. Најспорије превире пожегача, затим јабука (јабуковача), па ракија од дивљака (прет-ходно се дрвеним маљићем истуку плодови дивљег воћа, јер не могу дру-гачије да „добију врење"). Кад сва шљива преври и кад се слади (слегне), може да се пече. Али, тај се посао обично остави за јесење дане, кад се по-свршавају сви послови у пољу и у воћњаку и кад се припреме дрва за ло-жење казана. Казан се настави под тремом или у качари, што ближе ци-бри. Ако је лепо време ракија може да се пече и напољу.

Ракија се пече овако: казан се постави тако да стоји равно. Код казана се намести табарка. Табарка је дрвени суд направљен од дуга, чији је гор-њи, отворени део знатно шири од задна. Она може да прими неколико то-вара воде. Кроз њу, косо, одозго ка земљи, пролази бакарна цев – лула. Је-дан њен, шири, крај налази се код рукавца дрвеног капка. У ужи крај луле увлачи се мамац, ракљаста гранчица са чуперком од повесма, низ њега ће точити ракија у капалицу. Онда се табарка напуни водом, а у казан се на-спе цибра. Рукавац од капка се најпре увуче у лулу, па се казан поклопи. Кад цибра у казану прокључа, пара од алкохола скупља се испод капка, пролази кроз рукавац и низ мамац тече у капалицу као ракија.

Са цибре у каци најпре се скине овршина да ракија не буде кисела, па се тек онда сипа у казан. Пази се да има довољно и шљивовика и густи-не, јер ако цибра загори то се осећа и у ракији.Први млазеви ракије који потеку из казана називају се првенац, а последњи литри су патока.Првен-ац у себи има највише алкохола, а патока тек незнатан постотак. Казан-џија мора стално бити поред казана: да ложи ватру, да хлади и да мења воду у табарци, да истваља и да преставља казан. Вода у табарци не сме бити врела. Највеће је зло кад на лулу покуља дим – то је знак да је раки-ја загорела. Колико ће се добити ракије зависи ид величине казана, какво-ће цибре и домаћинове жеље да му ракуја буде јача или слабија. Много зависи од искуства и вештине казанције који даноноћно бди код казана и води рачуна да све буде како треба и да сваки од помоћника на време ура-ди свој део посла.

За тек испечену ракију каже се да је парна, горопадна или цандрљива. По јачини она је мека или љута (мека има десетак, а љута или препечени-ца двадесет и више гради). Код казана се сваке вечери скупљају људи, комшије, пријатељи и рођаци. Једни раде око казана, други пробају нову ракију, пеку у жару кромпире, печењаке и тикве. Под дејством алкохола расположење расте, развезују се језици, започињу разноразна приповеда-ња, често подалеко од истине. То се зове – лагарије или лудорије код ка-зана.

Когод наиђе уобичајено је да се понуди ракијом. Свако може да остане у друштву и да пије колико год хоће и колико год може. Уз пиће иду и шаљиве приче, песме и дружење све док се печење ракије не заврши, док се сва цибра не потроши. Друштво око казана добро се познаје, обично се исти људи, љубитељи добре капљице, сваке године скупљају на печењу ракије код истог домаћина. Онда се препричавају згоде и незгоде код казана од прошле, претпрошле и давних година. Под дејством нове ракије испредају се сасвим невероватне приче које засмејавају присутне ноћобдије. Свако се код казана може напити, осим казанције. Он мора остати трезан и присебан за сво време печења ракије, како би се овај веома важан сеоски посао завршио на најбољи начин и на домаћинову добробит.

Прављење цигала. Припреми се мајдан из кога ће се узимати, вадити земља и гувно на коме ће се сушити цигле. У мајдану се земља откопа, иситни, натапа водом, гази ногама и меша мотикама и лопатама све док се не замеси блато, довољно мекано и довољно влажно да може да се обликује у калупу. На тезги блато се утискује у калуп, прво убацује снажним замахом обе руке, а онда се песницама и прстима попуњава сваки угао калупа. Додаје се још воде по потреби и глади длановима. Пун калуп носи се на гумно где се, помоћу поклопца, истискује из дрвеног кућишта. Исти поступак понавља се много пута, онолико пута колико нам је цигала потребно. Када се попуни цело гувно и свежа цигла се просуши и сврсне бар толико да се може носити, премешта се на даље сушење. Од цигала окренутих „на кант" (на крлак) и размакнутих за неких пола до један сантиметар, образују се „зидови" високи по метар и по до два метра. Овако сложене цигле суше се неколико дана док не буду потпуно суве. Зидови су покривени црепом или терпапиром како их киша не би наквасила.

Када се направи потребан број цигала и када се оне добро осуше, пресложе се на посебан начин – у банкет. То чини нарочито обучен мајстор или неко ко је више пута правио и пекао цигле. Банкет је у ствари пећ са ложиштима, споља облепљена свежим блатом, у којој ће се цигла испећи. Банкет има правоугаони облик ширине око три до четири метра, дужине десетак метара и висине два до два и по метра. Кад се споља набачена глина стврдне и осуши, банкет се потпаљује и пећ се ложи сувим дрвима све док се не усија. Ложење се не прекида бар два-три дана како би се испекле и оне цигле које су најудаљеније од ложишта.

Када цигла добије препознатљиву црвену боју, прекида се са ложењем и печење у банкету је завршено. После неколико дана пећ се сасвим охлади, банкет се отвара и цигла се користи за зидање куће.

Прављење брезових метли. У нашим шумама брезе су све ређе из више разлога. Завичајно поднебље и тло отима за себе јаче дрвеће (цер, храст, буква). Бела кора бреза љушти се немилице и користи за обичај паљења лила. Њихове гране и врхови секу се без икакве мере и од њих се праве брезове метле. Белокоре, трепераве лепотице нападају, осим људи, и животиње (глодари), затим и инсекти и разне друге штеточине. Велика штета, а мала вајда – као што то често бива.

Сељаци се труде да у зиму насеку што више брезовог грања. Вежу га у бремена и односе својим кућама. Од брезовине праве се солидне метле за чишћење авлије и сокака. Данима људи одвајају, бирају и класирају гране и дељају им учетврт дебље крајеве у дужини од неких петнаестак сантиметара. Потом се од танких брезових гранчица исплету три круга (венчића). Први је најмањи, постави се на крлак, па се у њега удевају истањене дршке грана укрштајући се у празном простору, све једна до друге, колико може да стане. Гранати делови брезовине окренути су надоле и прелазе преко супротне стране малог венца. Кад се удене двадесетак грана, преко малог круга навуче се највећи круг, па средњи, који стегну гранату страну као два опасача. Најзад се шиљци изнад малог круга подрежу и – метла је готова.

Брезове метле продају се, обично зими, на пијацама у Бајиној Башти, Ужицу и Пожеги. Раније су трговци залазили по селима и од сељака откупљивали брезове метле код њихових кућа, па их они продавали у својим дућанима. Израда брезових метли пример је виспрености и довитљивости српских сељака. Што им око види, то њихове вредне руке направе. Од ничега, створити нешто, радити поштено и стећи по неки динар за преживљавање.

ИГРЕ ПОД ЈАСЕНОМ

Једунија-дудунија – Клиса и машке – Игра пиљака – Игра синова – Цара и козе – Жмуре – Рујног вина – Каиша – Мете – Гуџе – Ораса...

Најчешће и најлепше смо се играли чувајући овце, као чобани, под јасеном, у Горњој Батви. Највише галаме и гужве било је док се не поделимо на две групе, а обично је то пре сваке игре било потребно. Двојица или двоје најстаријих или најјачих или најспретнијих играча бирају наизменично по једнога за своју групу. Ко је изабран стаје иза леђа свог вође и казује му да узме овога или онога, а ови који су још неизабрани дозивају и нуде се: „Узми мене! Узми мене!...“ То понекад потраје, па дође и до сваће, а игра се не започне. Али, кад се образују групе, онда се изабере погодна игра и надметање и забава почиње... Сећам се многих игара, као на пример...

Једунија-дудунија. Играла се, раније, на селу, много чешће, једна стара дечија игра, бројалица једунија-дудунија. Потребно је најмање два играча, а пожељно што више. Она се обично игра зими у породици кад старији оду некуд на седељку. Придружује им се и момчадија, девојке и снаше, ради попуне играча и деци на вољу. Говори се бројалица од један до десет на прстима:

„Једунија, дудунија, триљија, чегрљија, паган, шеган, секман, декман, дивуљиљи, душман!“

За почетак игре играчи седну на троношце око истурена колена најстаријег играча. На његово колено сваки играч положи истурена три средња прста леве руке, те се образује круг. Почне да броји један, па сваки играч редом у правцу Сунца, дотичући кажипрстом десне руке сваки прст руку док не буде „душман“. Играч може да почне да броји од било ког прста своје или туђе руке, а циљ му је ма којем његовом прсту да буде „душман“. То је издушмањен прст, одигран. Он се подвија и не игра даље за тај ред играња. Крајњи циљ је одиграти своје прсте и повући руку с колена. Ко у томе буде задњи, подлеже казни – „кривац“. Никад се унапред не може знати ко ће бити задњи. Деси се да неки играч својом смишљеном игром и брзим прорачуном издушмани сва три своја прста, а други – ни једнога. Ко закасни и не почне одмах на свој ред да броји, они остали му не дозвољавају да броји с прста са којега је претходно био почео, јер је „срачунао“ унапред на који свој прст да буде „душман“.

Казна је увек чвркање прстом у чело. Пази се да јачина ударца није од-већ снажна и ублажава се према ситнијој деци и женскињу. Пред извође-ње казне настаје живост прегоњења ко да је изврши. Кривац мора то да зна. Потом кажњеник зажмури без преваре, а за сигурност сагне главу. Казну трпи све док не погоди којим је прстом ударац изведен. Извођач ка-зне се цени по томе колико је више удараца задао, а кажњеник колико их је мање поднео. Чвркач вара, обмањује. Средњим прстом удари блаже, а палцем и малим прстом јако. Иза једног ударца чвркач дигне руку и ра-шири прсте испред очију кажњенога па каже: „С овим!“ Остали играчи живо прате и мотре да не буде преваре. Кад кривац најзад погоди прст, тај ред играња је завршен, па се игра почиње изнова. Незадовољан или надигран играч може да престане да игра само на почетку новога реда, а тако и нови играч да упадне у коло.

„Једунија, дудунија, триљаија, чегрљија, пеган! Шеган, секман, дук-ман, дивуљиљи – душман!“

Ова игра је баш лака и забавна. Омиљена је за зимских вечери, а игра се и на прелима или комишањима кад се заврши посао, па се омладина разигра. То онда испадне и весело и пуно радости, а важно је да се нико не љути, него да „казну“, па и „победу“ схвати као шалу.

Клиса и машке. За ову игру потребно је припремити три ствари: клис, машку и кобу. Клис је парче облог дрвета, дужине негде 25–30 сантиме-тара. Машка је слична мотовилу, штап дужине 60–70 сантиметара. За кобу може послужити ракљаста грана која се лепо зашиљи и побије у земљу. Ово је искључиво мушка игра, а играју је најмање двојица дечака. Ако их има више поделе се на две једнаке групе. Ако не могу да се договоре ко ће да почне око тога се „суде“. За ону групу која ће да хвата клис каже се да се налази „у паши“.

Играч стоји код кобе и машком бије клис да одлети што даље. Баца га у правцу играча који се налазе у паши. Они се распореде и хватају клис у лету или се труде да га бар рукама додирну. Ако клис буде ухваћен играч који га је бацио „излишен је“ па га мења нови из исте групе. За играча ко-ме је клис окрзнуо руку каже се да је „опарен“. Тај гађа два пута у правцу кобе. Први пут десном руком провученом кроз полукруг леве руке којом је себе ухватио за десно уво, а други пут слободном десном руком. У сва-ком другом случају клисом се гађа коба с онога места на које је пао. Играч с машком брани кобу. Труди се да клис дочека на машку док овај лети и да га одбије што даље од кобе. Кад клис падне на земљу, мери се колико машки има од њега до кобе. Рачунају се само целе машке. Тај број се пам-ти јер се бројање доцније наставља, а броји се до стотине. Догоди ли се да клис удари у кобу или да од њега до кобе нема једна пуна машка, играч са машком испада из игре. Кад сви играчи из једне групе буду излишени, одлазе у пашу, а клис и машку преузимају противници.

Ко први изброји до стотину машки, игра јале, којих има пет. Клис се баца као и раније, противници се труде да га ухвате. Ако им то не пође за руком, покушавају да клис пробаце кроз небрањени троугао направљен од машке и кобе. Или да њиме оборе машку са кобе. И тако – пет пута, а то су јале. Шести пут, кад играч удари машком у клис, испушта из руке и машку да она и клис одлете што даље. Противници бију у кобу најпре клисом, па машком. Погоде ли бар једном, у случају да су сви играчи из прве групе већ искључени, они ће преузети клис и машку и наставити игру где су стали. Клис и машка треба што даље да одлете од кобе, јер је, наравно, из даљине њу теже погодити. На крају, опет се туче у клис. Од кобе до места на које клис падне и натраг победнике носе накркаче побеђени играчи. Кад то обаве, уз смех и задиркивање, игра почиње изнова.

Игра пиљака (говори стрина). За ову игру потребно је двоје деце и пет облих каменчића, облутака, ако су бели онда белутака који се сада зову пиљци. Припремајући се за ову игру деца скупљају пиљке, бирају их и разврставају по боји, величини, облику, глаткоћи, шарама и стално их носе са собом, у џеповима и у торбицама. Док трче или док се играју других игара, пиљци им звецкају и опомињу их да започну игру са њима. Пиљака обично играју девојчице, али и дечаци понекад буду веома спретни са пиљцима и умеју врло брзо и вешто да баратају овим камичцима. Ако се играчи договоре да играју „чисто“, то значи да се у току игре не сме додирнути ни један други пиљак осим оног који се хвата руком. Кад то уради, играч се „омрсио“ и он губи игру. Да би се знало ко ће први почети игру играчи се „суде“. Нађу плочицу од камена или иверку, овлаже је пљувачком с једне стране и један од њих баци је увис да се заврти и да одлети што више. Кад падне гледа се која је страна горе, влажна или сува, и по томе се одређује ко почиње. Ако падне на крлак или на кант каже се да је „пас“, то јест нерешено и „плојка“ се баца поново.

Игра почиње овако. Играчи поседају на земљу наспрам и близу један другоме. Први играч баци одједном из шаке на земљу свих пет пиљака, подешавајући да буду распоређени на најподеснији начин. Потом изабере један пиљак, баци га у ваздух, узме са земље још један и у исту (десну) руку ухвати онај избачени. Један пиљак остави на страну, па то исто уради и с друга три. Тако је играч одиграо „су један“. После ће играти „су два“ (узима три) и, на крају, „су четири“ (узме одједном сва четири пиљка са земље). Догоди ли се да не успе да покупи све пиљке са земље или да му који од њих испадне из руке, играч губи игру, као да се „омрсио“.

После се игра „баца“. Играч држи у руци свих пет пиљака, један избаци увис а остале спусти на земљу и хвата онај из ваздуха. Опет тај пиљак избацује, са земље купи она четири и спретно хвата избачени у исту шаку. Добри играчи увек успевају да пиљак ухвате у једну шаку, а они слабији и невештији у обе. Игра пиљака наставља се капијама.

Прва капија. Играч баци пиљке на земљу, узме онај кога ће избацити (а то је његов омиљен пиљак), на средњем прсту леве руке укрсти кажипрст и домали прст, па кажипрст и палац стави врховима на земљу, не сувише размакнуте, испред пиљака. Други играч изабере пиљак који ће првоме највише сметати и каже „од овога ћу“. Онда други играч протура по један пиљак кроз капију, избацујући и хватајући онај први. На крају долази на ред пиљак који је одабрао противник. Ако он није пробачен кроз капију или се неки од њих налази близу капије с друге стране да се кроз њу може узети, други играч баца један пиљак у ваздух па хвата онај са земље. При том не сме да подигне капију. Ако успе, он игра. У продужетку играју се још две капије, сасвим исте. Пета капија се разликује само по томе што се пиљак одабран од противника стави на капију, ту стоји за време игре и последњи се кроз њу пробацује. Ако испадне играч губи игру. Кад опет дође његово царство он наставља са оног места где је погрешио.

Звездице. Има их свега четири. Прва се прави од палца и кажипрста, а друга од палца и осталих прстију леве руке. Свака звездица стоји на земљи, на крлачке, и кроз њу се пробацују пиљци као кроз капију.

Чеперци. Ових капија има дванаест. Све се оне праве од палца на левој руци и осталих прстију по реду. У прве четири капије прсти су размакнути што је могуће више, у друге четири су примакнути ближе. Девета капија прави се од палца и великог прста, десета од кажипрста и домалог прста, једанаеста од великог и малог прста. Последњи чеперак се прави од кажипрста и малог прста. Четири „ваздушне капије“ праве се на исти начин и истим редом као звездице. Једина разлика је што се кругови прстију не држе на земљи него у ваздуху.

Кошара се игра после ваздушних капија. Прсти леве руке размакнути у полукруг ставе се врховима на земљу док је длан одигнут. Кроз сваку рупу протурају се пиљци као и код осталих капија. На крају се игра „греба“, а то је у ствари казна за побеђеног играча. Он стави леву шаку раширених прстију на земљу. Сада се игра само са два пиљка: свој избацује и поново хвата, а затим чини исто са пиљком који је противник одабрао. При првом избацивању пренесе се други пиљак и стави код палца саиграча. Потом се три пута гребе његова шака и говори: „Мачка виче: греб!“ На исти начин се тај пиљак пренесе код кажипрста и трипут уштине противникова рука: „Певац виче: кљуц!“ Даље се пиљак, по реду, ставља и код других прстију. Кад је код великог прста, онда се замахује шаком и каже: „Сабља виче: сек!“ А кад је пиљак код домалог прста, кобајаги се пуца из пушке: „Пушка виче – гру!“ Кад се премести код малог прста огласи се топ: „Топ виче – ду!“ Све по три пута и уз то се песницом удара у противникову шаку, од сабље до топа, све јаче и јаче. Овим је игра завршена. После гребе може се почети само из почетка.

Игра синова. Ову игру играју само дечаци. Ископа се у земљи онолико рупа колико има играча. Ако је земља мека и влажна, рупе се издубе окретањем босе пете. Рупе су распоређене у једном реду на двадесетак сантиметара растојања, а дотерују се и повећавају све док не буду довољно велике да у њих може стати лопта начињена од крпа, крпењача. После договора до колико синова ће се играти, свако стане код своје рупе. Власници рупа које су с краја котрљају крпењачу преко рупа све док она у неку од њих не упадне. Тада сви беже, а играч у чију рупу је лопта упала зграби је и гађа онога ко му је најближи. Ако промаши, „добија сина“ – дрвце побијено у земљу код његове рупе. Погоди ли, онда погођени гађа другога, све док један не промаши и „добије сина“. Потом се игра наставља из почетка. Кад играч наређа договорени број промашаја, испада из игре. Кад сви испадну, осим једног који има најмањи број синова, он је победник. Као награду он „стреља“ мање успешне играче оним редом којим су испали из игре. Победник одређује на који начин ће бити извршено „стрељање“, гађање крпењачом (са које даљине, да ли се сме склањати или не и томе слично). Кад се то заврши игра почиње изнова.

Цар и коза. Ово је омиљена игра дечака и девојчица који знају да пишу и да читају. Играју је најмање четири играча. На четири цедуље напишу се речи: цар, субаша, сиромах, коза. Ако има више играча додају се и друге речи: газда, кмет, пандур, просјак, лопов... Папирићи су исте величине и пресавијени су на исти начин. Убаце се у капу, промешају и изруче пред играче. Свако узме по једну, отвори и кришом прочита шта на њој пише. Сви ћуте, једино се јављају „цар“ и „сиромах“:
Царе! Неко ми је украо козу!
На кога сумњаш?
На овога!
Ако погоди, „лопов“ ће бити кажњен, ако набеди поштеног човека онда ће сам бити кажњен. Казна се састоји из пацки (ударци прутем по длановима) или клемпања (ударци кажипрстом по увету), а цар одређује колико ће се „врућих“ или „хладних“ пацки-клемпи кривцу ударити.

Жмуре. Једном играчу веже се марама преко очију. На земљи се обележе ивице кола. Онај који жмури јури играче који беже али не смеју никуд изван кола. Кад некога ухвати, тај преузима његову улогу и игра се наставља.

Рујног вина. Неко спусти капу на тло и та капа је „рујно вино“. Остали га опколе и труде се да ногама шутну његову капу, а овај не да да приђу и цилита се. Кад успе некога да додирне, тај ставља своју капу на земљу и брани је на исти начин. Уколико се нападачи домогну капе они је шутирају и добацују један другом као да је фудбал. Кад онај чија је капа успе да је дограби, трчи натраг, ка месту где је капа била на почетку, а трче и сви остали. Ко пре стигне, пљуне на то место. Буде ли то дечак чија је капа шутирана, неко други мораће да жртвује своју. Ако не буде довољно брз онда ће његова капа поново бити „рујно вино“.

Каиша. Ред густо збијених играча прислони се леђима уза зид. Сви држе руке иза леђа, а неко од њих крије каиш. Један њихов друг покушава да га пронађе, али каиш веома брзо иде од руке до руке. И док он обујми играча за кога сумња да крије каиш, други га жестоко ожеже по туру. Овај се окрене, а каиша је већ нестало, па га ударац вреба са друге стране. То тако иде док не пронађе каиш. После овај играч стане у ред, а онај у кога је пронађен каиш, дође на његово место.

Мете. За ову игру потребна су најмање три играча. Један игра у колу, а друга двојица стоје на бани. Растојање између бана је неких десетак метара. Играчи на банама пребацују један другом крпењачу преко руку играча у колу или га гађају. Он има право да бежи, да се склања како год зна и уме. Може и да хвата крпењачу. Остаје у колу све док га неки играч не промаши или кад успе да ухвати крпењачу. Онда он стаје на бану, а у коло уђе онај који га је промашио.

Гуце. Лопта начињена од говеђе длаке, у чијем је средишту парче глине или какав погодан камен, зове се гуца. Играчи се поделе на две групе и сваки има штап којим ће гонити гуцу. Договоре се до колико ће рупа да играју. На почетку игре гуца је у рупи, а играчи су распоређени около. Једна група нагони гуцу у рупу, а друга је тера што даље. Кад нападачи убаце гуцу у рупу договорен број пута, онда мењају места и тако гоне гуцу док им не досади...

Ораса. Играју се и многе друге игре: јелачкиње, барјачкиње, кога ћете?, нека бије, нека бије!, скочиклиса, мачке и миша, ратовања (Срба и Турака, партизана и четника, каубоја и индијанаца...), мицајца, прерушавања, земље (перорез или ножић забада се у земљу и тако се осваја обележено поље), школице, а кад роде ораси, обавезно – ораса или купа. Ораси се сложе у купе и гађају орњашима (велики, изабрани ораси) са одређене, договорене удаљености. Ко погоди купе (или орасе постављене у ред), разбије их на све стране, он носи све што је погодио, осваја орахе. Добри играчи освоје орахе слабијима, напуне цепове и торбице. А слабији играчи пењу се на стабла, млате моткама или гађају камењем, труде се да наберу још ораха за наставак игре или трче кући да донесу нове залихе. Игра се наставља докле год има ораха, јер, узгред, они се крцкају и једу. Добри играчи се такмиче чији је орњаш највећи, који најбоље гађа, ко је непобедив и препиру се око тога. А свима су длонови обојени разним нијансама од наранџасте до мрке боје у зависности колико су ораса сами ољуштили...

ШЕСТА ТРАКА

РАДИВОЈЕ, ЧЛАН СКОЈА

Кад је Тито дошао на власт – Радивоје, члан СКОЈ-а – Радивоје, оснивач Задруге у Дубу – Велика акција електрификације села – Скупљање зајма за изградњу Скопља – Животни стил Ђорђа Вуловића – Писање крижуљом по таблици – Треба бити човек

Кад је Тито дошао на власт 44/45. године био сам пионир, па онда, кад сам имао неких 15–16 година учланио сам се у СКОЈ (Савез комунистичке омладине Југославије). Питали су ме лепо хоћу ли да будем њихов члан. Ја сам одговорио да хоћу пошто је и мој покојни брат Мића био члан СКОЈ-а. Учио је гимназију у Ужицу, причао сам ти. Изгледа да је за време рата био у илегали, то нико не зна. Касније, Мића погибе, убијен у некој недођији да му никад гроба не нађосмо. Зато сам, због њега, ушао у СКОЈ. Ми СКОЈ-евци радили смо шта нам Партија нареди. Ко се у том послу истицао, он је приман у Партију. А гледало се и да ли је неко у фамилији већ био члан или је био са друге стране. Ја сам био брат палог борца и то ми је помогло да будем примљен међу првима. Године 1948. постао сам члан СКЈ (Савеза комуниста Југославије). Присуствовао сам састанцима и једним и другим. Зове СКОЈ, ја потрчи. Зове СКЈ, ја потрчи...

Где је то било? У Дубу или у Бајиној Башти?

У Дубу, најчешће. А кад смо били чланови среског Комитета, онда смо ишли у Башту и у Ужице. Кад ме позову, по потреби. Био сам ангажован поприлично и поштован од народа. Био сам задужен за сеоске проблеме. Што год је требало да се ради ишло је преко мене.

Шта се радило?

Електрификација, путеви, било шта. Све је ишло преко мене. Било је и добровољних радова. Ништа није могло без мене... Кад је губар био, позовеш радну снагу, мало и велико, младо и старо, да скидају она јаја...

Било је и других ствари, на пример: ако је неко домаћинство у нашем селу старо (кашље), деца у војсци или се поудавала, ми се онда договоримо и доведемо 20–30 радника, одемо, пожњемо им пшеницу или помогнемо купити шљиве или брати кукурузе. То је било... Било је – како Партија каже. Тако је било, другачије није могло бити. И радило се доста, стизало се и постизало, свршавало... Овај... Био сам оснивач наше Задруге у Дубу. После смо основали Задругу и у Злодолу. Био сам главни за упис нових чланова. Где сам год дошао нико ме није одбио. Други нису могли ни приближно колико ја. Дошло је до опасне критике: „Како је Радивоје успео, а Миленко није?!“ То је морало да се испита и да се види зашто је то тако.

Ти си умео с људима?

Умео сам да објасним о чему се ради, где је суштина... Кад је оно зе-
мљотрес у Скопљу срушио многе зграде, онда, нормално ишло се у по-
моћ. Мени тада 1963. године одредили два села, да обиђем људе, да испи-
там хоће ли ко да упише зајам. Ни једна кућа у коју сам ја крочио није
одбила да упише неку суму новца према свом имовном стању... А други
су ишли у околна села, у засеоке, па нису успевали да упишу ни 50% од
моје суме. Па опет – критика. И то критика одозго! Па ти докажи где си
био и шта си радио. Кад може Радивоје, можеш и ти. Моји другови ме пи-
тају, а видим криво им што сам толико од њих одскочио. „Па, добро, Ра-
дивоје – питају ме – шта си то радио? И ми се трудимо, али не можемо да
скупимо ни упола колико ти?“ А ја њима велим: „Шта сам радио? Не знам
ни ја шта сам радио. Лепо сам разговарао са људима. Казао сам им да је
то потребно. Па, замисли, човече да је мени или теби срушена кућа! Да ли
би било људцки да ти неко помогне?“

Чекаш, надаш се, а нема помоћи.

Па, кад је тако, Радивоје, хајде да дамо, да помогнемо нашим људима
у Македонији. Нико те не тера да даш не знам оволико или онолико.

Колико можеш.

Е, тако ја радим. И то упишем у списак. И тако и буде.

Важно је дати нешто. И сви по мало. Накупи се.

И накупи се! Накупило се пуно. Много више него што је Комитет пла-
нирао с обзиром на имовно стање људи овога краја. Нисмо ни ми имали
одвише, није остајало, него се намицало и некако спајао крај с крајем...

А јеси ли ишао на неке састанке у Ужице? Можда на неки конгрес или
тако нешто?

Био сам у Ужицу као члан регионалне комисије за здравствено и пен-
зионо осигурање земљорадника. То смо радили. Био је то велики и тежак
посао. Једва смо некако успели. Неће народ. И ту сам одиграо важну уло-
гу. Због тога сам ишао у Ужице на те окружне састанке ко зна колико пу-
та. Па сам онда био... Био сам на радним акцијама, причао сам ти. Имао
сам 36 месеци разних радних акција за оних 5-6 година. То су три пуне го-
дине, еј, брајко! Можда је фалио неки дан... Био сам у Међуврпју на из-
градњи хидроцентрале, тамо, у Овчарско-кабларској клисури. Па сам био
на Тари на изградњи путева, горе... Па сам био 1948. године на фундира-
њу терена за Нови Београд... Па сам био следеће 1949. године (кашље) по-
ново био на Новом Београду, на изградњи. Мало је фалило да останем
тамо, на дужности и на школовању, али се моја мајка није сложила с тим.
Тако да сам се вратио у село.

Шта су ти родитељи казали? Како су они гледали на то што си три го-
дине био на акцијама? Градио си државу и социјализам, а имање је зао-
стајало.

Били су много љути на мене. И отац и мајка. Нема никога код куће,
на имању. Нема ко да ради... Ђоко је разумео о чему се ради. Он је гово-
рио Раји: „Жено, мора се! Власт се мора поштовати. Кад држава зове мо-

раш се одазвати. Нека иде месец-два дана, па се врати. Ради за државу, а онда је десет месеци код куће. Стиже и за њих и за нас...“ Мајка ћути, али никао јој није било по вољи. Тако ти је то било.

Твој отац је схватао о чему се ради. И да мора тако.

Он је разумео. Био је на Солунском фронту седам година. Знао је како функционише држава, како функционише војска, знао је он шта је и како је.

Шта мора, а шта не мора.

Шта мора, јесте.

Шта је војска, шта је администрација. Ко само троши, а не стиче.

Ма, све. Све... Код њега није било да нешто не може да се уради. Све се стигне, полако и љуцки. И многи су волели да дођу да раде код њега. Ем се не форсира, ем се постигне, ем се много научи. Јер, Ђорђе је био у Бизерти на опоравку и тамо је видео шта раде и како раде баштовани. Он је први у Дуб донео парадајз који се веже за кочиће, за притке.

Да му помогнеш да расте више.

Добије се по 4-5 родова парадајза. А раније, посеју га и он расте као врежа по земљи па се много плодова струли. Не стигне да сазри, а већ почео да трули. Ето, тако је то било. Волели су код Ђоке да раде. То се знало – чим сунце залази, доста!

Завршено?

Завршено. Умивање, идемо на вечеру. Па ћемо сутра наставити где смо стали. Има времена, све ћемо стићи... Није Ђоко никад терао раднике да раде ноћу и то су људи умели да цене. И пазио је да стока буде на време намирена. Да краве ричу жедне, то код њега није могло да се деси. Знало се шта мора да се уради и кад. Ту није било поговора... Код Ђоке се знало: ручак мора бити у 12 сати, најкасније у 1. Он руча и оде сат и по да одмори. Орело, горело, Ђоко одмара после ручка. У томе нико није могао да га спречи. Држао се својих навика и није одступао. Кад погледаш, и био је човек у праву. Што да трчи, да ломи врат, кад му душа иште предаха, па, јел тако?!

Имао је деда Ђоко стила. Знао је да се понаша, умео је и с људима, имао је велико знање и искуство, имао је...

Све!

Није он био баш неки обични сељак. Више је он био господин него сељак.

Он је био најугледнији домаћин села Дуба. Његова реч се поштовала и памет ценила. Тако је било.

Имао је и знање и имање.

Његови воћњаци били су чувени. Шљивици и јабучњаци Ђоке Вуловића, па о томе има да се прича!... И многе друге ствари радио је први или међу првима у пољопривреди у овом крају. Ако му нешто треба, он поштено плати. Није жалио паре, али код њега се знало – све мора бити урађено како ваља и на време.

На крају има лепе користи.

Све се исплати кад се паметно ради... Идемо даље.

Некао смо брзо прешли преко твог школовања. Испричај ми мало детаљније о томе како си ишао у школу. Био си, рече, добар ђак?

Године 1938. пошао сам у први разред. Године 1941. завршио сам четврти разред са одличним успехом. Одлазио сам у школу пешке, сваки дан, пет километара до Злодола и пет натраг, то је укупно десет километара.

Да, да.

Носио сам једну торбу са таблицом за писање и по неком књигом. А другу са храном.

Писало се са легиштером, зар не?

Ми смо је звали крижуља. А парче сунђера завезано за таблицу и пиши, бриши, по цео дан, колико ти воља... Пиши – бриши, пиши – бриши... Док пишеш – знаш, а кад обришеш – све заборавиш... Уз то ми дечаци били смо понемирни. Деси се па се погурамо, таблица падне и разбије се. Ја сам разбио две таблице. Тек са трећом завршио сам школу. Мајка ме грдила, а отац каже: „Рајо, нека је разбио. Купићемо другу. Боље што је разбио таблицу, него да је пао па разбио нос, бижи, бачи.“

Сећам се како су деца тада долазила у школу: укрсте две торбице преко рамена, трче, а оне им торбице одскачу на леђима.

Таблица и крижуља звецкају. Ретко сам имао по неку књигу... А у другој торби мајка ми спреми нешто за ручак: чанчић сира, мало кајмака, некад сланине, некад ово, некад оно, како-кад. И парче проје. То је све.

Рече: хлеба?

Каквог хлеба?! Проје! Није тада било пшеничног хлеба, какви, ни говора.

Дуго останеш у школи?

Цео дан... Од ујутру у осам сати, па до три-четири сата после подне. Тачно у подне био је ручак. Свако извади своје јело. Био је неки брешчић више школе, ту свако седне на своје место, торбицу стави на траву, а на њу извади и поређа оно што је понео: чанак са мрсом, окрајак проје и струк лука. Загледамо шта ко има, неко боље, неко слабије, па се и мењамо, једно другом додајемо. Неко понео јабуку, па поделимо. Неко набрао прегршт шљива. Имамо сви воћа код куће колко хоћеш, али није слатко тамо него овде. Све се поједе и сви задовољни. Сви имају добар апетит, нико не мрљави, него журимо да свршимо са јелом па да се поиграмо... И један сат одмора за све: да се једе и да се изиграмо и да се истрчемо по школском дворишту. Ми дечаци обично играмо лопте, а девојчице пиљака или јелачкиње, барјачкиње или нешто друго...

После ручка наставља се са школом.

Учитељи су нам били вредни и строги. Држали су дисциплину. Нисмо смели да се побијемо док смо у школи. А кад из школе пођемо кућама – бијемо се сви редом, то само прашти и пуца!

Верујеш ли у Бога? Како објашњаваш природне појаве? Како гледаш на све што се дешава око тебе, у држави, у свету, у свемиру?

Човек мора у нешто да верује. Ми, православци, кажемо да је Бог онај који све држи и регулише... Али, кад све сабереш... и одузмеш... И кад узмеш у обзир шта је било и како је било, могу рећи да – верујем... Моја мајка је веровала и учила нас, па смо ми више уз њу свикли да се крстимо и да радимо све што треба. И кад сам био члан Савеза комуниста, ја сам славио славу Лазареву суботу. Није ми нико ништа казао, нити су ме критиковали. То сам радио због родитеља и то је тако остало и пролазило. Нико нам није бранио да славимо... Тако је остало да и данданас славимо, крштавамо децу, светимо водицу и радимо све остало што треба... Нешто се мора поштовати. Бог, Свевишњи, Творац зови га како год хоћеш, да ли га има или нема, ја не знам. Оно што је сигурно и основно то је да човек треба да буде поштен, радин, да мисли и да ради другоме оно што жели и себи. То ти је највећи Бог.

То пише и у Библији – да треба бити човек.

Шта је човек, а шта мора бити човек, што рекао Његош. Најтеже је бити човек. Лако је бити бараба и напакарет. Али, човек, то је сасвим друга ствар.

Добро... У оном писму забележио сам свашта, шта бих све хтео да те питам...

Лепо ти мене испитујеш, Мићо. И не штедиш чичу ни мало!

Па каже: „Имаш ли каквих тајни? Имаш ли ишта што кријеш у себи и нећеш и не можеш никоме да кажеш, па чак ни Милеси?“... Сад пази шта ћеш да кажеш, јер Милеса слуша...

Нема... Тајни никаквих нема. Шта бих крио не знам ни сам, а није ни било никаквих разлога. Ако нешто није у реду, ја то одмах кажем жени, деци, коме треба и коме је намењено, нема везе. Тајне никакве код мене нема, да смо начисто...

Како нема (стрина говори), кад има.

Нема! Не-ма! Нема тајне.

Што не признаш (стрина) кад си врљао по селу, код кога си свраћао? Хајде, признај (смеје се), нећемо ти ништа. Немој сад да врдаш и да сучеш. Признај (смех), нећемо ти ништа.

То није важно.

Ма, нисам ни ишао! Да сам ишао, ја бих теби рекао... Шта ћу код неке друге, кад и тебе једва чујем, слабо слушам. Ћути тамо...

Помињали смо болести, повреде, ломове и Богове. То је све било, па прошло, јел тако?

Ја мислим да смо све о томе што је важније било већ раније рекли.

Немаш нешто да додаш? Немаш...

Немам.

НА КРЕСАЊУ ЛИСНИКА

Још о родитељима – Са мајком Рајом у Врњачкој Бањи – Јуређи чворке Радивоје доспева у велику невољу – Радивојево вешање о грмиће подсећа на улогу Џони Вајс-Милера у филму „Тарзан брани џунглу" – Први пут с оцем на кресање лисника

Нисмо говорили о твојим родитељима? Јесмо, али успут. Молим те да сад детаљније опишеш свог оца и своју мајку. Какво је било твоје рано детињство? Како су се понашали као родитељи, како су вас васпитавали, тебе, брата, сестру? Волео бих да се сетиш неких слика, детаља...

Моји су родитељи увек били одмерени, културни. Служили су у свему као пример у селу, па тако и у одгајању и васпитавању деце. Имали су троје деце: Мићу, Продану и мене, Радивоја, што смо живи. Иначе, родили су петоро, двоје им је умрло. Највећа трагедија за њих била је када је Мића, мој старији брат, погинуо. То никад нису преболели.

Марко и Милена (говори стрина) умрли су као сасвим мала деца.

То се дешавало често по селима. Није било лекара, није се могло брзо стићи до града и онда, најслабији страдају и од неке безазлене бољке... Питаш како су нас васпитавали, то је онда било много лакше него данас. Морало се слушати и радити. Отац је био строг и то врло строг. Умео је да заповеда, без галаме, без вике, али не понавља двапут. Зато си морао пажљиво да слушаш шта ће ти казати. А кад једном рекне, то је завршен посао... И био је праведан. Није никога гонио да ради нешто што не уме или не може да уради, него само оно што треба и што може да се поради...

Добио сам од оца неколико пута велике батине. То ми је други направио, напакостио. Стварно нисам био крив. Касније, кад сам одрастао, разговарамо о свему и ја њему кажем: „Ћале, то ти није требало..." Једном ме баш хтеде убити. Комшиница Милица му казала да сам ја заговарао, забављао њеног Драгана, те су Драганови волови обалили, упропастили њино сено. А то уопште није било тако, али ко те пита, док сам ја стиго да проговорим, батине сам већ добио и то какве батине... А онда, још једном... Шта оно би, Милеса? Не могу да се сетим...

Не знам, откуд знам. Нисам ја још била дошла овде.

Ма, одерао ме од батина. Сав сам био модар ко шљива.

Да сам ја била (говори стрина) ја бих тебе бранила, али нисам...

Двапут ме је стварно добро изударао, иако није био у правцу. После се и сам покајао. „Моментално сам плануо и нисам могао да се зауставим... Ти дете, извини, али сад је готово..." „Па, убио си ме бре, ћале!" Јесте лудо било – кад ухвати туђи, не гледа куд удара. Шта ћеш му ти сад?! Ништа...

А Раја? Је ли била нежна мајка?

Моја мајка је била права мајка. Она ме, понекад, излупета, ишакета, али то брзо прође и све заборавимо. Али сам стварно и био крив никад јој то нисам ни поменуо, нити сам се коме жалио. И нека ме тукла, да ме више шибала био бих бољи...

Што оно кажу: мајка била, мајка мила!.

Само је била шкрта. Ето, то ми је остало нажао.

Штедела (говори стрина и смеје се), шпарала жена, чувала, шта друго да ради једна српска жена?!

Спреми ми оволицно парче проје (показује део длана), а сира, као коцка шећера. И, хајде, Радивоје, иди у школу! Иди чувај овце! Тако је било, очију ми мојих, баш тако...

Ова кућа важила је за имућније, а ипак се штедело?

Немој заборавити, Радивоје (говори стрина) да те је мати волела: зар те није водила са собом у бању? И ти си се навикао, па касније ни један пољопривредни сајам без тебе није остао, ни један излет на Златибор, на Тару није могао без тебе...

А, то је нешто друго. Био сам одрастао, основао породицу, довео тебе овде да ми све буде сигурно, да ја могу да идем где год хоћу.

Ето, видиш (стрина се смеје), видиш и сам шта он ради и како живи.

Па, нисмо никако могли обадвоје. Да сам те водио свуда са собом, ти би свашта видела, па би ме напустила (смех).

Да видиш само (стрина и даље) оне лепоте.

Ја сам тебе чувао да се не препаднеш. Да си се срела са свим оним јадом и чемером, ти би рекла: „Ко шиша Радивоја. Одох ја својим путем. Хвала и довиђења!" (смејање)

Снимате ли то? Нема смисла, баш нема смисла...

Снимамо, али нећемо све и записати.

Истина жива. Све ти снимај, синовче! (смеје се) Видиш како сам то ја смислио: да ми остане мој друг сигуран код куће, а ја – одох!

А Раја те водила у бању?

Јесте, водила ме два-три пута, био сам нешто слабашан, мршав... Био сам много немиран, трчао, трошио се, а нисам стизао да једем. Мајка каже оцу: „Слушај, Ђоко, ја ћу да водим Раца у Врњачку Бању." „Идите, радите шта знате..." И Коса је била са нама, сликали смо се у оном цветњаку испред купатила. Обећала је донети ми ону фотографију, али заборави, а после и умре та жена, Коса.

Био је Рацо много добар (говори стрина). Ко да су га ђаволи гонили, свуд је стизао. Чак се и по грмићима вешао...

Ма, иди море! Куд ме није било, кад се само сетим... Мени није било довољно да се попнем на једно дрво, јок, него заманем врх, па се ухватим за ближње дрво и пребацим се на њега...

Као Тарзан?

Исто као Тарзан.

О, људи моји?!

Па дођем кући сав исцепан. Мајка Раја почне да ме грди: „Што си се, Рацо, сав исцепао?" Шта ћу, куд ћу, ја кажем: „Терао овце, велим, па закачио." А она зна да сам се верао по дрвећу као веверица.

Причај оно (стрина) како си замахнуо неким високим дрветом, па се нашао у невољи. Причај како је било...

И ниси могао да сиђеш?

Нисам могао да сиђем, него сам почео да дозивам, да се дерем, да кукам, али нико ме чује. Кад сам већ промукао и занемоћао, чује ме, горамо, Миленија и дотрчи и скине ме. Нисам смео да скочим, поломио бих се. У оном страху, размишљо сам шта да радим и шта ми је најбоље да чиним. Зато се нисам хтео пустити. Али да не долете Миленија, не знам ни сам шта би било. Ухвати ме за ноге, ја њу за врат и сиђох доле...

Био си се попео баш на велику висину?

Ма, било је сигурно пет-шест метара, ако не и више. Нисам добро проценио раздаљину између она два дрвета. Ја сам моје добро заљуљао и зграбио рукама једну грану, али видео сам да то није добро и да нећу моћи да се закачим и да се пребацим. И онда сам остао на цедилу, ни тамо, ни овамо. Нисам се закачио, а не смем да се пустим. Било је страшно. Уплашио сам се, признајем да сам се уплашио.

Остао си (стрина) недоказан – ни на небу, ни на земљи.

Јурио сам чворке. Хтео сам да се пропнем да му покупим птиће из гнезда. Али, грана је била танка, савила се и то ме превари... И тако сам ја викао, звао, кукао, кукао док нисам онемео. Изгубио глас. Сигурно десет дана нисам могао да говорим. Само сам шапутао. Толико сам био промукао. Толико сам урлао да сам сво грло одрао. Знао сам да ме мајка Раја не може чути, али ме Миленија однекуд чула, па пита: „Рацо, црни, што то кукаш?" А ја само шапћем: „Дођи..." А она виде шта се десило и одмах поче да ме грди, била млада, јака, права жена-јунак: „Шта си тражио горе?!" „Јој, Миленија, скидај ме брже како год знаш..." Руке ми већ биле обамрле, одузеле се. Нисам могао још много да издржим. А ако паднем доле, знам да ћу се сав разбити. Одоше и ноге и руке!

Висио тако у шуми (стрина) и драо се, како те није било срамота?

Кад погледам твоје фотографије у породичном албуму видим да ти у ствари и личиш на Тарзана, на оног лепог глумца који се звао Џони Вајс Милер, шта велиш? Увек си се лепо облачио, имао фино одело, сако, панталоне, ниси носио сељачке ствари, ни народну ношњу?... Ретко си се сликао са Милесом, нема Милесе поред тебе?

Није хтео да му кварим снимак (стрина се насмехну).

То сам се сликао негде на путу, у Београду или на сајму у Новом Саду. Овде није било фотографа, сем онога што је пролазио једном у две-три године. И што је преправљао старе слике и радио портрете на порцелану за надгробне споменике. Дође, узме паре, па га нема тако дуго да и забо-равиш шта је снимао и како сте се договорили... Кад сам био нешто по-растао почео ме отац водити са собом на неки посао. Мора да се ради, о томе нема разговора... Једног дана пођемо нас двоје да крешемо лист, го-рамо, у гају. Раја грди: „Ђоко, шта ће ти он за кресање, откуд он може да креше лист?“ „Хоћу ја, мајка, да крешем лист. Хоћу и хоћу...“ Мени је ва-жно да се ја пентрам по дрвећу, а за друго није ме брига. И тако одемо отац и ја горе и почнемо да крешемо. Ја узео секирицу и пошао уз један грм, идем, крешем, пењем се и попењем се до самог врха.

Како сад да сиђеш?

Кад сам био на врху, ја замахнем онај грм, тамо-овамо, тамо-овамо (показује рукама и целим телом) и притерам га оном суседном, ухватим једном руком, онај први пустим, обесим се као јарац ногама и пређем згодно на грм. Отац почне да ме грди: „А шта мислиш, црни сине, да си се омакао?“ „Нећу ја да се омакнем...“ И онда скрешем онај грмић с врха до дна. Два грма готова!

Одлично си то испричао!

То је све истина жива.

Био си лак и вешт, сналазио се на висини, је ли?

Имао сам вештину као они у циркусу. Само што они ништа не креше, а ја и летим са дрвета на дрво и, успут, крешем... И тако, Ђоко и ја један дан кресали, док он креше један лист, ја два, он један, ја два и почео тре-ћи. Стрпамо два велика лисника и вратимо се кући... Чујем оца како го-вори мајци: „Ово дете у нас лудо, Рајо!“ „Како лудо, Бог с тобом, Ђоко?!“ „Ево како. Сећаш се прошли пут кад смо кресали лист да су дошле Про-дана и Будимка да помогну. Њих две су трпале на камаре, а Милорад по-магао стрпати у лисник. Седам дана смо Јоксим и ја кресали за један ли-сник. А Радивоје, за дан, окресао два (смех)“

Лисник је храстова шума, служи за исхрану оваца.

Гране се осуше, а на њима остане доста жира. То овца воли, то је за њу посластица. Намерно се креше пре него што сазри жир да сав остане на грани. Зими нема друге хране – сено и лисник. Доста поједу и мишеви, али остане и овцама... Ето, тако ти је то било...

Био си несташан, али вредан...

Уууууу, бижи!

КРАЉ ЧАРАПА

Дућан стрица Стевана познат под именом „Краљ чарапа“ – Супа од златних пилећих ножица – Цела Батва мирише на ружино уље и на лаванду – Нови кожни опанци и каиш са сјајном брњицом – Да не ударамо међанике где никад нису били

Кажи ми сад чега се сећаш о стричевима Стевану и Ђунисију? Зашто си откупљивао и њихов део имања? Зар није било другог начина и решења?...

Чико Стеван је завршио за трговца и радио је у Панчеву, Аустрија. Кад је избио рат он се вратио кући, а ту је позван у кадар и отишао је са војском. Кад се рат завршио чико је отворио дућан у Чачку. Радња му се звала „Краљ чарапа“. Држао је чарапе свих врста и неке друге ствари. Нико у Чачку није имао чарапе, него само он. И трукерску радњу.

Тога се и ја сећам.

Имао је мустре за женски вез. То је умножавао и продавао.

Осећао се неки чудан мирис од хемикалија.

И парфеме је држао. Имао је три врсте робе.

Само три, ништа више.

Чарапе, трукерај и мирисе.

Испричај ми још нешто о Стевану, краљу чарапа.

Дућан му је био код кафане „Таково“, на ћошку Дома културе.

Знам, знам!

Чико Стеван је био угледни чачански трговац. Нашао је свој интерес у продаји само три врсте робе: чарапе, мириси и трукерај. То му је добро ишло и дуго ништа није мењао. Касније је, чини ми се, додао још и штофове и вуницу. То је набављао из Параћина. У Параћину је била велика фабрика штофова, били су чувени, квалитетни, трајни параћински штофови. О дућану чиковом могао си питати Бошка док је био жив и Радишу. Они су били са чиком у радњи, помагали му и видели су шта је и како је радио... А живео је лепо, људски. Нигде није журио, дружио се са чачанским трговцима, ишао у шетњу до Мораве. Имао је строго утврђене навике. Покојна стрина лепо кувала и спремала. Код њих је ручак био увек тачно у подне. А на јеловнику обавезна супа или чорба. То се знало...

Онолика кућа у Карађорђевој улици!

Био је способан чим је могао да купи онако лепу и велику кућу...

Раји, покојној свекрви и мени (говори стрина) причао је како је од сељанки куповао живину. Прочуло се, каже, сељанке једна другој причале, како неки трговац купује кокошке, али само посебне врсте. Доконе жене, чекајући купца, причају о свему и свачему: „Јеси ли све продала? Нисам, а не враћа ми се кући, не знам шта да радим... Иди у дућан на коме пише КРАЉ ЧАРАПА. Газда ће ти све купити, али само ако су у пилића жуте ножице...“ Тако нам је сам чико причао. „И, стварно, ја откупим све, и што ми треба и што ми не треба. Па после разделим по комшилуку. Шта ћу да радим кад се на пијаци прочуло да Краљ чарапа купује кокице са златним ножицама. Не ногу да вратим оне жене, жао ми, него све купим и пошаљем по момку кући...“

Краљ чарапа воли супу од златних пилећих ножица!

Код њих се баш добро јело. Стрина сипа пун тањир, па ти чик остави нешто ако смеш. Мора све да се поједе, то је закон. А оно све саме ђаконије и посластице... Права уживанција.

А какве су, без све шале, кокошије ноге? Зар нису све жуте?

Нису, море, има их разних. Него да ти ја кажем одакле та прича о супи. Био је чико нешто мало оболио од стомака, а био је велики гурман. И неки његов пријатељ лекар са којим се картао на Морави каже му и нареди да једе пилетине колико год хоће, али само ако има жуте ножице. Да ли је то био лек или нека њихова коцкарска шала, то не знам...

Ма, немој?!

Кокош је кокош, па какве год да су јој ноге – свеједно је... Можда је то била нека чачанска ујдурма. Имали су они Удружење лажова и шалили су се, на свој начин, међусобом. Можеш пријатељу да спремиш неку смицалицу, али зато мораш да истрпиш туђу шалу... Зато је стриц куповао живину од сељанки, а њих су му слали његови пајташи. Навалиле сељанке једна за другом, више и не иду на пијац него право код Краља чарапа... Чико купи неколико, стрпа у шупу...

Уређене! Куповао је (стрина говори) уређене кокошке!

Ма, није уређене, какви уређене!? Ко ти је онда уређивао? Пилад су се жива носила на пијац. Домаћица обеси о обрамачу двадесеторо пилади напред, двадесеторо позади и иде. А она пиладија само пијуче, кокодаче, пишти, вречи. Један букет живине за Краља чарапа, а други на пијац. Тако је било.

По нека лакша снаша долети из села ношена крилима своје пиладије.

Баш тако (смех), право велиш!... Много сам волео и за све нас била је права радост кад чико дође лети код нас на неколико дана. Прво оде са стрином у Врњачку Бању, онда се ишло на 21 дан, па онда дођу овде, у Дуб, на неколико дана. За то време твој отац, покојни Бошко, ради у дућану... Чико обавезно донесе бомбона, донесе којекаквих чоколада и слаткиша. Али ја сам највише волео кад донесе оне бочице мириса, мале, мање од малог прста. А у њима разни мириси, па се ја намиришем, па ми оно лепо...

Па мени (стрина вели) донесе!

Па кад изађемо у чобане, ја миришем. А другари ме мољакају: „Дај мени! Хоћеш и нас мало да намиришеш!“ Ја онда свакога по мало намиришем. Цела Батва мирише на руже или на лаванду!... Па онда, уље за косу, донесе и то чико, па се ја намажем, зачешљам, залижем, леп као слика!

Шта то причаш?!... Уље за косу је сад опет у моди!

Јесте, али ја ти причам шта је било пре пола века, како се чобановало у Дубу све са колоњском водицом и са науљеном фризуром...

Ви сте били неки модерни чобани?

Терали смо народну моду, јер ми је чико донео и праве, српске опанке, оне са носем и са каишчићима. Имао сам можда 16 година и најлепше, ганц нове, опанке у селу!... Радосав ме гледа, гледа, мој комшија горамо, па ме пита: „Кад би твој чико хтео и мени да купи и пошаље једне такве опанке као твоје? А, шта велиш, да ли би хтео?“ Не знам, велим, Радосаве, али питаћемо чика, па ћемо видети... Не би мало, а Радосаву пошаље опанке из Чачка Милан, Илијин брат, знаш онај, сећаш се, што су га четници умлатили моткама?

Деда Илију знам, Радмиловог и Миловановог, Мишовог оца. А тог Милана не знам.

Он је био комуниста, као и наш Ђунисије. Четници га убише мочугама, страшно...

Ма, немој?!

Беше ли он старији (пита стрина) или млађи?

Старији. Он је био сарач. Правио је амове, седла, каише...

И конопце.

И он кад дође лети у село, он свима, и Миленинијој деци и нама, донесе и поклони по каиш за панталоне. Па се ми лепо опашемо, па се уредимо и удесимо. Знаш ли ти шта је онда за нас био каиш, нов, жут, сјајан. А она се брњица сија као сунце! Ми се радујемо, сви, као да смо добили Бог зна шта!

Од коже, од чега?

То је лудница права била... Кад бану Радосав, тумарну овде, оде у кућу, видимо да је нешто оставио. А то чико послао по њему из Чачка, зна се – килограм кафе, непржене за Рају, папира за завијање цигара Ђоки, а мени послао – опанке. О, Боже, моје радости! Од тада само бројим дане када ћу ја те опанке обути. А Раја ми, као за инат, не да никако, него да сачекам пада их обујем кад пођем на вашар. Еј, човече. Треба то ишчекати!

Разумем. Био си нестрпљив.

Јоооооооој.... Моји опанци стоје на полици и чекају, а ја немогу више да трпим. Него, сваки час их узимам, загледам, пробам, шетам по кући, али ми Раја не да никако напоље са њима... Мука жива, не знам шта да радим...

Већ су онда били (говори Милица, ћерка) заљубљени.

Ма, јок, море, лажу мангупи!

Значи, освојио си је на опанке?

Јесте, бре! Шта се смејеш?!

Па, можда (смех)...

Видиш да му је мило. Видиш да се смешка. И мрдају му се бркови.

Намигује ми (смеје се).

Лукав је (стрина говори), стриц ти је лукав човек. А ја нисам, ја сам искрена.

А, чико из Краљева (смеје се, не може да се обузда) дође са стрином Маром, дође и никад ништа не доноси... А мени то није јасно: чико Стеван доноси лепе ствари, сви се смејемо, а чико Ђунисије – ништа. Како то?

Јесу браћа, али су другачији људи. Први има, други нема, не може...

Ништа, баш ништа. А одавде однесу... Да могу однели би и... краву из штале. Краву да им туриш за врат, однели би. Не би рекли – нећу, не могу или много је. Само дај и само – носи.

Па, добро (говори стрина), тако је онда било, шта ћеш...

Не може крава (смех), мало је потешка.

Кажем ти, однели би бика, кров са куће, чесму, а камо ли шта подесније, повозитије, лакше... Е, онда, касније, кад сам већ био одрастао и оженио се, негде, ваљда 50-те године, тај мој други чико, Ђунисије, изјаснио се за Информбиро. Истог момента УДБА га је скинула са посла. Хајде посао и да прежалиш, али они га и убише од батина. После је, јадан, и умро од тога, од убоја. Био је већ одређен да иде на Голи Оток, али га не послаше, пошто је био, практично, убијен од батина... Тако је то било, али није још крај те тужне приче... Чико Ђунисије дође овде и каже свом брату, мом оцу, Ђоки: „Ђоко, ја немам од чега да живим...“ И каже даље: „Ако хоћеш и ако можеш ти ми исплати штогод од ове наше очевине. Ја то никад нисам мислио затражити, али и сам видиш како стоје ствари...“ „Па, добро буразеру, вели Ђоко, браћа смо, кажи колико ти дугујем?“ „Колико год да кажем таби је много, а мени мало...“ „Мораш рећи, јер ја не знам колико да ти спремим...“ „Четристо хиљада...“ „Нека буде како ти, брате, кажеш – четири стотине хиљада. То је закон за мене. Толико ћемо ти Радивоје и ја исплатити...“ Те паре, а то је било много новаца, исплатили смо чики Ђунисију до задњег динара. Тако сам ја мом чики Ђунисију исплатио имање. Нису делили. Ова браћа се нису делила. Али, то је све пукло преко мојих леђа... „Да не удавам, Ђоко, вели Ђунисије, међанике овуда, по авлији.“ „Зар је до тога дошло, Ђуне, брате, да ми удавамо међанике где никад нису ни били?!“... Не би мало, средисмо то некако са чиком Ђунисијем, искочи национализација. Нове власти одузеше чики Стевану дућан, остаде човек без посла. Једно време радио је као продавац намештаја код „Симе Сараге“...

Сећам се тог времена, добро се сећам...

Дође и Стеван код мог оца и каже: „Ђоко, не вреди, не можемо да живимо од плате, мала ми плата... Не знам шта да радим...“

А пођерку сам (стрина говори) послао у Француску да усаврши језик.

Чико заиста није имао своје деце, па је узео посвојкињу, дете из жениног рода, палог борца дете... „Па добро, Стеване, вели Ђоко, кад смо исплатили Ђунисија, да исплатимо и тебе?“ „Па, ето, не би било лоше, у више рата, мало по мало, кад колико будеш имао... Сад ми спреми, молим те, толико и толико... А за једно месец-два дана спреми ми опет још толико и толико да би ми исплатио толико...“ Да ме убијеш не сећам се више колике су то цифре биле. Бројке сам изумио, али знам да је доста било, да је то било много пара, много, много...

Никако није мање него Ђунисију?

Није (стрина), није...

Па, ту је негде, сигурно да је ту негде, око четири стотине хиљада, можда мало мање или мало више... Није само то... Сваке године смо чики из Чачка ухрањивали вепра, дођу, закољемо, уредимо и ја му дотерам са коњем и колима кући. Месо и све од меса, чварци, кавурма, маст... Онда воће и поврће, јабука колико му треба, ораса по два џака за стрину обавезно. Суве шљиве – џак, па кромпира – 2-3 џака, купуса за једну већу кацу и све остало... Више ме коштао чико Стево него Ђунисије из Краљева, само зато што је био даље, па се није могло ни слати ни носити...

Са Ђуном си раније завршио?

Исплатио сам га и довиђења.

Једном је, сећам се (говори стрина), долазио Ђунисије, звали га Ђуне, а Љубица је још била мала. Спавао је у оној малој соби. Нешто је било између њега и Ђока... После је, опет, долазио на водице, па отуд послао писмо које је Ђока много наљутило. Да ли су жене нешто закувале, не знам, али браћа су се попреко гледала, једно време...

Ма, знам ја шта је било! Пошто је исплаћен, по договору, Ђуне је тражио још. Покушао је да добије још нешто пара. А ја сам спремао те паре, све до последње рате. Спремим педесет хиљада динара, није то мала сума, никад намирити! Па, све тако, педесет по педесет, док му не дадох све како су се он и Ђоко договорили... (трака на половини, окретање касете)...Не знаш ти, шта је ово дете пропатило (показује на стрину), док је створен тај новац?!... Ја не могу мојој ћерци да купим хаљиницу, морам да намирим стричеве... Свакога првога у месецу по педесет хиљада. Знаш ли ти шта је онда било педесет хиљада?!... Ја сам могао, у Ужицу, купити кућу на два спрата за четири стотине хиљада динара. Она кућа где је Миша становао, код оне бабе, ни дандaнас није срушена, још се мувају неки станари.. Коса је рекла тати: „О, Ђоко, спреми једно двеста хиљада, да ти дамо и плац и кућу. Или дај бар нешто капаре, па да те сачекамо...“ А Ђоко јој одговори: „Хвала ти, Косо, али не могу да прогутам два велика залогаја. А један ми већ застао у грлу, па ни тамо ни овамо. Не треба ми, продајте другоме.“ „Добро, Ђоко. Ако се предомислиш, јавни нам. Више би волела теби да продам, знамо се толике године...“ Кад погледаш право, није ни могао све то да постигне. Једно су пусте жеље, а друго праве могућности. Он је дао реч и најпрече му је било да исплати браћу... Каже Ђоко: „Ја кад нешто рекнем, тако мора бити и готово. Само ми жао овог детета, хоће да се сатре скупљајући новце и плаћајући рате.“

РАЈО, НАПЕЦИ ХЛЕБА

Горак је хлеб сељачки – Ћерке, зетови, син, снаја, унуци и унуке – Деце и торби никад доста! – Битка на Кадињачи, на данашњи дан, пре шездесет и једну годину – Рајо, напеци хлеба, наићиће нека војска! – Ратне јединице сустизале су, гониле и смењивале једна другу

Добро. Идемо даље... Како размишљаш о селу, о сељацима? Могу ли све сами? Јесу ли слободни? Јесу ли господари своје судбине? Како је то бити свој на своме?

Па, како (хукће)?

Све мораш сам? У се и у своје кљусе! Сељачка слобода и није баш слатка, је ли?

Не знам шта да ти кажем... Све у свему, сељак је тешко бити.

Онај из града виче: „Благо сељаку! Он је господар у својој држави. У њој може да ради шта хоће, да ствара колико год хоће, а увек може да направи шта њему треба.“ Али, како стиче и како располаже с тим?

Није то лако. Горак је хлеб сељачки... Ето, и сам видиш шта радимо и како живимо. Ти си читао много књиге, а неке и сам написао, али не верујем да познајеш суштину сељачког питања, наш положај и судбину. Ретко ко се у те ствари разуме и удубљује, па нам зато и јесте овако како јесте... Ко у селу има радну снагу, не плаши се ничега. Он има све. Али, ми, што смо остали овде сами, није нам ни мало лако. Да није ове наше деце, која живе у граду, али дођу овде, с времена на време, не би ништа од нас било. Тако још, кобајаги, нешто и имамо. Има и њима, има и нама. У главном, труде се, помажу. Не морају ни за шта да иду на пијац. За толико се има...

Кад не дођу (говори стрина) или кад не роди оно што смо посадили и посејали, онда и они морају ићи на пијац.

Они су сви школовани, али сви знају да раде сељачке послове. Раде све!

Кад је сезона – ради се, мора се.

Све знају да раде: и да копају и да жњу и да косе и да пласте сено. И да купе шљиве и орасе, све...

Кад роди (рече стрина).

Кад не роди, онда нема шта да се ради.

Али, ове године, баш нема ништа.

Нема шта да се скупи.

Ове године нема.

Како се зетови сналазе? Јел помажу? Долазе ли као раније? Савић је често ту, а Јовановић мало ређе?

Милица и Љубица долазе стално, а Љубиша – кад може.

Кад дође зет из Баште, он би хтео, за дан, да уради све, да посвршава све послове. Али, не може (смех)!

Дође једном (говори Милица) у три године.

А снаја Мила?

Она ми је велика госпођа. Никако не воли сељачке послове.

Код свекра и свекрве (говори стрина) не воли, а код мајке воли.

Јел то оговарање? Или је договарање? Кад је слава ја видим да су сви у послу и да се лепо слажу.

Једни кувају и спремају, други постављају. Снаја слави, а ћерке не салве! (смех)

Она је Вуловић, а оне више нису.

Оне не славе, него Вуловићи славе, разумеш?

Помажу сви (каже Милица), ради и Љубиша.

Наравно! И он је Милесино и моје дете. Ја сам рекао за сво троје.

Јеси ли задовољан својом децом?

Јесам. И то не мало, него сам заиста пуно задовољан. Ретко је ко задовољан са децом као ја... Видиш да су јуче били овде, сво троје дођоше. И данас су још ту...

И лепше ти је овако.

Овакве деце никад није много. Као што каже стара народна пословица: „Добре деце и торби – никад доста!"

За децу разумем, али што – торби?

Да се напуне. Торба ти је увек потребна и ваља да ти је увек при руци. Без торбе или каквог цегера ништа не можеш да завршиш.

Шта год да радиш (каже стрина), затреба ти пуста торбетина.

Добро. Причи о селу никад краја. Али, сложили смо се сви да је горак хлебац сељачки.

Горак.

Него, кажи ти мени, Радивоје, сећаш ли се битке на Кадињачи? Или других догађаја и људи из Другог светског рата? Колико је војски прошло кроз Дуб? И кроз Вуловиће?

Све могу да ти испричам о томе. Ево шта ћу ти, укратко, рећи...

Кажи, укратко.

Кад се заметнула борба на Кадињачи 29. новембра 1941. године, био је већ пао први снег.

У данашњи дан пре шездесет и једну годину.

Тачно, на данашњи дан. Био је снег пао, једно десетак сантиметара, негде мање, негде више. Није било ни магле, ни измаглице и лепо се видела Кадињача од наше куће као што се и сад види... Кад ли почеше пушке: ћо-ћо-ћо! Подалеко је то одавде, пет-шест километара ваздушне линије, па се пуцњава једва чује. А појави се и по који светлећи метак, а ми се чудимо, нико не зна шта је то, немамо појма... Ужички раднички батаљон запосео Кадињачу, а Немци наступили, казнена експедиција, од Љубови-је и од Шапца, низ Дрину. И кад су дошли до близу Заглавка, партизани су припуцали на њих из некаквог малог топа. То је пукло једном, двапут, испалили су две гранате, трећу нису стигли да испале, јер је немачка гра-ната већ погодила цев тог топчића и уништила га... Како су они то сни-мили, како су погодили, то нико не зна... Пуцњава се наставила још једно сат времена, а онда се све уђутало. Тек сутрадан пронео се глас шта се де-сило, да су се сукобили партизани и Немци, да је раднички батаљон бра-нио Немцима пролаз у Ужице. Нису им дали да прођу док нису сви изги-нули.

Наши су ту баш много страдали.

Њихов задатак је био да зауставе Немце и да им не дају пролаз за Ужице све док се Тито не извуче из Ужица са његовим штабом Ослободи-лачке војске. Тако причају да је било. Ја сам био тада дечко, колико сам могао имати година?

Четрдест прве године?

Имао сам једанаест година. Али сам све то добро упамтио. После то-га, ишао сам у Ужице и видео на Кадињачи дрвеће изгуљено и грање по-ломљно од меткова и граната. А после рекоше, неко је дошао и оцу мом испричао шта је заиста било: „Јој, Ђоко, каже, да Бог да да је и један пар-тизан остао жив. Све су их, каже, побили!“ Тако човек прича, а мој отац га пита: „Како, мајку му?! Зар нису могли бежати? Што не побегоше с оне стране Кадињаче, што се не спасоше?“... Нису људи знали да их је Душан Јерковић погрешно водио и погрешно поставио с ове стране Кадињаче, код чесме. Колико си пута пио воде на оној чесми када сам те водио у Ужице?... Јерковић је погрешно поставио војску и изложуио ватри непри-јатеља као на длану. Немци су заобишли партизане, лево, Дејића косом и десно, Митровачком косом...

Опколили их?!

Нико није смео да се помери на оном снегу. Били су заковани за ону обалу! Ни један партизан се није оданде извукао. Преживео је само један, по надимку Брадоња. И још један, који се добро укопао украј пута. Они се провукоше и побегоше према Златибору. Сви остали су онде побијени, ни један није остао жив.

Само двојица преживеше?!

То ти причам.

Један је био рањен (каже стрина), па су га сакрили у фуруну. Тако на-род прича, не знам да ли је тачно.

Тако ти је то било, мој синовче.

Овуда су се кретале, вршљале, разне војске?

За време окупације овуда су прошле много војске.

И Бугари су, Боже ме сачувај и саклони, стигли до Дрине?...

Појаве се партизани, одмах се дигну Немци из Ужуца као казнена екс-

172

педиција. Па, зађу по селу, покупише шта стигну. Ако не дођу Немци, ето Бугара... Ови наши основаше четнике и партизане, а овуда ишао пут за Бајину Башту и даље, за Сарајево... Није било седмице да ти најмање по двадесет војника прође кроз авлију. И сви траже хлеба. Ђоко каже мајци: „Рајо, прича се да ће четници наићи, напеци-де хлеба. Не знаш ти како је бити војник." А Раја њему одговара: „Не могу да напечем хлеба за све војске света... Добро, хајде, наложи ватру у фуруни, па да замесимо..." Мало, мало, оде Ђоко с коњем у воденицу. Окрунисмо сав кукуруз, али, шта ћеш, војсци се мора давати.

Мора се...

Некад су били само партизани и четници. Бише се овуда, тудгоре, а меци само фијучу изнад наших глава. После се појавише и Љотићевци...

Кад су партизани, пролетери из Босне и из Црне Горе, одступали, ишли су одозго, преко наших кућа. А с ове стране, били су Љотићевци. Партизани су били на нашем брду и овуда, доле. По нашој авлији и по воћњацима севали су меткови. Комшија Радомир побегне одозго из његове куће, каже: „Бољи је, Ђоко, твој подрум. Дај овде сву децу и Рају. Овај твој зид ни хаубица не може пробити..." И ту се сви скупимо и сакријемо. Људи који су били у рату кажу да је подзида јака и да су зидови добро урађени и дебели. Али, откуд знаш да ли те ишта може спасти у оном хаосу и у ратној напасти... Таман једно преживиш, претуриш преко главе, појави се нешто друго, ново, непознато, сто пута опасније... Таман партизани одјурише четнике и Љотићевце, па почеше постављати своју власт, кад ли наступише Немци. Боравили су овуда четрдесет и два дана. Упали из Грчке до Краљева возом. Било Краљево пуно локомотива и вагона. Све стрпали на камару. Камионе су сами палили, па и тенкове и кретали се, овуда (показује), преко нас. Дођоше опет Немци, јоооооооој! Тада су мене, доле, скинули голог (то сам ти причао на почетку). То је тада било.

У нашој кући (каже стрина) боравили су месец дана.

У вашој кући, у Пејићима, и тамо су били?

Јесте, јесте. Све су нам покупили, све. Ово наше село Дуб некако им се нашло згодно, спутно. Да нисмо склањали стоку, овце, кокоши по удаљенијим селима и то би нам покупили. Ми смо наше благо склонили код твог деде Обрадина, Брка, у Пилицу. Тамо смо дуго били.

Моја сестра Лексија (стрина говори) и сестра Миленка.

Пошто је Максим наш пријатељ, онда смо били тамо. Сву стоку смо склонили да војске не однесе. Немац није прешао преко Мрамора.

Чудно?!

Само довде, а даље не. Ваљда су били у вези или су пратили кретање војника док је с пута прегледно. Тамо, не.

И у Матиће су стизали (стрина казује), а кад оду, народ се одмах врати.

Чим Немци одступише, пристигоше пролетери. А Ђоко вели: „Е, хвала Господу Богу, сад ћемо данути душом!" У нашој кући био је штаб Дру-

ге пролетерске бригаде. Имали су и телефон. Преко шума, отуд, из Рајче-
вића, питај Бога одакле, спровели су жице и командовали целим подруч-
јем, све до Бајине Баште. Сећам се, гледао сам шта раде и слушао како из-
дају наређења: „Хватајте Радовића! Има три коња натоварена парама! Не
треба нам ни он, ни његови коњи, него нам треба новац! Ми сад наступа-
мо, ослобађамо Србију, треба сељацима плаћати!“ И заиста нису хтели
ништа да узму џабе, све су плаћали. Чак су имали и златнике и сувим зла-
том плаћали храну за војску и сено за коње.

Сећаш ли се, Радивоје (пита Милеса): пролетери су дошли овде, а
Немци су још били у Пејићима? Војске се сустизале, гониле, смењивале
једна другу, да те Бог сами сачува... Један се пролетер, горе на Брегу, на-
пио, покојни Милан још био жив, и пева:

„Куда прође нога пролетерска,
Сва се пуста, црна земља треска!“

Милан, весели, хоће да га утиша некако, па вели: „Ћути, Бог те весе-
лио! Ено Немаца у Пејићима, још нису измакли. Чуће те како се дереш...“
А до Пејића нема двеста-триста метара. Кад ли прилете њихов командир,
па оног пијаног певача удари шамаром, певач се претури. Кад се некако
придиже, Милан, покојни, ухвати га за груди, па му шапће па му сикће на
уво: „Ћути! Ено доле Немаца!“ Те се овај дозва памети и некако примири.
Одакле се створио, одакле је избио онај пијани пролетер, Бог свети зна?!

Онда су распоредили тројке: једна на Њивици (показује руком), једна
на Брду, једна на Мрамору. Биле су то чувене партизанске тројке са ми-
траљезима. Они су били страшни! Направе хаос као да их има читав ба-
таљон! Иду брзо, а тамо, а овамо, трче, премештају се, никад не знаш ода-
кле бију. Оспу паљбу с једног места, па одступе. Оспу с другог места, па
наступе, јуришају. Партизани су били у Солотуши и ослободили Бајину
Башту, али овде још нису стигли. А Немци су се склањали, бежали...

Јеси ли био за време Ужичке републике у Ужицу? Сећаш ли се како је
то било? Почетак 1941. године...

Нисам. Био сам мали тада, још готово дете... Али, 1944. године, кад су
поново дошли партизани, био сам у Ужицу. Тог времена се сећам...

РАТ СА ОСТРУГОМ

Свако се ґраничи са сваким, сви са свима – Кум Илија – Шта то би, те ја, овако млад, остарих?! – Морам да напишем шта коме остављам – Све може, али само да остpуґа не никне по нашим њивама! – Зет Драгиша и ја највише се боримо са остpуґом, трњем, купином, то је наша џунґла, ништа јој не можеш!

Имаш ли страсти којих се не можеш лишити? Мисли се на дуван, пиће и слично. Ракија, помало, али дуван?

Био сам једно време оставио дуван. Нисам пушио једно три-четири године. Па сам опет пропушио, зашто, ни сам не знам. Ракију, ту и тамо, могу понекад и да попијем, могу и да не попијем, како-кад... Лекар ми је рекао да сваког јутра попијем по једну чашицу неког жестоког пића, било ракије, коњака или вињака... И тачно је да човек треба да се прексти ујутру, да каже: „Помози, Боже!" и да крене да нешто ради...

Набројали смо све засеоке у Дубу, али твоје комшије нисмо детаљније помињали. Са чијим се све имањима граничиш? Како живиш са комшијама?

Што се тиче суседа, добро сам ја са свима. Нема ту никаквих проблема. Наше су њиве, ливаде и парцеле тако измешане да се, практично, свако граничи са сваким, сви са свима. Озбиљно ти кажем. Са Поповићима, са Пејићима, са Матићима... Са Поповићима: крај њихових кућа је моја Лазина. Овамо (показује), према Пејићима је Нартак, тамо су и Равни, горамо, према Матићима, је Батва ...

Доле, код цркве (говори стрина), према Марковићима, је наше Поље.

Па, горе, у другој општини, Пилици, налази се Мрамор, њега сам купио... Никад нисмо имали никаквих спорова нити сукоба са суседима.

Са свима си добро?

Са свима.

Ниси се судио око међе?

Нисам. До душе, пре неких годину дана један ми је комшија, горе, на једноме месту, хтео нешто да уради, а ја сам рекао да то не долази у обзир.

Није Радивоје реаговао (вели стрина). Онај је тамо нешто петљао, али Радивоје није хтео за то ни да чује, није.

Имаш и Вуловиће, овде, а и горе, како са Вуловићима?

Одлично, као што треба са рођацима.

Има ли још кога?

Има, Јовановић, комшија, доселио се ту скоро, дошљак. И с њим смо добро. Са свима смо добро, рекох ти...

Кажи ми нешто о твојим друговима из детињства, затим о пријатељима, кумовима. Има ли људи који су ти остали верни кроз цео живот?

Од пријатеља – Радојко остаје заувек на првом месту.

А кум Илија (говори Милица), јеси ли помињао кума Илију?

Нисам, сад ћу... Кум Илија је био кројач. Он ми је шио она сукнена одела, па оно одело од шајка. И кад сам се женио, Илија ми је сашио венчано одело... И, ја га, после, окумим, узмем га за кума. Он се био загледао у моју сестру Продану, био је рад да се ожени с њом. Међутим, она се уда за Новака Деспотовића и оде у Заглавак. Илија и ја остали смо и после тога другови. Био сам с њим док се упознао и забављао са садашњом кумом Љубицом. Ја му правио друштво до Заглавка и назад. Он дође овде, код мене, па се ми лепо спремимо и идемо у Заглавак. Он никако није смео да иде сам, без мене. „Шта ја знам, – каже кум Илија, а кума Љубица била девојка лепа као упис. – Скупиће се тамо каква млађарија, па ће нас измлатити и отерати. Овако, кад виде тебе поред мене – неће.“ Добро, куме, велим ја.

Држао си му страх, а?

Држао му страх... Одемо ми бициклама, часком стигнемо. Ја се задржим код сестре и зета, а он оде код девојке... А кумин отац био је на служби код краља Александра, као неки шеф протокола, домаћин, тако нешто. Кад је рат избио 1941. године, он је краљев прибор за јело, златне кашике и сребрне тањире склањао и вукао кроз Дуб. Звао се Нинко и доле, на мосту, код Љубовије, он, јадан, погибе. Био је изразито леп човек, прави анђео... И шта се деси, причали су људи, да је он пошао у Ужице, а нека столарија, намештај ваљда, била натоварена на два камиона. И тако се намести да су ти камиони готови били да се сударе, па један скрене с пута и удари у орах поред пута. Онај се товар сручи одозго и притисне, згњечи Нинка, веселог. Док си ударио длан о длан нестаде човека! И то каквог човека?! Мој кум Илија и ја били смо му на сахрани. И кум Илија је умро, има једно десет година.

Ко? Кум Илија (гласови)? Има више. Какви десет година, више, више...

Био је жив кад се Љубиша женио. Долазио је и за младенце... И Љубиша, мој син, није хтео да прихвати мог кума Илију, да продужимо кумство, него је узео свог друга. Ја се спремим и одем код кума Илије у Ужице. Понео торбу да зовем на кумство, основни је ред: „Куме, таква и таква ствар, ја сам дошао, али – мој син је тако и тако урадио. Шта да радимо?“ „Куме, каже кум Илија, никакве замерке са моје стране нема. Нека раде млади како они хоће и како је њима згодно.“ Добро, куме... И после су нам долазили на славу.

Ти си тактички поступио, дошао си да обавестиш кума и да му кажеш шта се десило. Може ли тако, куме? Може. Онда је све у реду.

Па, не могу ни против сина, а нећу ни кума да наљутим.

Добро си урадио. Паметно си поступио.

Ми смо и дарове за кума спремили и све друго испунили, као да је био кум, знаш? Тако је то било и сви су били задовољни...

Прочитаћу још једно питање са мог списка: „Покушавам да напипам, да наслутим тему, питање, нешто што је битно, пресудно за твој живот, а нисмо још поменули. Можда је то што ја тражим нешто сасвим обично? Живети свој живот, чинити добро свима, а најпре својима и ближњима. Уздати се у себе, у своје руке и своје имање, своју памет, поштење?... Иако не чиниш никоме ништа лоше, ипак те сустижу тешкоће. Како то објашњаваш?“

Шта да ти кажем друго него: „Шта то би, те ја млад остарих?!“ Тога ми је жао (смеје се). Ја бих нешто хтео, али више не могу. Не може се, никако се више не може.

Живот брзо прође, младост се претворила у старост...

Објасни ти мени, синовац: шта је било, што ја млад остарих?!

Тако смо и почели разговор кад сам долазио прошли пут. Питао си ме, слично као и сад: „Шта то би, па овако брзо прође живот?!“

Тако је било, тако... А ја још маштам и планирам на најмање пет година шта би требало да буде, шта да се ради, како да се живи.

Да се уради, да се направи, постигне, усаврши...

А да ли ћу то дочекати и доживети, ја то не знам. Али, како ствари стоје, нећу ни ја још дуго. Болестан сам, боли ме, све ме боли, не знам шта ме не боли.

Ти почео као Тола Манојловић: боли ме коса и капа и штап ме боли.

Баш тако.

А с друге стране, имаш оптимизма и план живота и рада за следећих десет година?

Немам за десет, али за пет – имам.

За пет, имаш?

Морам то деци написати једног дана, шта и како...

Није још срочио (гласови), није, није, није...

Морам ја то да напишем, да се зна, читко, лепо, јасно, коме шта остављам...

Ником се нисам замерио, нисам лоше радио, а тежак живот сам имао. Може ли тако да буде? Шта је то, има ли смисла?

Да је живот тежак – није. Још осетио ништа нисам да – немамо. Боримо се обоје, уз помоћ деце, да имамо, да створимо оно основно. Само што немамо, нас двоје, немамо здравља.

Године (стрина).

Године чине своје.

Ја свој живот (вели стрина) не жалим. Године су училе своје...

Тако, ето.

Све у свему, задовољан си?

Задовољан сам. Сад ми је најважније да још понешто погледам. И да сву ову моју и женину имовину расподелим деци. И да им још кажем: „Радите даље како сте вешти. Само, молим вас, немојте да вам оструга расте по њивама“.

Шта је то оструга? Неки коров?

Купина (рече Љубица)!

Купина, коров, трње! Смреке! Глогово трње! Јеси ли пробушио табан кад си се, као дете, овде играо бос? Јел те нешто уболо у стражњицу?

Можда и јесте, не сећам се?

Е, то је био глогов трн. Глоговина је много опасна!

Више од купине?!

Дивља купина гребе!

Она је бујна на пресекама. Густа, трн до трна, просто непролазна.

Има таквих места која ти не можеш ни да замислиш. Кад би те неко узео за рамена, подигао и спустио у сред купињака, ти никад не би отуд изашао. Из оструге. Оструга ти је домаћа џунгла. То се трње уплело као бодљикава жица. Ма, каква њихова, тамо џунгла, наша оструга опаснија је од џунгле.

Чекај мало, Радивоје! Па, дај да очистимо ту остругу ма где се појавила.

Не мисли Радивоје (вели стрина) да је то код нас никла оструга, него да је освојила свуда, знаш? Шали се Радивоје...

Код мене је још нема.

Ти рече да ме убациш у неку прашуму, ја помислих да је то место код тебе, негде на твом имању?

То ниче брзо, за ноћ, као лудо. Има га и у нашој башти, тамо, у Батви. Боримо се. Зет Драгиша Савић највише се бори са остругом, али не може јој ни он ништа. Не воли је, ни он је не воли, али она надире и осваја. Оно што су искрчили наши прадедови сад је пало под остругу... Не знам шта да радимо...

Драгиша је изабрао тежак задатак, да савлада остругу у Вуловићима?

Он је сељачко дете и не да да се имање запусти. Толико је радин, упослен човек. Нико му ништа не каже, а он увек нађе посла за себе. Никад није доко

Он каже (Љубица говори) да никад ништа није радио док није дошао овде код тебе.

Али кад је постао зат, све је научио.

Јесте научио и да коси и све је научио... Само није научио да копа и не дам му да копа, не уме... Он је још као дете отишао у војну школу, на војну дужност, где је он могао научити да копа?! Али, има добру вољу, а то је најважније.

Е, то. Да нема вољу, ништа не би вредело.

Заустављај (шапуће), заустављај машину...

Добро, имаш право, доста смо се дружили, разговарали...

РАТНИ ПИЛОТ НАДЛЕЋЕ КОПАЧА

Господар Лазине, Доње и Горње Батве седи на свом престолу – И по највећој врућини Радивоје копа цео дан – Авион нека лети, а ја копам у мојој њиви – Летилице, љуте као зоље – Знали смо кад иду на Београд – Ради и не мисли на бомбе – Ратни пилот гледа из кабине, кроз ону хаубу од плексигласа, и не може да верује својим очима...

Да видиш само (стрина говори) како унук Марко коси!

И Иван, и он коси... А тек Љубиша! Он коси као што сам и ја некад косио. Кад он и сестрићи узму косе, ја само уживам. Ја им то лепо припремим, откујем косе, наоштрим, па онда они крену – то само пева!

Кад их видиш како раде, а?

Их! Растем!

Ти, Радивоје, не косиш више? Не можеш ни да стојиш...

Косим!

Како косиш?

Косим! Наслоним се на ову фаличну ногу, па косим, косим, па се померим. А коса ми је штап. Тако косим траву, детелину крави, по цело лето.

Наслониш се на косу?

Кад Драгиша није ту, кад нема ни Љубише, ја онда косим, шта ћу?

Што да не косиш?! Није ти, ваљда, тешко?!

Најволим да косим! (смех)

Па, ти да одеш у Лазину да видиш где сам, а ја већ пола Лазине прекопао. Сво зеље већ повадио и чувам овце. Вратим овцу, мало чупам, мало косим. Потом, вадим корење купуса, паприка, осталог поврћа, да ми се не стварају црви. Однесем крмцима, они то једу, лепо се нахране. Јуче сам два лонца напунио.

Он се само прави болестан. Кад крене да ради види се да му ништа не фали.

Знаш ли кад ја станем? Кад хоћу да запушим. Тамо имам „фотељу“, видео си, једну проваљену канту, лонац без дна. Ту се ја лепо сместим, седнем на престо...

И онда је пауза?

И цигара. Испушим цигару и натенане прегледам моје царство.

Десет минута мира?

Мање. И одмах скачем, настављам посао. Журим да видим где су ми овце?

Гледа околину (говори Милица), размишља. Посматра како биљке расту, како цветају, оплођавају се, замећу плод и тако редом. Његова прича о опрашивању је злата вредна.

Ја им причам да је воће ове године код нас одлично понело, да је спремило одличан материјал и да ће цветање бити савршено. Шта ће на пролеће урадити слана и мразеви, то не знам.

Добили смо (говори Љубица) кинески кромпир. Ја оно у животу нисам видела.

Какав је то кромпир?

Донела га Драгишина рођака из Новога Сада. Она има пријатеља агронома који има свој врт у коме гаји егзотичне биљке. Има и кинески кромпир који не расте у земљи.

О кромпиру нам ниси ништа причао.

Шта сам радио? Узорао сам њиву и добро нађубрио. Љубиша каже да узмемо коња, да ишпартамо па да то часком посејемо. Не може. Што не може? Зато што је најбоље сејати под мотику. Кад ја узмем мотику, направим оцак, уситним земљу, ставим ђубре, тако се то ради. Питај децу како Радивоје копа. Милица ми каже: „Тата, шта је теби, шлогираћеш се на сред њиве!" Највећа врућина, упекла звезда, а ја цео дан копам кромпире. Цео дан копам... Само одем у хлад да испушим цигару. Или одем да намирим краву. Или да узмем шта ми треба. И настављам, опет, копам...

Јеси ли тако радио и 1999. године?

Радили сви (каже Љубица) као луди!

Кажи ми: јесу ли летели авиони изнад тебе?

Јесу. А ја сам и даље копао... (смеје се)... Он нека лети, а ја копам у мојој њиви!

Они баце бомбу (говори Љубица), ми паднемо у бразду...

Где је пала?

Јесмо ли оно тада сејали кромпире?

Пала је на Поникве. Прво се чуло оно: ћи-ћи-ћи-ћи! А онда експлозија!

Колико је било далеко?

Можда два километра или мало више.

То је био русвај, Боже сачувај...

Проведемо целу ноћ, горамо, на путу, гледајући како туку Златибор. А Драгиша избегао са војском из Ужица, отишао на Златибор. Ја сам плакао кад ме нико не види. Само сам се бојао за децу, петоро унучади, да се коме шта не деси. На мене нисам ни помишљао...

За Ивана нисмо знали ништа петнаест дана, можеш ли замислити ту луницу?

Јој, јој, јој...

А ми у пољу сејали кромпир.

Сејали (сви, углас), сејали!

Посрнеш (Љубица говори), паднеш у бразду.

Беше и Влајко с нама кад неки војник из Рогатице заустави камион код наше њиве. Кад ли се Влајко издра на њега: „Бежи одатле! Видиш ли авионе?!" Авиони изнад наших глава! Одандe испали ракету, ми гледамо, право на Поникве. Па, укрсти и отуд и одвуд, лудница.

Гледаш ракету како лети према циљу?

Затрпавај оне кромпире, деца попадаше, ја ништа, неће мене...

Тата и ја смо стајали (говори Љубица) и гледали кад су наши гађали са Поникава и погодили један авион. Само запуши и оде некуд...

Готов!

Надлете Заглавак, па сави изнад Злодола и пође право на нас!

Тата, сакриј се негде!

Нека сила пада. Оно чудо, како се зваше?

Где ћеш на нас?! (смех)

Оне беспилотске летилице.

Оне мале.

Љуте као зоље.

Једна је овде погођена.

Авиончићи, деца би с поиграла са оном скаламеријом.

Паде изнад Јелове Горе.

Овуда су летели парчићи. Само пуче по крову. Јеси ли сачувао онај део?

Кад почне војска да туче са Поникава, сунце ти твоје! На хиљаде меткова испале, али не могу да добаце. Ломи горе око Кремана, гори земља, гори небо. Али, ови се попели високо и наши им не могу ништа...

Они лете високо

Они лете високо, горе, мајку им поквареначку, ништа им не можеш!

Колико је само меткова испаљено, па оних ракета?!

Једнога погодише.

Погодише.

Он је пао.

Оборише наши најбољи, најскупљи авион на свету! Није јасно никоме како је то било могуће, ни данданас.

А знаш ли (говори Љубица) како и с чиме су га открили? Са радаром из 1952. године.

Са радаром?!

Старински модел, батаљуга из 1952. године. Сви су то заборавили, мислили да то више нигде нема. Кад оно – знам за јадац!

Из педесет друге?

Јеси ли видео шта се ради?

Нови радар, чим се укључи, буде откривен и спржен. Али, онај стари делује на другом принципу и нико га не види...

Била је то страва.

Наш крај био је нападан и тучан са свих страна. Било је лако у почетку када су кретали само из Босне. Али, кад почеше после да долећу и из Бугарске, па из Македоније...

Са свих страна, Бого мој!

Са свих страна! То овде само дрма, тресе се земља као да је земљотрес. Тачно смо знали кад иду на Београд.

Из Италије слали су оне велике ракете. Она прелети овуда. Иза Лексијине куће! Влајко био у подруму, држао флашу на прагу и гледао. Каже: „Провлачи се као нека цукела! Чим наиђе на брдо, она оде горе. Чим долина – она доле! Оде на Пилицу!“... Тек је пала негде иза Бајине Баште, на једно брдо. Ишао Љубиша да гледа. Само јој вири реп... Али, огромна (шапатом), није експлодирала. Као: залутала. Мора да је неки војник закачио из пушке. Ако јој некако пореметиш путању, она више не иде тамо где је намењено. Маши, пада, не удара.

Нема јој спаса!

Страшно. Е, баш страшно!

Тада смо били на њиви (говори Љубица): Радивоје, Милица, Марија и ја. Хоће она са тетком да затрпава кромпире, па то ти је. „Тето, овај оцак ниси затрпала. Сигурно си случајно прескочила.“ Живи хумор са Маријом. Она била мала, а волела да буде с нама и да нешто, кобајаги, радуцка.

Оно што је било за време бомбардовања, оно што смо преживели и пропатили, не дај Боже никоме.

Народ је у селу радио као да се ништа не догађа. Ти гађај, ја и даље окопавам мој кромпир. То је већину и спасло. Ради и не мисли на бомбе.

Свако нека ради свој посао!

Била је у новинама прича неког пилота, не знам из које државе беше, а можда се односи и на вас, каже: „Летео сам на борбеном задатку изнад једног поља и запазио сам једног човека како копа на својој њиви. Неколико пута надлетео сам намерно изнад њега не бих ли га уплашио и отерао одатле. Копач није мењео ритам, није дизао главу, настављао је да ради као и раније... Предвече, враћао сам се са задатка, а онај сељак још је копао на својој њиви. Џаба ти све, рекох у себи, шта се може овом народу који ради по цео дан као да ми нисмо горе, као да се нисмо попели на небо да би их одозго што лакше уништили. Вратих се у базу поколебан, са сликом оног копача усамљеног у пољу. Он копа, ја летим. Он је на своме, ја сам на туђем. Он је земља земље и прах праха, а ја сам птица која се не види од бљеска сунца и ветар који оном копачу расхлађује зајапурене образе...“

ПОСЛЕДЊА ТРАКА

КРАЈПУТАШ ЗА МИЋУ

Запис на спомен-чесми поред пута – Споменици на гробљима – Записи на крајпуташима – Натпис на гробу младе жене – Крајпуташ за Мићу – Збирка могућих натписа – Споменици Љубисава Кукића, чикириза – Састављање натписа о ђаку-ратнику – Биографије на камену-пешчару – Нотес са изабраним натписима – Најлепши епитаф

Путујемо ја и мој коњ звани Мишко Токмак, путујемо, путујемо, па се и уморимо. Застанемо обично поред неке чесме над којом је дигнут споменик, одморимо се, напијемо се свеже, хладне воде, а ја читам шта је на камену записано:

„Приђи ближе, роде мој,
па код мене мало стој!
Не зажали труда твог
И прочитај спомен мој!“

Допало ми се како је запис срочен. Изгледало је као да ми се покојник обраћа с оне стране гроба. Каже ми да је усамљен и да се осећа заборављеним, па моли и захтева бар један тренутак пажње. Тако би му, ваљда, у вечности било лакше... Од тада сам увек застајао поред сеоских гробаља, али и поред усамљених споменика, званих крајпуташи. Ови су дизани за војнике који се никад нису вратили из рата. Гроб им се није сазнао, кости су им остале неопојане, па је крајпуташ требало да смири душу која је лутала неожаљена. То ме је подсетило на мог брата Мићу. Из рата се није вратио, гроб му нисмо нашли. Можда би ваљало да му, негде близу куће, подигнемо сличан споменик – крајпуташ?...

Пажљиво сам читао брижљиво урезане, уклесане натписе. Многи су ми се баш допадали, били су искрени и сажето су говорили о животу земљака. Млади сељак кога су убили суседи, зове: „Приђите ближе, мили побратими и љубавници, и прочитајте овај тужан спомен мој! И видите да ли је добро у свакога имати поверење!“ Домаћин, коме су хајдуци отели сто дуката, зауставља нас, браћу Србе: „Стани, брате Србине, код овог камена и опомени се мога имена!“ И војник погину у Брегалничкој бици моли: „Приђи ближе, уморни путниче, те прочитај тужни спомен овај дична Србина, храброга ратоборца!“...

Записи на крајпуташима без гроба, какав сам замишљао да наручим да се направи за брата Мићу, нарочито су ме погађали и жалостили: „О, умољени читатељу! Куда хиташ?! Молим те да прочиташ овај запис! Труда свога немој жалити, што ћеш стати, спомен прочитати. Овде, брате, нећеш дангубити!“ Чинило ми се као да чујем Мићин глас кога сам се једва сећао, како ми се обраћа из неке велике даљине, као из неке дубине времена.. Више нисам ни један крајпуташ прошао, а да га нисам пажљиво разгледао и запис наглас прочитао. Застајкивао сам и на сеоским гробљима и необичне, лепе и тужне, споменике разгледао. Многе записе запамтио сам, као на пример запис на гробу једне младе жене:

„Приђи ближе, ој Србине брате.
Никад нисам ја мрзела на те.
Прочитај ми то надгробно слово,
ах, жалосно говори ми оно
кога ова ладна плоча крије,
кога данас међу нама није...“

Друге сам, успут, бележио на цедуљама. Зато сам увек у џепу имао оловку и неколико листова хартије. Најлепше записе скупио сам путујући по Драгачеву, где сам упознао и једног каменоресца у селу Лисицама. Звао се Љубисав Кукић и за себе је говорио да је „чикириз“. Кад је чуо мој случај са погинулим братом, предложио је да ми он направи крајпуташ и да напише како он мисли да је најбоље. Или да му донесем, од куће, наш запис... Остало је да му припремим запис кад следећи пут будем пролазио... На цедуљама сачувао сам неколико записа:

„Овај свету, зелени цвету,
Одма постах, а одма ме неста.
Душа моја сад у рају бива,
А тело ми мајка земља скрива.
Овај свету, жалосни цвету!
Рано постах, а рано и нестах,
Те увенух од мало земана
Као ружа од јаркога сунца.“

„Тек што почех радити,
Очевину плодити и ширити,
Покоси ме смртна коса,
Не пожали што сам роса,
У најлепшем цвету
Двадесетом лету.“

„А-ох, свете, мио и премио!
Дивно ли те Вишњи удесио.
Само јоште да не морам мрети,
Ал нек буде кад друкчије није.“

186

„Оставих овај земни свет
И прну у небески плавет
У круг добрих серафима
Да песмом својом умилном
Развеселим сени родитеља...“

Љубисав Кукић био је добар мајстор, његови су споменици били понајлепши. Осим слова он их је украшавао разним цртежима: лозе у саксији, цвеће, голубови, чираци са свећама, штапови, кубуре, виноградарске маказе. Саксије за цвеће биле су му у виду ћупа или кофе са две бочне ручке. Цветови – гроздасти, минђушасти, звонасти, звездасти, крушкасти или са пет-шест латица. На некима латице су биле одвојене, као да попут капи росе капљу, лебде испод крунице петељке. Често је Љубисав додавао и уклапао голубове, усецао их је некако поиздужено, како је место дозвољавало, да буду ситноглави, кратковрати, са мањом гушом, раширеног крилца и лепршавог репа, са кљуном уз зрно грожђа. На понеком споменику су и по два голуба, окренути један другом, кљуцају исти грозд...

Чикириз из Лисица умео је лепо да уклеше и ликове покојника и цео њихов стас. Љубисављеве фигуре биле су витке, суве, нежне, некако прозрачне и жаловите. У струку обавезно утегнуте појасом, кошуље су се завршавале чипкастим порубом. Сећам се споменика неког Миљка Рађеновића из Граба, па Андрије Мирчетића из Дубраве, који су преминули као ђаци и за које је Љубисав израдио, како он каже – исецао, споменике: танки, протегљасти, с рукама низ тело, уздигнутих обрва, наглашених подочница и кицошки ушиљених брчића, зачуђена и стрпљива погледа, укочено, не трепћући, гледају у нас путнике намернике... Погледам, загледам се, видим добро – исти Мића! Овакав споменик да ми начиниш, Љубисаве, за мог Мићу!

На путу сам имао времена да размишљам о свему. Свашта ми је падало на памет. Разговарао сам сам са собом, постављао питања, тражио одговоре... Често сам тако размишљао шта ли је било са Мићом, шта га је снашло у рату, како ли је настрадао... Премишљао сам тако и гласно проверавао (око мене на пушкомет није било никога, а од тандркања кола по макадаму и онако се не би чуло ништа) како звучи почетак натписа на његовом споменику: „Отишао у чету... у команду... у рат. Ступио у редове војске... у борбу... у битку... Пред душмана храбро стао!... Придружио се народном отпору... Устао против крвопија из туђине!... Издржао једну, две, три... Издржао многе битке! Допао тешке ране... тешких рана... Испунио часно војничку заклетву... Одужио се роду и осветио косовске јунаке!... Сузбијао, терао, хватао, секао, уништавао непријатеља... Одупирао се сили... Прошао границе, заштићивао земљаке... Поставио међе Србије и Југославије... Искакао из рова! Палио из митраљеза! Сачувао барјак! Носио рањенике!... Превезао се лађом преко мора, избавио се из потопљене лађе... Пошао кући после рата, препаћен, изнурен, изгубљеног здравља... Ратни напори сломили су му и снагу и младост...“

Тињала је у мени братска нада да је Мића, можда, ипак жив, да је преживео све ратне патње, али да се, из мени неразумљивих разлога (можда се и политика умешала?!) не враћа кући, не јавља... А шта ако је ипак погинуо? Како се с тим помирити?! Како то уписати на камену плочу? Да ли може овако: „Пао је... дао живот... пролио крв... пропао... Загину, положио живот... Оставио кости на бојном пољу. Одузеше му душу душмани!... Пресече га рафал, обори шрапнел, разнесе мина?... Крвљу својом натопио је отаџбину... Подлегао ратним напорима... Нестао у рату...“ То је било најтеже и најстрашније – да човек тако нестане и да не остави никаква трага, то ме је много болело... Можда је жив, али тешко рањен?! И ту могућност сам са болом у души разматрао: „Рањен, рањаван, ранио се, задобио смртну рану... Контузован, изгубио ногу, руку... Допао у ропство, можда је заробљен? Одведен, отеран, спроведен, протеран, интерниран...“ Ништа није било довољно добро за мога Мићу, ништа убедљиво, ништа тачно... И тако је његова судбина остала отворена, незавршена, неиспуњена, нерешена. Ја, као Мићин брат, нисам умео да решим шта је најбоље чинити, како прекинути агонију, како се не надати...

За многе ратне судбине чуо сам од непознатих људи на путу, а о најпотреснијима прочитао сам са споменика на сеоским гробљима:

„За време мога живота
много сам препатио мука.
Бијо сам и у рату
За спас отаџбине.
Код куће оставијо сам
жену и петоро деце.
А кад сам кући дошао
никог мог нисам живог
нашао. Само сина Обрада
кога сам оженијо
и од њега унуке добио,
те сам опет лепо дочекао.“

Како је овај човек могао да се помири са својом судбином?! Како је могао да поднесе све животне недаће? Која је његова снага и жеља за животом кад на крају каже: „Те сам опет лепо дочекао!“ Страшно је, несхватљиво шта све наш човек може да поднесе, невероватно, и да опет смогне снаге да крене даље, страшно...

Опет, неки записи на камен-пешчару били су целе биографије узбудљивије од романа:

Спомен крабpог Димитрија Милекића. Ој, премили љубезни српски

роде, куд иташ, но умољено стани, постој мало овде и прочитај ово крат-
ко житије моје, на знање будућности своје!

Родио сам се 1814. од отца Николе Милекића презименоватог и мати
ми Аранђије именоватe, кои сам од фамилие Коивачке такозване – родби-
не од старине знатне. Свјатог великог оца Василија за патрона га сви има-
мо и славимо. Родитељи ме Свјато писмо дадоше учити. Књигу добро сам
изучио па јошт и друге визикусне науке прилежно вручио и занату аба-
цинскоме и дрводељскоме. Јошт у највећој братској љубави с трговцима
главним живомарвну трговину радио. Потоме житељи ме села Волујца
кметом изабраше. Познје за преседатеља обштине ме вргоше, а при по-
следњем доласку књаза Милоша у Србију за депутирца ме изабраше, па
доцније за комисионера срб. Народног права одредише. Поживиг овог
свиета свега 48 лета и почину 5. априла 1862.г...“

Једно време носио сам у џепу нотес, оловку малу добро зашиљио и пи-
сао, да не заборавим. Кад год налетим на нешто што би ми можда затре-
бало касније или што ме подсети на брата, ја то прибележим. Све ми се
чинило да ћу речи још боље саставити. И тако, накупио сам читаву књи-
жицу лепих епитафа. Хоћеш ли да чујеш неколико? Хоћеш, добро. Ево,
прво о војнику:

„Ој, Србине, брате и Српкиње, миле сеје
прићи ближе те прочитај овај тужни спомен
који показује крабог српског војника и
јунака Тикомира Јовичића из Граба
који у 21. години живота јуначки борећи се
славно погинуо од крволочних непријатеља...“

„Овде почива раб божи Јован Крсмановић
иначе чикириз житељ села Тијања
који у време рата крабри војник био
и на многе битке вредно полазио...“

„Знак овај показује доброг и отменог
Србина и храброг војника Марка
Симовића житеља ариљског...“

„Поносит младић своје околине
као љубитељ отаџбине у својих
19. година учествовао у устанку
храбре кабларске комитске дружине.
На том путу живот положио на
Олтар отаџбине...“

Више сам познавао брата Мићу као ђака, а мање као ратника. То његово ратовање мора да је било страшно, али мени је било магловито, нејасно... Боље би било да му начинимо епитаф као што се писало за младе школарце, као на пример:

„Наш Љубиша Вуловић звани Мића био је искрен, бистар и вредан младић...

...беше одличан ђак у школи, а у грађанству добар и поштен младић. Беше радан и послушан својим родитељима. Искрен према старима...

Добар и чувен сам бијо! Ником зла ни освете никад нисам мислијо.

Бог га је особитом мудрошћу и лепотом обдарио, за већу жалост уцвељени родитеља...

Доброта, благост и смиреност...

Он је био одличан ђак, светао и редак карактер, добар и искрен друг, дика и узданица родитеља својиг... Поштовао је светле примере народниг бораца, а најстроже осудио кукавице. Зато је прогањан био у младим данима...

Висока стаса, памети угодне, лица украшеног...

Он је био писмен војник народне војске...

Вредан као пчела, здраве памети, висока, чиста чела, рано оде на пут славе...

За живота уживао је најлепши глас. Наша светла успомена биће нам највећа част.

У свом животу био је примеран младић, дружељубив, лепушкаст.

Оставио је добру успомену...“

У свакој од записаних речи било је по нешто о мом брату, знао сам то добро. Слагао сам записе, уклапао, премештао речи, ослушкивао и на крају дошао сам до најбољег решења. Мој запис на Мићином крајпуташу био је тако леп, кратак и јасан:

„Поживи Мића Вуловић
као добар брат
међу људима...“

Кад сам се с пута вратио кући, касно ноћу, затекнем мајку Рају будну. Чекала ме. Ја се охрабрим и кажем јој шта сам наумио, да дам да се исклеше крајпуташ за Мићу и да сам нашао чикириза у Драгачеву, оног Љубисава Кукића, и да сам капарисао посао. А она ме само погледа, погледа, па рече:

„Шта је теби, Рацо?! Јеси ли ти при себи, дете?!... А шта ако се Мића сутра ујутру појави на капији? Јеси ли о томе мислио? Немој да ми баксузираш тим причама о посмртном камењу и о записима уклесаним у њима... Ништа нам то не трба... Јер, ја осећам да ће се Мића вратити. Вратиће се мој Мића. Знај, Рацо, да се мајчино срце никада не вара!...“

Кад ми мајка тако рече, ја више, од тада, крајпуташ за Мићу нисам помињао, нити сам о њему са ким разговарао, до ово сад са тобом... Толико времена је прошло, нити се Мића вратио из рата, нити смо дигли спомен-крајпуташ. А родитељи нам помреше. Можда је требало, ипак, да уклешем у камену плочу оних десетак речи што сам био одредио за Мићу? Ко зна шта је паметно?... А баш ми се допао епитаф:

„Поживи, као добар брат, међу људима...“

МИТАРСТВА ЂОКА БУДИЋА

Људи су ми се често поверавали – Прво умирање Ђока Будића – Вожња у лађи – Како изгледа смрт – Чупање душе – Моја заступница, Велика Госпојина – Анђели листају велике књиге – Од првог до седамнаестог митарства – Четири дана између живота и смрти

Срео си многе људе, чуо занимљиве приче?

Јесам, увек сам био с људима и уз људе. Волео сам друштво и људи су ме радо примали и прихватали. Говорио сам слободно шта сам мислио и шта је требало рећи, а људи су ми се сами често поверавали. Морао сам да носим и да чувам највеће животне тајне. Моји саговорници из кафана, са пијаца, са пута имали су поверења у мене. Ваљда су осећали да сам такав човек који их неће никад издати... Причали су ми своје животе, а један ми је испричао како је умро, како је отишао на онај свет и како се са онога света вратио међу живе.

Да то није био неки Еро с онога свијета?

Није, чуј само како је то било... То ми је испричао неки Ђорђе Јовановић, звани Ђоко Будић, из села Стубла, тамо негде близу Шабца. Чуо сам да је још оломлани умро, заиста умро, а мени је причао како је умирао први пут у животу. Заноћили смо на вашару у Лозници и, кад се народ разишао, седимо, глуво доба, он чува његову робу, ја моју, не можемо да спавамо, а није ни удобно на оним џаковима и гомилама воћа и поврћа, па заподенусмо разговор. Само се жишке наших цигара виде, а ми и не видимо један другог, мркла ноћ... Знаш ли ти, пријатељу, вели мени тај Ђоко Будић, да сам ја једном већ умирао, али сам се вратио из мртвих?... Не знам, откуд бих знао кад сам те данас први пут видео... Е, слушај добро, сад ћу да ти испричам све редом како је било... Причај, вала, пријатељу, шта год хоћеш, само да некако изађемо из ове ноћи... Беше нека јесен, неваљашна, до Бога. Кишовина, па магла, па хладно, а ја чувам овце на Биљевини. Није то био мој посао, али време лоше, не може ништа да се ради, па велим, хајде да одменим мало ову млађарију. Покисао ја и промрзао на Биљевини, вратим овце у тор, а већ осећам да ме грозница тресе из све снаге. Јасно ми је да ћу да се разболим. У оно време нико амрел није имао ни носио. Само заметнеш гуњ док не пробије вода, после не можеш да га осушиш недељу дана... Седнем на кревет, а оно несвест ме хвата, па час ми зима, час ми врућина. И све тако: зима, врућина, несвестица... Немам апетит, не могу ни да вечерам. Истрља ме жена ракијом, па се ја увих у поњаве да ме прође грозница и да ме пробије зној. Бре, синко, више ништа нисам знао за себе. То ми се чини као да се возим у некој лађи, љуља се она лађа на води, љуља, и ја одох све даље и даље. А куд сам пошао и где идем, појма немам... Повећи један талас диже лађу и насука је на неку стрму обалу и ја се нађох на неком пољу. Али да видиш – то није ливада као што су ове наше ливаде, него је то чудо невиђено. Пођем ја по тој трави, а оно као да ходам по меканој, глаткој свили. А ја лак као перо, скоро и не додирујем земљу, само тако као да лебдим изнад те свилене ливаде одозго... Наиђоше отуд неки чудни људи са светлим лицима, избија из њих сјај јачи од сунца. Говоре они нешто и ја чујем њихове речи јасне, гласне и звонке као црквена звона. Све се предамном мења, преображава, пуца, тресе и мешкољи. Видим добро, долазе многи људи и жене, искрцавају се с оне воде и прво их срећу и прихватају ови људи са сјајним лицима, уређују их по групицама као подофицири кад примају и дочекују регруте. Један од њих приђе мени и више се не одмаче од мене, него ми лепо рече да од овога часа више нисам земаљски човек, него жива душа која мора да одговара за сва недела из земаљског живота. Нисам до тада замишљо како изгледа смрт, а сад сам је лично видео. Смрт, то је страхотна ала каква уопште не може да се опише. Много је гора и страшнија и од вампира и од ђавола. А за њих што се не спомињу да ти и не причам, то је сила и страота једна. Искупише се, врве са свих страна да не можеш да им се одупреш, а сви те гледају некако крвнички, као да једва чекају да ти сву крв попију... Одједном као да се чу неки глас, више као некакво урлање, и рече да сам ја, Ђоко Будић из Стубла шабачког, био велики грешник. И да ме страшна смрт чека какву сам заслужио, а да ће они да ми је приреде такву какву само највећи грешници добијају... Шта ме снађе, помислих, а и онако не знам за себе, па нека буде шта хоће и шта мора бити. Те страшне и језиве але почеше одједанпут да завијају, урлају, ричу и да вриште најстрашнијим гласовима које нисам никад до тад чуо. Пропаст једна...

Нешто ми дође да се погледам, да видим какав сам и како изгледам. Погледам доле, кад оно, чини ми се, немам доњи део тела, немам ни руке. Само чујем свој глас како запомаже и правда се под притиском и насиљем ђавола црних као угаљ. Правдах се ја, молих, кумих, ништа ми не поможе, никако не могу да се оправдам... Три она најстрашнија приказанија, стали као неки одбор, као комисија, па почеше да већају и да се договарају шта да чине са мном, да ли да дозволе смрти да ме рашчеречи и развуче што може брже или да ме пусте. Неки виче, њега не видим, чујем му само глас, да се не жури са смрћу, него да се одмах почне истрага, ислеђење како би се открили сви моји греси. Али, она двојица из комисије су за то да ми се душа од тела одвоји, па да се суди само души, као и код свих осталих... Пријатељу, чујеш ли ме: кад ли мене нешто заболе у прсима, чупа ми се из груди, а чини ми се да груди немам. Па тако једанпут, па други пут и тек трћи пут – ишчупаше ми душу. А ја се са том душом одвојих на једну страну, а моје тело бацише у неку мрачну и влажну јаму да га растргну нека грозна створења која немају очи, нити имају кожу по телу, него им дрхти и угиба се месо на њима као да су пихтије. Тада сам схватио да од мене нема ништа и да је ту крај свему. Са свих страна ме опколише они аждајини ђаци и потераше ме у Пакао, брзо, да се не развлаче више узалуд са мном. Кад, у један мах, појави се пред нама једна лепа жена, обучена у сјајне хаљине и сва некако сачињена од светла. Такво лепо лице и такве хаљине никад у животу видео нисам. Кад ме спази та лепотица, она ми приђе и рече:

„Не бој се, Ђорђе. Ја сам твоја заступница и бориђу се да те одавде извучем. Или да те пребацим у Рај. Овде – каза она – није место за тебе. Ја сам Велика Госпојина, коју си од малена поштовао, славио и светковао и ти, а и твоји укућани. На мој дан палио си ми свеђе и давао намену, заливао си крвљу прагове на тору и чинио остало у моју славу. Сама ћу да се потрудим да те спасем од ових грозота за које те оптужују. Никад ме ниси опсовао, нити посрамио, ниси зажалио што светкујеш на мој дан, а други свашта раде. Ништа се ти не бој, биђу с тобом све до страшнога суда Христовога...“

Одједанпут се око Велике Госпојине створише дванаест анђела, не зна се који је лепши и од којега бељи. Све гори под њима и они ђе заједно да ме чупају из блата свом снагом својом и добротом. Они тачно знају колико сам сагрешио и шта све нисам поштовао, али, срце им је такво да воле човека и хоће да га избављају. Један анђео ми шапну да су они дошли ту по вољи Божијој и како су они његови изасланици. То ме мало охрабри и ја заборавих на све оне страхоте које су ме окруживале, него се само дивих њиховој лапоти. Како су лепи и бели, не можеш да верујеш.

Сви свети анђели одмах почеше да листају неке велике књиге и да траже моје грехе у њима записане. Знаш ли колике су то књиге биле – оооооооволике! Гледаше они, листаше и тражише и нађоше само неколико грехова, али и подоста добрих дела која сам починио. Лица им се одмах разведрише, јер не нађоше превише злих дела као што су оне зле силе тврдиле. Видеше да сам сиромахе помагао, да сам скитницама и гладнима увек одломио парче хлеба, дао сам им онолико колико сам имао. Видеше и моје искрено срце кад сам се пред иконом крстио, љубио је и поштовао све што је свето и црквено. Никоме се нисам подсмехнуо, никога нисам оптужио, нити сам лажно сведочио. А све то слуша моја света Велика Госпојина и видим да јој је мило. Сад и она процењује да је могуће да ћу се спасити некако. Она се осмехну тако лако и благо да мени срце, иако га више немам, постаде велико и меко, па и мени би много мило. Тад она каза да анђели треба да ме преузму и поведу на небо, јер, како рече, треба још по ситницама да ме испитују за разна дела која сам направио. А то небо на које стигосмо није плаветно као наше, него дође некако зелено, зелено па топло као летња месечина. С једне стране поређани све сами неспоменци и друге але, а с друге анђели и моја рођена слава. Два прелепа анђела ухватише ме под мишке и поведоше на небо. А изнад нас појавише се иследници који ће да ме окривљују, тлаче и проналазе мане моје и преступе за земаљскога живота. Касније ми је поп-Стева објаснио кад сам му све испричао као ово сад теби, да су то митарства и да свако ко умре има кроз њих да прође. Човекова душа, каза ми поп-Стева, мора да одговара за све грехе и за све лоше што је чинила.

Прво митарство. Доведоше ме моји анђели пред прву групицу иследника, а оно међу њима све сами врагови и обервpagови, створови грозни да грознији тешко могу да буду, да те Бог сачува. Почеше одмах да ме нападају и да ме осуђују за неубедљив и недовољан мој говор што сам га до сада изговорио. Ухвати ме неко чудо, само не знам одакле им све то да знају за моје речи које сам ко зна кад изговорио. Знали су све: кад сам и с ким и на ком месту нешто казао. Подсетише ме како сам баба Винку задевао и звао је „Винке-Бугарке!", а њој оба сина била негде на фронту. Било је то за време Великог рата, а ја био дечко обесан, па сам хтео са њом да се нашалим на лош начин. Али, видиш, они и то памте. Па како сам опсовао матер мом комшији Јордану зато што ме тужио оцу да пушим кријући дуван. Па како сам набусито одговарао нашем учитељу Станимиру Станимировићу још док сам злоневољно у школу ишао. Све ми казује до последње ситнице, а ја се одмах свега сетих као да је јуче било. Моји анђели, добре душе, рекоше у моје име како сам ја тада био дете, па нисам знао шта казујем. Убеђиваше се неко време, па ме на крају пустише даље.

Друго митарство. Опет ме моји анђели узеше под мишку, па се упутисмо даље. Путујемо ми и пењемо се све више и више на небо. Кад одједанпут, чим ме виде друга група, још из далека, поче да ме осуђује. А мени би јасно да је то сад друго митарство. Да сам преварант и лажов и устремише се на мене, хоће одмах да ме баце у онај мрачни Пакао. Преварио си Милутина опанчара, па си му уз опанке узео још и један пар опута, а рекао си да ниси. Па си лоше радио то, па си слагао то и то... И то све неке ситнице које сам још ко зна кад заборавио. Онда се чу глас моје Велике Госпојине која потврди да сам ипак више поштених речи казао него кривих. И тако се ја, уз њену помоћ, пробих даље.

Путујемо ми даље по зеленој месечини, све се види, куд год погледаш, као по дану. Видимо моје село и засеоке, па ближње вароши са многим њиховим житељима. Одозго све одлично видиш и одмах можеш да познаш ко је грешан, ко није, коме се тек суди, а ко ће да буде осуђен. Ми пролазимо неким ходником који дели Пакао и Рај. С једне стране је мед и млеко. Тамо одлазе они који несметано изиђу до на врх неба без превише грехова, а с друге стране је густа тама и неки љут, горак дим који све гуши и трује. Боже, молим ти се, кад би ми помогао да стигнем у шарено село пуно цвећа, лепоте, песме и доброте! Да се ту наживим до Христовог другог доласка! Па нека он суди и бира, једне за вечни живот, а друге за вечни огањ...

Треће митарство. Док ја тако премишљам ми дођосмо опет до једне комисије. Било је то треће митарство. Пошто утврдише да никога нисам клеветао нити вукао за нос, јер тај обичај заиста нисам имао, кратко се споразумеше и пустише ме напред. Јао, мајко, и хвала ти Боже кад сам на трећем митарству тако лако прошао!...

Четврто митарство. Кад стигосмо на четврто митарство, кад тамо седе све сами искусни и љути врагови и чекају ме. Њушке им измазане од јела, а снага од испроливаног пића. Видим ја шта ће да буде. Наћи ће ми да сам био лаком и неумерен у јелу и у пићу. Каже ми један од њих – на тој и тој слави јео си као свиња и ниси знао кад ти је доста. Па си после пио и колико ти је било доста и колико није. Видим, стоје пред њима сва она печења која сам појео и сва она вина која сам попио преко сваке мере. И тако ми се приказа пред очима онај дан кад сам све то урадио. Бацају они на кантар моје лакомство и моју неумереност и тај тас опасно претеже. Знам да сам крив, али се опет надам да ћу некако да се извучем као и до сада. И, право да ти кажем, извуче ме моја младост, наивност и незнање. Да сам био ових година, заглавио бих у Пакао и то одмах. Рекао ми је поп-Стево после: „Требало је, Ђоко, да се исповедиш, да ти душа буде чиста. Причешћеног не би те повлачили по митарствима, него би ти душа одмах отишла у Рај.“

Пето и шесто митарство. Следеће две комисије прођох лак као перо. Нити сам био лењ, нити сам крао. До душе, јесам као дете украо дудук покојном Владиславу Станојевићу, али кад сам видео да сам не могу да научим да свирам и кад ми је досадило, вратио сам га власнику. И још сам, покојном Раденку Џамбићу узео секирицу, али вратила му је моја мати и казала: „Нашао је мој Ђоко код кладенца.“ Видели су они то али су сматрали да су то ситнице и да нисам те ствари срцем украо, него више онако, из незнања.

Седмо и осмо митарство. И на ове две комисије нису ме много мучили. Нисам био ни тврдица ни бездушник. Нико за мном није плакао и никога нисам цвељао. Нисам се никада бавио никаквим шпекулацијама, па да кажеш – обогати се Ђоко Будић! Боже, сачувај! Срце ми је било добродушно и меко. Таква је и моја мати била, Бог да јој душу опрости...

Девето митарство. На деветом одбору испао сам мало сумњив. Али, кад отворише оне дебеле књиге, одмах видеше да ја никоме ништа нисам закинуо, нити да сам лажно измерио.

Десето митарство. Ови се само осмехнуше и рекоше: „Ђоко? Па, тај није ни мрава згазио, а камо ли да је некога мрзео или некоме зло помислио.“ Све они о мени виде као на длану, али мене опет страх. Није ми свеједно, јер сам многе ствари заборавио...

Једанаесто митарство. Пењемо се ми све више и више, а ја све боље видим одозго шта се доле у Паклу и у Рају дешава. Видим врeву, гужву и запомагање. Они јадници мокри и замазани у некој грозној каљузи, а очи им крваве, избуљене, па грозне и страшне. Кукају јадници у оном смраду, ледари и диму, чудо једно... А с друге стране – склад, смех, весеље и лепота Божија. Ни ту ме много не задржаше, јер казаше да никада нисам свесно био горд, нити је моје срце имало охолу нарав да злочести и да напакости другоме, не. То никад нисам волео, ни као дете, а ни као одрастао човек.

Дванаесто митарство. Учини ми се да ће ускоро крај да буде и да не треба да се више пењемо ја и моји анђели. Кад оно, нађе се још једна групица злих духова који су се намерили да ме ислеђују... И на том месту прођох лако, јер не знадох за гнев нити за свирепост.

Тринаесто митарство. Овде минух још лакше, јер се никоме нисам замерио, па да му се после светим и узвраћам зло. Нисам ни имао за шта.

Четрнаесто митарство. Одбор за убиства био је најстрожији. Ту те цеде и испитују до голе коже. Ја, истина, нисам никог убио, не дај Боже, али сам се као дете побио са неким дететом. Једанпут, ја момчић, а у селу била заветина, Света Тројица, па се окупили момчићи и играју на игралишту. Зовне ти мене Стојан Савић да се обарамо код дуда. Ја не хтедох одмах, али после пођох. Обарамо се ту ми, а скупише се још неки. Ја га обрнух око себе, па га бацих о земљу као тикву лудају. Пуче Стојан као зрела диња, а нос му огуљен и изубијан па се сав зацрвенео од беса. За тај мој грех се ова комисија одмах ухвати, али ми моја Света Госпојина поможе: „Он га звао да се обарају – повика она – па, десило се тако.“ А то мисли на Стојана. И тако ми нађоше још и неко ситно батињање, али опет, казаше, није то било из зле намере, ни осветнички. Те ја прођох даље.

Петнаесто митарство. Ово је било за бајање. Пронађоше ми неколико замерки. Моја покојна баба воела је да баја, тако, стоци и људима, па сам и ја, уз њу, по нешто научио. Више је то било за занимацију, јер никакав интерес од тога нисам имао. Од усова сам највише бајао, али и од ницине, од сувога сунца, од главе... И ту ме откупише моји анђели и моја Госпојина. Као да јој и сад глас чујем...

Шеснаесто митарство. Дођемо ти ми и код блудника. И да видиш чуда!? Знају они и помисли моје у самом срцу скривене. Иако нисам блуд чинио ја сам на то помишљо, кажу, а тако јесте и било. У Библији негде пише да ако се на то само помисли, исто је као да је и учињено. Такви су ти црквени закони, Бога ми. Али, хајде, вели, да те пустимо, само да знаш, ови изнад нас неће да те пусте тако лако.

Седамнаесто митарство. И дођемо ми код оних што су задужени за прељубу. Ја одмах све признам. Био сам у младости прилично шарен. Волео сам те пусте распуштенице као хлеба да једем. Било неко чудно време, па село било пуно распуштеница, а ја сам се женио неколико пута. Угледах ја пред собом све моје прељубе, па разговори на сокацима ноћу, па прескакање плотова, па бежање од домаћина и од њихових керова, па остала чудеса... Тачно тако је све било. А видим и све моје девојке. Лица им чиста и лепа, као што су онда биле лепе и младе. Све ми се то показује, чудо једно. Кад ли, усред тог испитивања, груну нешто преко целог неба и засија јаче од Сунца. Тада чух своје име изговорено тако силно да се све затресе: „Ђорђе Јовановић, звани Ђоко Будић, са пратњом да сиђе код улазне капије за онај свет, ради хитне провере!“...

Зграбише ме анђели опет под мишке, па се стуштисмо доле брже од муње. Још нисам био прошао сва митарства како ми је после објаснио поп-Стева, а они ме позваше да се одмах враћам?! Кад, доле, код улазних врата за онај свет стоје нека озбиљна мушка лица у црнини, а све ми личе на неке познате свеце које сам виђао по иконама. Пита један од њих:

– Куд сте га водили?

– На митарства, као и све друге – одговорише анђели углас.

– Ви сте погрешног човека узели! Није га требало никуд водити, ни мучити! Није он још за митарства! – тако некако рече, па настави да их грди на сав глас:

– Ви примате плату за бадава! Не мислите ниша друго него како да скидате главе! Зар је Бог зато вас ту поставио и одредио?! Једва чекате да се неко разболи или да га мало затресе грозница и ви одмах журите овамо! Не може то више тако!... Што не гледате у те књиге које су пред вама?! У њима за свакога лепо пише шта су им пресуђаче пресудиле и одредиле на трећи дан од рођења. То важи за свакога. Не може се тек тако поново сад судити!...

Два моја анђела прхнуше до оних књижурина да провере шта је у њима записано. Кад се вратише одмах рекоше да је на списку Ђорђе Јовановић, а ја на те речи претрнух. Један од оних светаца оде горе да погледа сам, отвори ону књигу и прочита наглас:

– Ђорђе Јовановић из села Горичана, стар 67 година! Пропала му јетра од пића и нема више дна! Јесте ли чули? Том Ђорђу идите и одмах му узмите душу! Овај овде Ђорђе је млад човек. Тек треба своју децу да гаји и негује. Он има да живи 86 година. После ћемо га узети. А сад га водите натраг! Пустите човека да још лепо поживи! Вратите му тело, спојте му тело са душом! Обуците га у његово одело! И оваква грешка више да вам се не понови!...

И више ништа не памтим. Кад отворих очи, кукњава у соби, крај главе ми упаљена свећа, ко зна која по реду. Кад ли моја жена проговори:

– Дише! Дижу му се прса! Ђоко, море, чујеш ли ме? Дижи се! Немој више да нас плашиш! Већ четири дана те зовемо, а ти се не мрдаш, не пушташ аваза. Нити си жив, нити мртав...

Тако је то било. Четири дана сам био између живота и смрти, на пола пута, ни тамо, ни овамо... А моји су већ све били спремили за моју сахрану, само су чекали час, да издахнем. Е, али, ето, има судбине, и без судњега дана нема смрти, па нека прича ко год шта хоће... После ме мало умише и дадоше ми сварено млако да попијем мало. Прогутах неколико гутљаја и почех полако да се освешћујем. И би ми боље. А ту, у соби, окупила се фамилија, комшије и откуд знам ко све није дошао да ме види и начуди се шта је то са мном било. Ја почех све лепо полако да им причам, као ово теби сад. Не лажем те, тако је било. Сви знају да сам четири дана висио између живота и смрти и љуљао се као на љуљашци – час тамо, ближе смрти, час овамо, ближе животу. Час горе, у Рај, час доле, у Пакао... Рекоше ми да се нисам хладио, али да нисам дисао и нисам се померао. Долазио и поп-Стева и наредио им да ме не дирају и да не вичу у соби.

Пре месец дана спремим се ја, па у цркву, код поп-Стеве, да ме човек лепо исповеди како је ред и како само он зна и уме. Признао сам му све. Видео сам да не вреди крити. Код попа можеш и да прећутиш, он не зна, али они тамо, све знају. Завршисмо ми то, а онда вели мени поп-Стева:

– Ђоко, сад си миран. Нећеш више да идеш на митарства. Али, пази да не грешиш више.

Право да ти кажем, и чувао сам се свега. Нисам никоме зло помишљао. Нисам више ишао код распуштеница. Нисам се ни са ким замерао... Хвала Богу што ме поживео, ево, осамдесет и пета ми је сада. Колико ћу да живим није важно. Проживео сам ја свашта. Сад нека живе ови млађи и нека се слажу и нека пазе. Од сваће – вајде нема... Радивоје, слушаш ли ме?

Слушам, Ђоко! Док ти прође седамнаест митарстава, већ и зора поче да свањава!...

117 ДАНА У БОЛНИЦИ

Саобраћајна несрећа у Дубу – Дуго лечење у ужичкој болници – Операција ноге – Четири болесника из собе број 12 – Прича Тола, Кобе Манојловића – Прича Милутина Остојића – Није народ преба да се за ноћ пребоји из једне у другу боју! – Циганин и Песник – Петријина прича – Песма о боловању Владимира Пурића – О људској патњи

Ниси ми довршио причу о овом скорашњем твом боравку у ужичкој болници после саобраћајне несреће која вам се десила доле, у Дубу.

Зар нисам?... Не волим о томе да причам, али, хајде, ако мора... Ни сам не знам како нам се и зашто то десило... И зашто, на правди Бога, онако да пострадамо. А ја највише... Били су заказани они први, вишепартијски избори и ми кренемо на гласање. Милеса, баш, као за инат, навалила, хајде, каже, људи, да идемо да гласамо, ред је и прилика да кажемо шта мислимо. И ми седимо тако неодлучни, хоћемо, нећемо, не знамо шта ћемо. А оно време никакво, хладно, суснежица и како дан иде смирају, све горе и горе. Најзад, решимо да идемо. Замолимо зета Драгишу да нас повезе до гласачког места доле, у Дубу и седнемо у ауто, ја и неки комшија беше се задесио, пијан, позади, а Милеса напред, поред Драгише. Вејавица, сумрак, ништа се не види. На укључењу на пут Костојевићи – Злодол, са сеоског пута, има онај успон, знаш и сам. Ту Драгиша застаде, погледа лево и десно, ништа се, под милим Богим, не види, он додаде гас, али точкови проклизаше на оној влажној земљи. Врати се мало назад, ухвати залет да савлада тај мали успон, ту је хиљаду пута пролазио и ништа се није десило. Кола полетеше и нађоше се поприлично на путу. Драгиша није стигао да савије десно и да се укључи на свој део пута, кад ли нас из оног мрака и вејавице стрефи страховит ударац. Отуд, из Бајине Баште, јурио је мерцедес, једно сто на сат, нити је он видео нас, нити ми њега, све док нас није ударио страховитом снагом. Био је то класичан директан судар у коме се гине сто посто. Ја сам помислио да изгибосмо сви. А највише сам се био уплашио за Милесу, јер је она од ударца изгубила свест. Мени само прође кроз главу: „Погибе ми жена!" У први мах нисам ни осетио да ми је нога повређена, а камо ли сломљена. Изађосмо из оног крша и лома, Милеса лежи крај пута, у несвести. Драгиша сав крвав, чупа косу, а оном пијаном комшији ни длака с главе није фалила. Бог чува пијанце!? Док се ту некако снађосмо, стиже и милиција и санитет, Милеса дође себи, а ја приметих да мени нога не функционише, ландара и тамо и овамо само не онамо где ја хоћу да коракнем...

И тако се ја нађем у ужичкој болници. Провео сам у њој 117 дана, а чини ми се да је било 117 година. Где сам ја, сељак, навикао да лежим?!

То ми је најтеже пало, никако нисам могао да се помирим с тим, да лежим као проштац и да не радим ништа, то ме је убијало више него све тешкоће и сви неиздржљиви болови у нози...

Навикао си на слободу кретања, да идеш куд ти је воља и да радиш што год више можеш...

Нисам могао да трпим оне њихове игле, цеви и цевчице, црева, узице, и гуске. Све сам то кидао и бацао са себе као да сам излудео. Никако нисам могао да лежим мирно, онако загипсан и окачен на оне чекрке и сајле... Ја сам навикао да идем, да се крећем, да ходам, да радим нешто, шта било... Чека ме онолики посао, а ја се излежавам?! Хоћу да устанем и Бог!... Не обазирем се на то што ми је нога издробљена као попара, као качамак, што је бутна кост отишла на цепке, ма какве цепке, на иверје... Морам ја да устанем и Бога зови!... Шта сам све у ужичкој болници пропатио и колико сам болова истрпео и сам се чудим како сам издржао... Мислио сам да је готово са мном, никад више нећу изићи на оно моје место у Лазини, никад више нећу ући у шталу међу моје кравице, јунад и телад... Али ето, претекох некако, а како, само Бог и сви свеци знају... Операција ноге трајала је неколико сати док ми је онај доктор саставио и шрафовима притегао и намонтирао кост. Шта мислиш, колико имам завртања и данданас у нози?

Не знам. Колико?

Двадест и четири завртња и дванаест плочица. То више није кост, то је права метална конструкција!

Јеси ли имао друштво? Колико вас је било у соби?

Ко зна који то дан беше у ужичкој болници кад се обазрех око себе?! Погледам около и видим да у соби има четири кревета. Лежимо поломљени па поново скрпљени и састављени: неки Милутин Остојић, Владе Циганин (тај је, умро први, а на његово место дошао је неки Петровић из Чачка), Кобе Манојловић и ја... Кобе, сељак као и ја, име му беше некако другачије, а у соби га прозваше Кобе, имао је оштар поглед, избуљене очи као кобац, а није се љутио, само га пусти да прича. Он је непрекидно говорио; тај меље, никако не прекида, и стално тражи новог саговорника. Мени није ни до чега, али он седи поред мог кревета и само приповеда. Немаш куд, мораш да слушаш шта прича, па ти, уз његове повести, буде и некако лакше, једноставно потонеш у ту његову причу... И сад га чујем како мрмља као покварени грамофон:

„Лежим овде још од 22. марта, али које године, то сам заборавио. Неће да ме пусте лекари, свидела им се моја бољка, па решили да је испитају са свих страна. А ја сам до сада боловао у 26 болница и лечио се у 18 бања. Али највише ми је помогла једна шума која је била на гласу са своја три велика, стара јасена. Под тим јасеновима, у глуво доба ноћи, састајале су се виле на рочиште и видале ране, лечиле разне болести онима који би ту долазили да потраже лека... Кад сам стигао тамо, пред Духове, разгледао сам сва три јасена и код средњега, највећег дрвета изабрао једну лепу, лиснату грану која се као каква постеља прострла по земљи... Седнем крај гране, из торбе извадим стакло ракије и стакло воде, онда извучем комад чистог, белог, новог беза и, на крају, једну омању, у жару печену, погачу... Развијем платно, прострем га по трави и на њега поставим боце с ракијом и с водом и погачу... Виле, кад дођу, узеће од тога што хоће. Ако буде среће те узму од ракије или од воде, болесник ће оздравити, а ако узму од погаче – неће... И тако седнем да чекам... Време је пролазило. Настаде ноћ... Црквени сат из села избијао је четврти и часове. Слушао сам пажљиво како се не би помео или забројао. Требало је да будан сачекам поноћ... Виле тачно знају своје време. Поноћ, ни пре ни после. Изби три четврти на дванаест, сад ће, није далеко тај тренутак. Пред њихов долазак тишина беше савршена. Све је безгласно, непомично, као очарано. Шума ће зашуштати ако дођу, по томе ћу знати да су ту... Не прође ни неколико тренутака, кад се из далека зачу шуштање. Опружих се по оној јасеновој грани. Шум је бивао све јачи и све ближи, док се са свих страна не заљуља дрвеће, шума се усталаса, узбурка, затресе, настаде хука и ломљава грана, као у вихору. Задрхташе и јасенови, устрепта лишће. Ево их, дошле су, па завитлавају своје коло укруг, као олујни вихор. На мене се спусти нека бела магла и ја падох у занос, сан, у несвест... Касније, у сну, осећам како се јасен смирује и шума утишава. У тишини чује се још само њихова песма, тиха, лепа, која као да допире из велике даљине... У неко доба пренем се, видим да је увелико свануло. На мени беше много опалог лишћа, погача беше начета, а од ракије и воде мало отпијено. Веома се обрадовах и одмах осетих да ми је лакше. Оно опало лишће покупих да га метнем у воду у којој будем прао ноге, па ће болест сасвим проћи...

Теби се чини да је причу лако испричати, јесте, али треба је – саставити. Нека је и бајка, она мора да тече као вода и нигде не сме да се понови. Чуо си поток како жубори једнолико, али и он сваки белутак умива на посебан начин, никад ништа у његовом току није исто... Радио сам много, и ноћу и дању, али видео сам да боље од мене у животу прођоше ови што се од рада склањају, па тако и ја почех да забушавам и да се више занимам за причу и за причање... Само један је Кобе на на овоме свету, па што баш ја да га сатарим. Нека се човек наужива, нека пландује, а посла ће бити увек и никад нећеш стићи све да посвршаваш. Ти како хоћеш, али не ваља само о смрти мислити, то је опасно. Кад си весео и ведар, ето ти пола здравља!... Ја нисам као сви ви: болестан, болестан, па умро! Ако и болујем има да се наболујем у мом веку. Нећеш чути да сам мањкао док у мени буде дисала и она последња трунчица. Па све док се и она не уништи, док се и последњи мишић згрчи – ето мене, Толе, Кобе, како ти драго. Нека сам болестан, ништа не мари. Али ја сам душу моју склонио од патње. Од како знам за себе они ме сахрањују. Еј, Кобе, кад ћемо да једемо на гробљу на твојој сахрани и на парастосу? – питају тобож у шали, а не желе ми добро. А ја њима кажем: „Нема вам од тога ништа! Не надај-те се!“... У мом селу ни поп не верује у Бога. Јок. Ја сам оставио Бога 36--те кад сам на Авали, око, видиш, изгубио, од кад ме он осудио да ово ле-во око избијем. Други, сваки час, ружне речи казују, а ја не, никад. А онда сам први пут опсовао Бога. И сад кад ме нешто јако заболи, просева у кр-стима, жигне у глави, ја хучем: „Боже, сиђи доле, да те изгребем ко мач-ка!“... А најлепше причам о мојим болестима. Нема болнице у којој нисам био бар месец дана. Док ме доктори испрегледају, ја се лепо одморим. Кад ме пусте кући, ја сам чио, одморан, могао бих да радим оне наше се-љачке послове, али нећу... Хоћеш ли, Радивоје, да ти причам о мојим бо-лестима, којих је било 43, хоћеш?“

Немој, Кобе, молим те. Причај шта год хоћеш, само бољке прескочи!

И тако смо боловали нас четворица болесника у соби број 12. Кобе је био с моје десне стране, а наспрам мог кревета лежао је неки Милутин Остојић. Косо од мене био је Владе Пурић, Циганин. Ту су нас држали као на осуди. А ми смо, од дуга времена, болова и несанице причали по васцели дан и до неко доба ноћи. Шта нам је друго преостало?... Не ви-дим Милутина од моје ноге дигнуте увис, али са његовог кревета чујем глас:

„Овде, у болници, лако сагледавам цео свој живот као на длану. Сећам се свега. Сећам се као да је јуче било... Изађем пред кућу, седнем на клу-пицу, а оно – јутро освануло, милина једна. Сељак никад не може да се од-мори, стално је уморан од посла и брига. И стално некуд жури. Балдисао сам од копања, кошења и других послова и јека је рада, али тај ми је час најмилији, рано јутро, још мало предаха пре но што поново кренем на по-сао... Једну слику сам запамтио. Моја мајка са мерицом у рукама, стоји испред штале и гледа за мном, а говеда зарикала, да ли и стока штогод осећа – не знам... Ако си Србин и сељак ниси стока! Никако не волиш да те неко прави лудим. Увуку те у нешто што не разумеш, па после – ком опанци, ком обојци! Колико ће то да кошта? Хоће ли ли нам чељад бити бројнија и веселија? Коју смо ми вајду имали од дојакошњих ратовања? Сељак си, али мучи те сумња... Тумарам подрумом, пијем, не кријем. И псујем, што да не псујем?! ... Дешавало се да и по три дана косим на сир-ћету и на перју белог лука. А опет, шта ћеш, кажи – добро, идемо даље... Да је среће да причамо о нашим кућама и о сокацима, о виноградима и воћњацима. Онолике наше отаве по ливадама, онаква наша стока, а ми ратујемо и гинемо... Видиш ли ти, пријатељу, да ови ни калемљено воће не поштују?! Видиш ли да вешају и о крушке и јабуке?! О домаћинске ка-пије?!... Како смо ми могли знати које нас несреће чекају, ко је могао зна-ти да ћемо и против ових и оваквих људи ратовати?! Ко је знао да и ова-квих људи има на Беломе свету?... Бог и душа, волео бих да смо ми, Шумадинци, угледни по чему смо и били, по дебелим свињама и по бико-вима, по сувој шљиви и ракији. А не по ратовању и по погибији... Која је цена још коју треба да платимо!? Сунце ти твоје! Ми смо своје одужили, страдали смо од олова и бајонета, била нас је артиљерија, била киша и ноћ, гутало нас блато. Ми смо одговорни за наше планине, реке и поља. А ко је одговоран за тифус – питам ја вас, господо?! Ко?!... Приметио сам ја да нас сељаке наши школовани људи много потцењују. И то ови наши, сељачки синови, они што су јуче опанке изули. Не знам чиме смо то заслужили. Не знам да ли су другде сељаци поднели и учинили за свој народ нешто више него ми. Па зар нам највећи људи нису били сељаци?... Дође време, требају ти људи, треба ти памет, Срби су ти потребни више него икад, али где су, нема их, остали у снежним вејавицама. Појео их мрак... Немој да се љутиш, пријатељу. Ја ти своју судбину казујем. Хоћу једном, ево, да је саставим целу. Раније ми се није дало. Раније: кућа, њива, стока, ратовање, па никако себе да видиш целога. Сад је друго, сад могу. У болници сам, има се времена... Заборавиће се, наравно да ће се заборавити. Ко ће да описује и памти несрећнике? Ко то може да опише? Да је Бог хтео да остане записано, он би овакву судбину доделио неком писменијем народу. Народу читљивијем. И народу мање заборавном него што смо ми. Ми смо народ за причу, за приповедање. А наше речи лако и брзо развеје ветар и не остане ништа. Никаквог трага... А болничари, весели, куд ће им душа, само износе. И за мене дошли. Де, бре, што мене! – уплашим се ја. А они болничари се насмејаше: доктор им, кажу, рекао да сам мртав. Који доктор, бре, ваљда ја знам боље од њега да ли сам жив или нисам. Би ми криво, видим на које сам гране спао... Стоји тако, гледа ме, па вели: Немој да се одвајаш и да се осамљујеш, Милутине. Није теби теже него другима. Шарај и ти чутурице као други, прави неке свирале. Видиш како људи свашта раде. Направи неко кресиво за цигаре. Што мање сећања, Милутине! Сећања нас могу докрајчити, могу нас обрати ко слана паприку... Сва ће наша страдања, муке и патње ући у читанке. Деца ће наша, унуци и праунуци да уче о нама. И да се над победама нашим снаже. Над нашим гробљима – исправљам га. Па, добро, над нашим гробљима – пљеска ме он по рамену. Нисам ја будала, мислим се, да живот свој дам због читанке, али добро-де... Божију ти мајку и нашој судбини, колико нас је коштала?! Како се међу нама не нађе когод за какве преговоре и нагодбе са непријатељем?!... Шта имаш да пишеш, у овој земљи људи се прибојавају писања, мрзе људе који пишу. Тако је одувек било, нико се писањем није усрећио, него гледај своја посла... Није народ као трава...“

Ово што Милутин рече подсети ме на Бошка, твог оца. Он је рекао нешто слично: „Није народ пређа па да се, за једну ноћ, пребоји из једне боје у другу!? Из плаве у црвену! Из мрке у зелену! Из, из, шта ја знам?!“ – За то што је лануо добио је премештај чак у Луке код Ивањице, по казни. А тамо му се триста јада деси, знаш и сам, и он се разболе и једва некако остаде жив...

Шта је рекао и да ли је рекао некоме у поверењу, а овај га откуцао тамо где треба, ко ће то знати. Али, помињао је Бошко како је са секретаром комитета ишао по селима у откуп. Једне вечери тај му рече да последња натоварена кола не тера у магацин, него да истовари код његове куће. Бошко му одговори да неће тако да ради, него да ће све што је откупљено бити предато као и до тада. Сутрадан или после неколико дана стиже Бошку решење за премештај у Луке зато што је учо имао дужи језик него што је требало и што је рекао да народ није пређа... А тек у Лукама, било је тешко, трајао је обрачун са бандама и потера за заосталим четницима. Пао снег, причао је касније отац, ујутру устанемо, а око школе трагови војничких цокула. Ко је пролазио, шта је тражио, што се шуњао – Бога питај... Него причај, шта је даље било у болници?

Као у свакој болници, људи болују, посветили се својим јадима, ћуте, хучу, шапућу, гледају да се одатле што пре склоне... Од нас четворице у соби најболеснији је био неки Владимир Пурић, Циганин из Сопота, тежак и ратар. Како си успео, по Богу, човече, да се толико разболиш?!

– Много сам радио... Косио сам и ноћу...

Циганин се допао једном болеснику из суседне собе, из тринаестице. Тај је био покретан, висок, црвенкасте косе. Долазио је код Пурића, али је и нас све питао за здравље и нудио се да помогне, да дода чашу воде или да бар каже коју лепу реч. Задржавао се уз Циганинов кревет, разговарали су присно, равноправно, иако је дошљак био учен човек, а Пурић једва писмен:

– Чуо сам да сте песник? – пита Владимир.

– Јесам, каза Стеван.

– Би ли, молим те, написао песму о мојој болести?

– А шта ће ти то, Бога ти, Владимире?

– Па тако... Ако останем жив да имам за успомену кад сам боловао...А ако не останем...

– Шта ако не останеш? – покуша Песник да се насмеје, да ову Владимирову мисао окрене на шалу, али му то не пође за руком.

– Па тако... Нека остане вама... теби...

– Па, каква би волео да буде та песма, Владимире? Онако проста, једноставна?... Као народна?...

– Па нека буде онако... Ко онда кад је умирао Бранко Радичевић...

После тог разговора Стево је све чешће долазио у нашу собу, седео уз Пурића, обично ћутећи или разговарајући сасвим тихо с њим, тако да нико није могао чути о чему њих двојица шапућу. Чинило се да је песник на неки начин отпочео да болује његову болест, као да се трудио да подели бол са Владимиром.

Осим медицинских сестара и доктора, у нашу собу најчешће је залазила спремачица Петрија. Она је често дежурала ноћу, брзо и вешто завршавала све послове, а онда ступала у разговор са неким од нас четворице. Уколико нико није био расположен за причу, она је онда сама казивала своје мисли, распредала наглас догађаје из свог живота, одговарала на питања која јој нисмо поставили... Петрија је била добра, али напаћена жена, вредна и вечито у журби. После кратког времана постала нам је драга и блиска, као род рођени. Волели смо да ослушкујемо њен глас и да слушамо бесконачне приче о њеним животним недаћама. На ликовима и догађајима из свог живота она је градила неку врсту примењене филозофије, покушавајући да себи и својим слушаоцима објасни зашто се нешто десило како се десило и зашто је неки човек такав какав га је Бог дао:

„Човек ти је таква живина да не можеш ни да замислиш – све заборавља. Не знам какав бол да има, најзад ће да га одболује и да заборави. И продужиће да живи као да га није задесило ништа страшно. Памти још по нешто од тога, није баш све заборавио, али и то некако као кроз маглу, као да се десило неком другом, не њему. Таква је то стрвина. Воли да живи, живина... Али ни љубав међу људима не траје довека. Ништа код несретног човека не траје дуго. Потраја то тако између мене и мог Миливоја неко време, па полако и престаде... Човек се ни не нада с које стране зло а с које добро може да му дође... И тако се, мало по мало, сви које сам волела нађоше или на гробљу или негде много далеко од мене. Нико ми више не остаде. Никог више немам да ми прави друштво и да ме разговори кад сам тужна. Нико ме неће држати за руку кад будем умирала... Један по један, један по један дани пролазе. И више се не враћају. Никад. Слободно их отпиши као да никад нису ни били. Било, па прошло. И заборави шта је било. Ако можеш да заборавиш... И колико се више журиш, толико спорије идеш. А још спорије ти изгледа... Не зна човек много о човеку... Устанем, гледам кроз прозор на станицу. Грме тамо по оним колосецима и укћу маневарке, тутње неки возови. Јурца некуд неки народ, ни сам ваљда не зна куд иде. Боже, мислим се, може ли негде овај свет мира мало себи да нађе? Куда ли се, јадан, запутио?... Сви хоћемо само добро, а од добра једино будала можеш да испаднеш. А невоља, опет, хоће да те научи да будеш паметнији, али то тек онда ако те не убије. Прво треба да је преживиш. Измери сад шта ти је горе... Мој Миса, Бога ми, преживе. Десет месеци остаде у болници, тек по Божићу идуће године, врати се отуд. И ногу му не одсекоше, сачуваше му је, иако му она више никад није била као раније. На штакама се мој човек у варош вратио и још годину и по дана без њих није могао. А и кад их најзад остави и узе штап, више добро на њу није могао да се ослони, а ни да потрчи више никад могаде... Знам да нећете да ми верујете, али то је мене свети Врач казнио. Једне године сам баш на Светога Врача ухватила да расађујем неки купус, проклет био и купус. А у тај дан се не ради. И ето ти. После сам, кад сам схватила шта сам урадила, дигох руке од купуса, почупах га и бацих прасету. Али он ми никад није заборавио... Али проклети човек не може да се не нада. Не би ја женско била кад мојег Господа кад не би мало варала...“

Владимир нас је посматрао из свог угла. Кад год погледам на ту страну, у мене су биле уперене његове беоњаче које су блештале са црног, мршавог лица. Као да је питао:

– Зар мора, баш сад, да се мре?

– Где је моја песма?...

Тих дана је већ био забаталио и лекове. Нисам га видео ни храну да узима. Ми смо покушавали да га разведримо, па смо га по сто пута питали:

– Како си успео, Владимире, да се баш толико много разболиш?

– Много сам радио... Косио сам и ноћу...

Једног јутра пробудим се, а Пурићев кревет празан. Одмах сам схватио шта се десило, да је Циганин те ноћи најзад испустио душу. Одморио се, помислим. А видим Петрију како распрема кревет и наткасну, како би све било спремно за новог мученика, који можда још и не слути шта ће му се десити и где ће се за који минут, за сат, за који дан наћи... Из Владимирове фиоке Петрија извади неколико исписаних листова и пружи ми их да прочитам:

ПЕСМА О БОЛОВАЊУ ВЛАДИМИРА ПУРИЋА

Владимир Пурић из Сопота села
Бол болује ево зима цела.

У белој соби црн Владимир лежи,
Гледа: за окном снег последњи снежи.

Све крај њега тоне у белину меку
Само он мисли црну мисо неку.

Онда се сети: месеца у воћу
И себе како коси жито ноћу.

Очима ме питаш, видим, Владимире:
„Да л ће да се коси или да умире?“

Косићеш црни Владимире. Ево
Нисам ти залуд ради лека пево.

Песник је једног јутра прочитао Владимиру ову песму. Онда му је дао и рукопис. Он га стави у коверат и гурну у фиоку своје наткасне. Био је толико узнемирен, а тако слаб, да није успео ни да се обрадује, ни да се захвали Песнику. Давно га беше напустила воља да пуши или да поприча...

Ухватио сам његов поглед који је бљеснуо; да ли је то била суза или знак задовољства што му је (последња) жеља испуњена? Осетио сам да се овај црни човек у тренутку сасвим осветлио изнутра. Иако је целога свога живота био сељак, ратар, земљорадник, у њему је ево, пред крај, ипак победио Циганин и луталица, са лаком, виолинском душом, који је пожелео да буде овековечен у Песми...

Почео сам и ја већ да устајем и да шетам ходницима болнице. Волео сам да седим ноћу на једној клупи, док је цела болница спавала, а једино у ходнику горело светло. Пушио сам и размишљао о судбинама мојих сапатника: о Милутину, о Коби, о Владимиру, о Петровићу, младићу који је стигао на Циганиново место и о Петрији... Како нас је живот саставио и довео на једно место, у болесничку собу, да се упознамо, да проживимо завршне делове својих судбина, да поделимо болове и болештине и да се растанемо. Па, коме је суђено да иде у живот да иде, а коме није, да сконча на наше очи... Толика је људска патња да јој краја нема, ето, то је...

ГОСПОДАР ЛАЗИНЕ И ГОРЊЕ И ДОЊЕ БА-ТВЕ, СА СВОГ ПРЕСТОЛА ОД ПРОВАЉЕНЕ КАНТЕ, РАЗГЛЕДА СВЕМИР

Свакоме кажем добро вече и свако ми отпоздравља – Кора-чам удишући мирис шуме – На пљоснатој стени, без мисли – Ред кошница и рад пчела – Приступити свему, свакоме, слу-шати све – Стална свежина постања – Ноћ је безмерна

Пролазим кроз село (Радивоје говори у себи). С једне и друге стране, жене и људи гледају ме љубопитљиво. Кажем свакоме:

– Добро вече!

И свако ми тако отпоздравља.

Испред једних врата неки млад човек кује ципелу. Он престаје да кује кад наиђем да би ме гледао. Чим га поздравим застиди се и брзо наставља свој рад. Два корака од њега, такође пред вратима, други кује котао. А двоје деце му је сваки час међу ногама. Он их само стрпљиво отура ногом, као да су појас који се развио, а који нема ко да савије. Он такође застаје и гледа.

– Добро вече!

– Добро вече, пријатељу.

– Ради се?

– По мало се ради...

Стаза се претвара у утабану путању у трави. Испод траве је велико ка-мење. Из ње излазе стене покривене маховином, тако да се тешко корача. Уз стазу је врло густа шумица пуна птичије граје. Горе, са врха, за час још вири поцрнела црквена звонара, затим потпуна усамљеност. Корачам удишући дубоко мирис влаге, шуме и траве. Вече се сасвим неприметно замотава око шуме... Продужавам даље кроз биље газећи сваки час по-грешно на камен који се не види. Птице граје раздрагано у тами све гу-шћој... Налазим једну пљоснату стену на коју се може сести као на насло-њачу, ослонивши леђа на другу једну. Остајем тако дуже од пола сата, можда и три четврти, без и једне мисли у глави. Очи уживају у све тамни-јој боји шуме, груди у дисању ваздуха освеженог мирисом биља. Ваљда бих волео да птице ћуте, али ни тога нисам свестан. Враћам се истим пу-тем, скоро кроз мрак...

Сутрадан, рано изјутра, иза завијутка, изнад пропланка пуног расцве-тане траве, набасам на ред кошница. Пчеле лете широким круговима, као у заносу, изнад пропланка. Једна је сасвим црвена, обојена ко зна чим. Пошто се једина разликује од других, изгледа као умножена. Где год по-гледам видим њу. Онда је бар посматрам. Лети раздрагано изнад цветова сужавајући кругове. Опет се диже, зуји. Одједном се залети у цвет, зарива се дубоко у њега, буши јогунасто, страсно, тражи и налази себи место у њему. Цело њено тело је у раду, чврсто, тешко, задихано. Сам цвет трпи, дрхће на танкој стабљици од упорнога рада што је у њему. Од тога дрхћу и зелени листови изнад цвета. Затим пчела излеће, као опијена, луда, јури право напред, на нови бокор биља, у нови цвет. Онај претходни остаје заборављен, испијен, отворен небу.

Пре но што се врате у кућице, стотине још других пчела мешају се, укрштају, бацају у цветове. Сав простор изнад биља трепери. И цветови као да играју под летом пчела. Као да једни долазе под њих, а други у страху беже: „Какав рад!" мислим у себи. „Тако бих ја једном да стварам, скупљајући оно што је најбоље у богатствима око мене, да прерадим то затим у једну целину. На крају рада пчелиног је мед који садржи у себи срж свих цветова а није чак ни делић онога што су они, већ нешто ново и изванредно. То није ни овај, ни онај цвет. То је мед. И особине су толико другачије да то више није ни мирис већ укус... Доћи једнога дана у село једно као ово, приступити свему, свакоме, слушати све и гледати све и после, не то описати, већ из тога начинити нешто што ће имати своју боју, свој укус, мирис и узвишеност судбине. Не, не, не буквално то, већ нешто што отприлике одговара тој мисли. У сваком случају, требало би написати нешто имитирајући пчеле, нешто страховито једноставно, битно, а да ипак не буде: као пчеле..."

Између неба и земље постоји ваздух који тежи... Он сиса влагу, кроз њу пројектује месец, дугуљасто издужен. Земља је црна, и звездана кола, кроз огромне просторе око ње, и путују ненарушавајући ништа. „Је ли то лепо?" Можда! Огроман број елемената живи око мене. Живи у заједничкој борби и слози око мене. У сарађивању. Ја видим то, ја непрестано сазнајем то. То је сазнање живота. Сазнање више лепоте. Сазнање своје смрти. Без побуне, без отпора. Као сазнање смрти мрава. У средини сам фабрике природе. Осећам како расте и надима се важност судбине мрава а како сплашњава важност судбине Мене. Сусрет у ноћи, сусрет две судбине.

Свуда око мене, до у бескрај, једино вода, ваздух, земља и небески огњеви... Слушам лагани шумор овога биља и гласна довикивања птица у висинама. Чује се шум ваздуха и воде, а из даљине допире лавеж... По навици, називам то ноћним ћутањем и тишином. А ипак разазнајем да никада природа није била у живљем разговору, у жуборењу. Чујем животињу кроз шевар, чујем шуштање гранчица у дрвећу. И цео би свет то назвао тишином. Једино зато што се ништа људско не меша својим гласовима у жуборење предела у ноћи. Довољно је да човек замукне па да се гласови природе дигну ослобођени а да он све то назове: Тишина.

Сва природа је около у јединственом раду сарађивања. Рекло би се да је све у природи ново и као да је тек постало. Све иде тачно и са заносом... Да, то је оно што је вечито, та стална свежина постања, та присутност постања, а оно што га види, осећа и поздравља, мој дух и ја сав, пролазно је, непрестано на самрти... Да ли могу да напишем то једном сад и више никад? Јер нико више неће веровати. Ни ја више нећу веровати. Али сада: да! Жао ми је живота ове последње биљчице, као и мога... Или, не, све је то лаж јер је мисао. Нећу да мислим. И ево, више не мислим. Не жалим више никога. Ништа. Живим дубоко у себи, као биљка.

Муња која суво ошину небо показа одједном све... Сва природа би оштра и плава као умрла усна. Једна звезда паде чим се поврати мрак... Природа баца своје метеоре, своје муње, немо и убилачки као првога дана... Дрвета која се примећују или не преко дана, сада живе свој пуни живот. Сваки лист има слепи напор да се одвоји од суседних листова како би што потпуније дисао. Осећам то, и онда несвесно раздвајам прсте на рукама како би их ваздух што боље обавио. Нигде ни једне мисли. Све што је човечанско најзад спава и дубока људска дисања исто су тако мирна као дисање шума... То није лепота око мене већ исплетени живот онога што сачињава природу. То није ни шума, ни ноћ, већ један грдан сплет закона и сила. И мој живот у томе гори као пламичак. Ноћ је безмерна.

Шта то чух, шта то чух! Слух, дух, крух... сух, плуг... пух, слух... њух... чух, њух, бух, трух, дух... сух, вух, крух, слух, дух, слух... чух... чух... бух, вух, дух, гух, дух, зух, жух, кух, лух, мух, нух... нух један, нух два, нух три, нух четири, нух пет, нух... шести, нух шест хиљада, нух милион, нух билион!

Билион! Билион, билион! Нух билион. Звезда која пада? Не! Село, варош? Не! Нух билион, нух билион. Нух, нух. Шта то, шта то? Ах,да: шта то чух, шта то чух? Шта сам чуо? Можда је била видра или куна. Има ли овде куна? Да, да, шта то чух? Ноћ је била безмерна. О томе сам мислио. Ноћ је била безмерна. Која је ноћ била безмерна? Требало би можда да идем да спавам. Уморан сам. Још мало. Чух, слух, дух! Колико је мозак глуп, глуп. Луп, ступ, круп, ћуп, луп, луп-луп-луп, руп-руп, руп! Мора да је... под сталном... Мозак. Под сталном. Чијом? Провером целога тела? Пажња, ваљда живота!...

– Билион, билион... Чега билион?
– Билион звезда!
– Шта то чух?
– Слух.
– Дух.
– Њух...
– Дисање шума.
– Безмерна ноћ, ноћ је била... без... мер... на...
– Ноћ, без...
– Мер...
– На...

(Свршетак етно-романа)

ПРИЛОЗИ

ПИШЧЕВЕ БЕЛЕШКЕ, 1

Као млад писац тежио сам апсолутно чистој уметности, па су моје ране приче биле фантастичне, потпуно измишљене, састављене од снова или је моју руку водила интуиција. Касније, започео сам да користим документа као полазиште, повод и подстрек, са озбиљном амбицијом да допрем до уметничких резултата, не чекајући долазак каприциозне госпођице Инспирације. Као нека врста погонског горива није се могло употребити било шта, не било каква документа, него факта типа „Дневника снова“ Лазе Костића. У наставку списатељског опуса користио сам све више навода, цитата, упута и натукница које сам качио о скелет (структуру, композицију) сачињен од постмодерних достигнућа (решења, патената, пречица). Мој азимут, кога можда и нисам сасвим био свестан, кретао се од глобалних ка локалним митовима, од Белог Света, који ми је био близак, као неко Велико Село, до породичног корења који су се, с мушке стране, налазили на локалитету *село Дуб, задња пошта Злодол, општина Бајина Башта, Западна Србија,* на домак дивне цркве-брвнаре, старе око два века, колико и наш скромни породични родослов...

И тако, окружен зеленилом српских шума, пишем сада оно што ми сам живот диктира. Мој јунак је стриц Радивоје Вуловић, припадник оног соја јунака домаће књижевности у којем обитавају, осим Расткових јунака из романа „Људи говоре“, и:

– Милутин Остојић (Данко Поповић: „Прича о Милутину“),
– Тола Манојловић (Мома Димић: „Живео живот Тола Манојловић“),
– Петрија (Драгослав Михаиловић: „Петријин венац“),
– Владимир Пурић (Стеван Раичковић: „Балада о Црном Владимиру“); затим:
– *Солунци говоре* Антонија Ђурића,
– *Људи говоре* – емисија Радио Београда итд...

Радивоје прича свој живот на начин древних приповедача, са апсолутним убеђењем да се ради о веома важним догађајима и о битним искуствима; да је све што му се десило и све што је доживео и преживео вредно памћења и да је, сигурно, поучно за свакога. Он ми предаје свој лични мит, а ја га – са захвалношћу – примам и, уз незнатне интервенције, износим га на светло дана, и дајем даље.

Радивоје је главни јунак свог живота. Он јасно види своје место у матици времена и међу људима са којима општи без икаквог комплекса. Радивоје је један од последњих наших изворних народних приповедача. Он је неприкосновени господар свога имања – Свој на своме! – које се састоји од њива, ливада, воћњака, шума, извора... И све у његовој држави има своје име: Лазина, Доња и Горња Батва, Мрамор, Равне, Нартак, Упољу итд. Он и његова генерација сељака последњи су житељи старе, патријархалне Србије.

Попут Одисеја, Радивоје се отиснуо у Свет, на узбудљива путовања до Дрињаче, Мратиња и до Власенице. И никад није сметнуо с ума традиционалне моралне принципе којима је напојен колико и бујним хлорофилом и бистром и хладном водом са бројних извора: Стубло, Студенчине, Бадањ, Добра Вода, Лајковача Вода, Поткрај Вода, Јаруга, Радивојева Вода, Забран Вода, Маринкове Очи, Перибој, Кленовац, Латенац, Шанац, Шапот...

Новембра 2004. године, у Чачку

М. П.

ПИШЧЕВЕ БЕЛЕШКЕ, 2

Хоћемо ли да причамо о уметности?

Хоћемо! Што да нећемо?! Што не бисмо причали и о уметности?! Уз чашицу можемо да причамо о чему год хоћеш.

Би ли Радивоје Вуловић могао бити уметник?

Ја сам човек-сељак из Дуба. Где ја да будем уметник, бижи-баци!

А, би ли ти могао бити јунак једне књиге?

Ти си ми рекао – да могу. Ја нисам ни сањао о томе пре него што смо почели да разговарамо. Не знам шта ће од овога испасти. Ми само причамо, причамо, а ти ћеш после, видети да ли то вреди и шта може од тога да се састави...

Шта мислиш какве су главне личности романа?

Важни су. Урадили су нешто веома значајно у животу... Често и претерују и чине чуда. А онда очекују да им се дивимо.

Шта се дешава у књигама?

Описан је нечији живот. Од рођења, па до гроба. Све што му се десило – и лепо и ружно.

Зашто и твој живот не би био тема романа?

Не знам како то иде и ко одлучује, ко бира... Мени се чини да нисам учинио ништа превише важно. Једноставно, живео сам живот. Покушавао сам и да променим неке ствари, али живот ме је ударао по прстима (показује своје сакате прсте). Било је момената када сам желео да изађем из бразде, али није то било лако. Нисам успео да изменим жеље родитеља. Нисам отишао у град. Град нам је узео брата Мићу. То су опасне ствари. Да је Мића остао жив, да је свршио школе као што је почео, можда би све било другачије. Повукао би ме за собом. Хајде, Радивоје! Мани се села и блата. Него, благо мени, да ми лепо живимо у граду, да се и ти школујеш. Мића ће ти помоћи... Али... Мој Мића погибе и мој живот оде у сасвим другом правцу.

Родитељи су се уплашили да ћеш и ти отићи? Да ће изгубити и тебе и да ће остати сами?

Тачно тако. Зато није лако бити родитељ. Ако сам те створио, па нећу ваљда и душу да ти узмем?!

Могло је бити друкчије. Али, кад није – шта ћемо?

217

Не жалим се ја. Лепо сам проживео и, што рекао онај „лепо сам дочекао". Доста сам и створио... Садио воћке, зидао куће, рађао децу, путовао по свету, дружио се с људима... Зар је то мало?

Ниси кршио старе законе?

Нисам. Поштовао сам старијег...

И тебе млађи поштују.

Добро, јесте (устеже се да каже нешто оштрије, копа штапом по земљи испод клупе)... И треба тако... Мада сам, под старост, постао мало нервозан, знам ја то, али шта вреди... Нальутим се, опсујем, овај језик везе, меље као празна воденица. Заборавим се, заборавим да ми је скоро осамдесет година. Човек би волео да вечито има двадесет година, али не може... Зато се ја шалим, велим: „Шта то би са мном, те млад остарих?!"

Осећаш ли везу са земљом, спој са природом?

Знам како дише. Осећам јој сваки дамар. Та ми је пуста земља попила сву снагу. Тврда, посна, стрма, кврргава, клизава... Кад се само сетим колико сам бразда изорао, колико сам оцака кукуруза или кромпира окопао... Па удари суша, па удари киша, па цео наш труд пропадне. То је тешко и страшно. Та сељакова судбина да никад не може да се опусти и да каже себи: „Одмори се, Радивоје! Доста је било, ако је за вајду..." Њего све: „Е, још ово! Е, још оно! Да никне, да сазри, да роди, да стигне..."

Многи би ти грађанин рекао: „Благо теби, Радивоје! Ти живиш у складу са природом. Храниш се здраво, пијеш чисту воду, дишеш свеж зрак. А ми у граду не видимо небо од бетона и асфалта. Не знамо како изгледа свануће. Тако радо бисмо уживали у сутону на селу..."

Јесте, дивно је поранити у праскозорје. Али, то је за мене само један тренутак, јер већ журим даље, за послом. Краве ричу, свиње рокћу, овце блеје, кокоши какоћу, све ври и врви, сви зову: „Радивоје, дај мени! Радивоје, нахрани мене! Радивоје, зар си мене заборавио?!"...

Да ли би се мењао? Да ли би свој живот човека са села, сељака, мењао за градски?

Што ме питаш сад?! Сад је касно! Што ме ниси питао пре 30, 40 година?!... Нема мени друге судбине осим овог блата и ове балеге... Али, нисам деци бранио. Хоћеш у град, изволте. Хоћеш школу, може. Хоћеш да градиш, да зидаш кућу, може... Свима је Радивоје помогао, а за себе је најмање тражио.

Шта мислиш, да ли је могуће твој живот тачно и убедљиво пренети у књижевност, у уметност?

Нема много таквих књига о сељачком животу. Раније их је било више, када је Србија, цела, била једно село.

Читао си Милована Глишића? Сремца, Домановића, Бору Станковића?... Они су названи реалистима зато што су писали о живим људима и о догађајима који су се заиста одиграли. Али су то ипак чинили свако на свој, посебан, начин...

Нема више ништа од читања, само телевизија. Легнем да се одморим, телевизор је укључен, гледам док гледам, кад заспим – заспим.

Сећаш ли се „Књиге о Милутину“?

Е, то сам читао, сећам се. Допала ми се књига, много. Све је тачно казао тај сељак, Милутин Остојић. И тај писац, како се зваше?

Данко Поповић.

Заборавио сам му име, а и не личи да је уметничко. Некако ми је сувише обично.

Шта ће човек кад се тако зове, тако је крштен...

Да није од ових наших Поповића?

Није.

Тај Милутин Остојић, да ли је измишљен, да ли је стваран, да ли заиста постоји – није важно, али све што је рекао, био је у праву. Кад њега читам – слушам, чини ми се као да чујем мог оца Ђорђа или тетка Обрадина. Тачно је било да нису зарезивали солунце. Подсмевали им се, трчали за њима и викали: „Солунци – јунци! Солунци – јунци!“ А зашто? Питај светог Петра?!... И онда је била лоша, погрешна политика. Зато смо дошли довде, докле смо дошли. Кад су кола кренула низа страну, тешко их је сад зауставити... Више не читам, немам стрпљења, а и слабо видим. Кажем ти, само буљим у телевизор, па шта ухватим. Гледам дневник, утакмице, задремам...

Те тако, слично Милутину Остојићу и другима, и Радивоје из Дуба може бити јунак књиге која говори о његовом животу, зар не? Кроз разговор и кроз причу његов живот претапа се у уметност. А то је неиспуњена жеља множине уметника, да некако изједначе живот и уметност. Изведене су силне теорије о животу као уметности. Многи уметници провели су цео живот тражећи у њему зрно уметности.

Ни на крај памети ми није да је то, у мом случају, могуће. Мени је било важно да преживим, да будем човек и да останем човек. А за остало, па и за ту твоју уметност, нисам много марио... Нисам стизао од сељачкога посла, нисам... Ма, каква уметност, батали ти то кад сам ја уморан као пас, дошао са њиве и само нишаним где је кревет да мало предахнем...

А Радован Поповић?

Свака част Радовану. Он је господин човек, новинар „Политике“, свака му част. Чујем да је отишао у пензију. Он је са нашим Владимиром, Влајком, Милесиним братом, учио школу, знаш?

Радован је написао много књига о животу писаца. И то највећих српских књижевника. Он сам учинио је колико и један Институт за пручавање српске књижевности са све докторима и професорима.

Знам Радована, како нећу знати?! Он је одоздо, из Поповића. Лазина се граничи са њиховим вођњацима. Ретко се виђамо; само на сахранама и на парастосима. Али, увек ме поздравља из Београда, а ја њега одавде, из села Дуба, из нашег завичаја...

ПИШЧЕВЕ БЕЛЕШКЕ, 3

Гледао сам те како седиш, доле, у Лазини. Са стране изгледа као да си срастао са том твојом тврдом земљом...

Јесте. То је моје омиљено место. На целом имању најлепше ми је баш ту и највише волим да боравим на престолу, у Лазини. Али, не седим онде тек тако, кад ми се прохте, него само да се мало одморим, да попушим цигару, то ти је неких десетак минута, не више, и онда настављам, даље, са пословима...

О чему размишљаш у том моменту?

Гледам све око себе. И све што видим то некуд жури, врви, ради. Биљке, бубе, живуљке, птице... Све је у покрету, све је некуд кренуло и, тачно видиш, да зна куд иде и шта хоће. Случајно ногом отиснем камен, а под њим тек неки нови свет састављен од ситних створењаца, једва их видим; узнемирена су, ужурбано раде и упињу се да што брже поправе оно што сам им ја покварио и да одмах надокнаде оно што сам им иштетио; да среде, да склоне крхотине, да очисте и да врате све како је било, пре него што сам ја, случајно, ногом, померио онај камен... Гледам све то, гледам и чудим се.

Оданде видиш скоро цело имање?

Видим ово што ми је најближе и најважније. Седећи у Лазини видим Горњу и Доњу Батву, видим сву окућницу, воћњаке... Добро, не видим Мрамор, Равне и Нартак, али знам где су и осећам како и тамо биљке бујају, како се диже пара из земље и меша се са мирисима воћњака и шуме... Седим на проваљеном лонцу, ту ми је згодно и због ноге, као на неком престолу и, попут некаквог правог цара, осматрам своје царство (смеје се).

То је твоја држава коју можемо да назовемо Лазина и Доња Батва, као Србија и Црна Гора!

Можемо (смех)... То је моја држава, то је цео мој свет. То је оно у шта сам уложио сав свој живот. То је све оно што познајем „у главу“ и што волим... Свако дрво, камен, травку ја знам овде, од Луке до Мрамора и од Батве до Нартка. Све знам. И свака ствар мене зна. Ја њима кажем: „Где сте њиве моје, шта радите? Ево вама вашег Радивоја!... Сад ће ваш Радивоје да одвади где је препуно, да дода где зафали... Па, добро, где сте пољане, ливаде и влати траве моје?! Има ли довољно влаге? Има ли Сунца?

Јесте ли здраво и добро?... Па, добро... Ехеј, ви што летите, бубе, птице, поветарци! Здраво да сте! Има ли свежих, сласних црва? Гајите ли нове птиће? Знам ја да није лако бити родитељ; није, али потрудите се, полетите, потеците; ено вам птићи гладни пиште у гнезду!... Дошао је Радивоје и код вас да види шта радите, да поразговара с вама. Можете ми казати све што вам је на срцу. Да ли вас је Радивоје ичим повредио, заборавио, запоставио?"...

Тако ја с њима свима разговарам. Некад гласно, овако, као што ти сад рекох, а некад само у мислима, тако. А опет, знам да се добро разумемо. Сви смо на истом послу – да одржимо покрет Света. Ко је то замахнуо, завртео то не знам. Али да мора да се креће, да ради и да живи, то посигурно знам...

Како ти пролази време? Је ли ти дуг дан?

Није, није... Мени дан очас посла пролети. Тек што се окренух, започех триста послова, држи за ово, држи за оно, окрени тамо, трчи овамо... Мени дан већ прошао... И тако, одем предвече, у Лазину на оно моје место, на престо (смеје се), кад већ посвршавам све послове или, ако је недеља или црвено слово, онда само оно што се мора око стоке и тако... Седнем, запалим цигару (вади цигару и пали је), лепо се наместим, наслоним браду на овај штап; и – гледам... Предвече, сунце већ зашло, сумрак, сенке све гушће... Све оно што је трчало преко целог дана полако се смирује и приводи одмору. Ја им велим: „Шта је било? Јесте ли се уморили?! Где вам је исцурио дан? Шта је било са свим оним силним пословима? Јесте ли све посвршавали? Јесте ли били вредни?"...

Нема птица, ни буба, па и трава као да је полегла да се одмори... Али, сад се буди и покреће неки други свет, буди се, шушка, врти, бургија... Циче, прелећу слепи мишеви, настављају посао ноћна створења... И кад се смрачи сасвим, тада сину звезеде са Кумове сламе. Знаш и сам како је овде небо лепо, дубоко, страшно?... Гледам, гледам та чуда, васиона, милиони звезда, све то горе сија, трепери, окреће се у неком врхунском складу, као и код нас, у Свету траве, под каменом. Мислим о томе, уживам, лепо је све, дивота, али ситан сам ја да повежем све те ствари (набраја): јабука, шљива, ливада, птица, поток, Радивоје, Милеса, ти, ми сад, кобајаги, нешто причамо, дробимо, дромбуљамо... Е, сад, реци ти мени: зашто је то све тако?

Ја сам дошао тебе да питам. Ти си старији, више знаш, више си проживео од мене, па ти мени реци...

Не знам, откуд ја знам, бижи, баци!... Само, ето, гледам око себе и дивим се. Свет је диван!... А онда ме обузме нека језа, страва, час бих, чини ми се, плакао, а час бих запевао. Час ме обузме радост, пријатно сам заморен од рада и знам, сад ћу да идем да легнем да се одморим... Тако ме нешто обузима, надире, у неким таласима, запљускује, топло, хладно, ниско, високо, плитко, дубоко, ваља се, угиба, плива... Почињем да дрхтим од вечерње студени и од неке васионске зиме. И све ми је то заједно неко јасно, а неизрециво, прегледно, а невидљиво, разумљиво, а потпуно загонетно... Срећом, онда ми до прстију догори она моја цигарчина, опече ме, тргне ме. И ја се полако дигнем, кости ми укочене пуцкетају и крцкају као да ће се овога часа распасти, на ноге, па кревељ, кревељ, са штапом и овом армираном ногом, полако, корак по корак, ногу пред ногу, кући... Могао бих да седим ту сатима, да пушим и да разбијам главу шта је и како је, што је тако а не овако, шта је било а могло је другачије, нећу! Што ми то треба?! Одох ја кући!... Довиђења, шуме моје и забрани драги! Лепо спавајте! Лаку ноћ, детелино и пшеницо! Уздравље паприко и парадајзе! Ноћас ћемо лепо да спавамо, а сутра, Боже здравља, настављамо све из почетка!... Пролазим кроз повртњак и поздрављам се са сваком биљком. Ено, тамо, краставаца, па тикава, па малина, па... Ено их, у воћњаку, стоје у вечном строју моје старе шљиве, старије од мене, па јабуке, па воћке које сам ја посадио и калемио... Лаку ноћ, миле моје, лепотице моје! Све вас Радивоје познаје од кад сте биле шибљике. Зна Радивоје како сте расле, како сте се бориле и трудиле да родите, све зна ваш Радивоје!... А оно лишће шушти, гране ми машу, као да ми кажу: „Лаку ноћ, Радивоје! Лепо си данас радио, лепо си нас пазио и обилазио, па ћемо и ми теби дати наших плодова“... Тако ми разговарамо... Горе већ долазим до штале и до тора и свињца, до кокошињца... Са свим животињама се поздрављам... Јесте ли сите, благо Радивоју? Јесте! Јесте ли жедне? Нисте! Све је вама Радивоје дао, донео сена, жита, сплачина, воде, соли, сламе, све вас је намирио... И сад, иде Радивоје да одмара. Је ли то у реду? Јесте. Добро...

Прошли пут кад смо били овде брат и ја, па, предвече, пошли кући, видели смо те како седиш у Лазини, на престолу.

Знам. Видео сам и ја вас. Махнух ли вам руком? Јесам... Е, онде ја седим, као што сам ти испричао, у сумрак, попушим једну, две цигаре, предахнем и чудим се и уживам у томе како је Свет савршен и прост. Како је добар и како може бити грдан, лош, опасан до зла Бога. Тако некако премишљам...Па, нисам глуп да ми буде свеједно шта се дешава око мене. Думам, трудим се, напрежем ум, скупљам сву снагу, али нисам толико кадар да до краја схватим о чему се ту, у ствари, ради...

Свако нека ради свој посао!

Јесте, у праву си. Што рекао онај чича кад су га зликовци повели на стратиште, веле они: „Чича, сад ћемо да те убујемо!“ А човек им одговори: „Само ви, децо, вршите ваш посао, а ја ћу свој. Ви убијајте кад сте већ решили, а ја вам не могу бранити. Кад сте спремни да будете зликовци, ви будите, шта вам ја могу?!...“

Чуо сам сличну причу у Драгачеву, кад су Бугари палили куће сељацима, као што су чинили и у овим крајевима, све до Дрине. И дошли до куће неког старца, па и њу решили да запале, али, држећи запаљене бакље, казаше оном чичи: „Слушај, чича! Сад ћемо да ти запалимо кућу!“

А он њима: „Добро, децо. Радите шта год знате, ако сте тако наумили. Али, нема никакве потребе!...“

И да знаш, добро им је тај чича, Драгачевац, рекао. И ја бих тако да сам био на његовом месту. Нема никакве потребе! Каква је то потреба да се пали нечија кућа?! Да се руши нечији дом?! Па, нека је и беда и сиротиња, не дирај је! Каква је то потреба чинити зло људима?! Хајде. Кажи сад ти мени!?

Не знам, вала...

И што се то стално понавља?! Од како је света и века увек се нађе неки Јуда, неки Каин или нека будала да кресне варницу, да потегне нож... Што то мора?! Код све ове светске дивоте... Могли бисмо о свему фино да се договоримо. Ја сам сељак и умео бих с људима, чини ми се, умео бих, некако, да се договорим, попусти ти и ја ћу, ти мало, ја још мало, па да средимо спорне ствари, само да не дође до рата... Да не идемо у политику, али неке државе живе од рата. Да нема ратова оне би пропале. Највећу добит остваре у ратовима. Па кад нема сукоба, оне потпире ватру...

Ко другоме јаму копа?

Сам у њу пада... Сада је то тако наивно, брате мој...

Ко сеје поветарце?

Пожњеће олују... Старе поуке су се излизале, а боље, праведније, још немамо... Стару памет не можемо да применимо на ново време. Превише је промена и „напретка“ да бисмо све могли да сместимо у људске законе, у истину и правду. За мене јесте, овде, истина. Али, за тебе, тамо, није! Шта ћемо сад? За мене је ово правично, али за тебе и твоје, није. Ко ће то све разумети, ускладити, повезати, усагласити да сви буду задовољни. Изгледа да то и није могуће. А, можда, није ни потребно... (даље избрисано са траке).

ЗБИРКА

предмета заборављене намене

Једна од грађевина у Радивојевом дворишту била је магаза (ма-
гацин, складиште) која се сатојала од две велике просторије. Прва је би-
ла склопљена од брвана, без таванице и служила је искључиво за сушење
дувана. Друга просторија била је зидана, имала је подрум и таван и већим
делом била је прилагођена чувању житарица (пшенице, јечма, овса, куку-
руза у зрну) и брашна. У ту сврху служио је наћвар, дрвени простор са
преградама, у коме је одлагано жито. Дрвене преграде биле су тако вели-
ке да смо у њих улазили газећи босих ногу по хлебним зрнима и крили се
унутра, чак и спуштајући поклопце за собом. Тај мирис жита остао је и
данданас у мојим ноздравама, а добро скривен у амбару почео сам да уо-
чавам разлике између ражи и јечма.
   Преостали простор био је велико складиште предмета којима је исте-
као рок употребе или који су замењени савршенијим. У сеоском домаћин-
ству ништа се не баца; све се одлаже и чека да буде поправљено и поново
употребљено. Предмети који се више не користе из разних разлога (оште-
ћени, застарели, превазиђени) остају ипак у магази, злу не требало, а и ве-
лика је грехота бацити у ђубре неку ствар која је не тако давно била врло
важна и која нас је хлебом хранила. Ми смо се као деца играли жмуре у
одајама магазе и амбара и ту смо затицакли хрпу предмета којима нисмо
знали праву намену. Било је очигледно да су ту одложени делови старог
разбоја за ткање, посуде разних облика и величине, као и намештај који
је изашао из моде (креденци, шкриње, кутије, столице, клупе, сандуци)
или више није могао да послужи првобитној намени.

Бакрач – бакарна посуда са ручком за ношење и качење изнад огњишта.
Белегија или **брус** – гладак, узан камен којим се оштре косе, српови, алат-
   ке и сва фина сечива.
Бритва – цепни ножић ручне израде са корицама од кости.
Брдо – део разбоја за ткање.
Буца – дрвена посуда за воду, слична пљоснатом буренцету, која се помо-
   ћу каиша може носити на леђима или на коњском самару.
Ватраљ – метална алатка за захватање жара.
Вериге – ланац окачен о кровну греду који виси изнад огњишта и завршa-

ва се посебно искованим делом на који се могу окачити судови изнад ватре.

Виле – алатка за скупљање сена, сламе, снопова жита, шашине, стајског ђубрета; има дугу, извијену дрвену дршку, а завршава се са четири метална шиљка.

Вретено – уз преслицу сачињава неопходан прибор за предење вуне.

Грабуље – алатка за скупљање покошене траве, за грабљење; слична вилама, само што се завршава низом зубаца (слично чешљу), а може бити цела од дрвета или са металним зупцима.

Гребена – алатке за рашчешљавање рунске вуне; обично иду и користе се у пару, за обе руке.

Ђубровник – прибор за чишћење обично се састоји од метле и ђубровника; метлом се мете, чисти, отпаци и прљавштина скупљају се на ђубровник који је обликован за ту намену; може бити дрвени или од лима.

Жарач – прибор за одржавање ватре на огњишту или у ложишту шпорета састојао се од ватраља, жарача и машица; жарач је метална шипка којом се чисти ложиште и поспешује скупљање пепела у пепељари.

Кантар – справа за мерење тежине; користи се како у домаћинствима тако и на пијацама; сатоји се од тасова, металне шипке са подеоцима у килограмима и тега (боланце).

Карлица – плитак дрвени суд за разливање млека и производњу кајмака; сваки млекар има по неколико судова за ову намену.

Колац – добро зашиљено дрво које се побија у земљу.

Корпе – разних величина, облика и намене, исплетене од пруђа, често украшене бојом.

Котобањ – велика корпа од пруђа за преношење навиљака сена, свеже обраног дувана или другог поврћа и воћа; носе је двоје између себе или једно, на рамену.

Крављача – дрвена посуда, мањи чабар, за мужу млека код крава, коза и оваца.

Машице – дуга, метална штипаљка за узимање жишке, најчешће ради паљења цигаре.

Меденице – бронзана звона разне величине која се каче о вратове животиња, крава, овнова предводника итд.

Менгеле – тешка, метална стега причвршћена на радионичком сталку или тезги; може добро послужити при мањим поправкама алатки и прибора.

Метла – дугачки штап који се завршава пљоснатим снопићем сувих стабљика биљке назване метлица; служи за скупљање отпадака, за чишћење и сређивање стамбених одаја;

Метла брезова – исто, само за чишћење дворишта.

Наковањ – ковачка справа на којој се чекићима обликује, обично шиљи, метална шипка или се поправља какав мањи квар на предметима из домаћинства.

Натега – осушена тиква издуженог облика којом се, помоћу удисања прави вакуум, и вади и пресипа течност (обично ракија) из буради или судова (замењена кратким гуменим цревом).

Обрамача (или обрамица) – благо савијено дрво које служи за ношење терета на рамену; на оба краја обрамаче окаче се посуде или завежљаји, а онда се упрти на раме.

Обруч – дрвени или метални, за утезање буради и каца.

Обручац – мали обруч.

Преслица – пљоснато парче дрвета на коме се увезује повесмо вуне; обично украшена усецима и шарама.

Пракљача – при прању веша на реци или на потоку пракљачом се снажно удара по ономе што се пере, све док се не опере сво рубље.

Ражањ – зашиљено дрво на које се набије заклано прасе или јагње и онда пече на отвореној ватри.

Разбој – дрвена конструкција на којој се разапне потка и провлаче нити како би се изаткало платно, поњава или ћилим.

Рало, раоник – дрвено или метално сечиво за орање њиве.

Рогуље – врста дрвених вила згодних за плашћење.

Роцга – дугачки колац који се побија у земљу и око кога се образује сено.

Сатљик – мала, стаклена боца за служење ракије.

Срп – метална алатка облика полумесеца, са кратком дрвеном дршком; српом се жање пшеница и друге житарице; жетеоци за собом одлажу руковети који се даље скупљају у снопове, снопови у крстине.

Тепсија – округла, плитка посуда у којој се пеку пите и припремају разноврсна јела.

Тестија – посуда за воду начињена од печене земље; грнчари на својим колима обликују од глине веома разноврсне посуде; после сушења оне се пеку у пећима или на отвореној ватри (у Злакуси), а затим боје и украшавају; сматра се да је вода из тестије дуго свежа и питка.

Троношка – мала столица са три ногара, згодна за седење, иде (више комада, по потреби) уз софру (синију).

Ћускија – тешка, метална полуга која може послужити при разним пословима; с једне стране она је оштра, а са друге спљоштена; примена јој је неограничена и често зависи од ситуације или домишљатости корисника.

Чабар – дрвена посуда са две наспрамне, продужене и прорезане дуге како би се чабар, помоћу дугачког дрвета (притке), могао носити између себе или на раменима два носача.

Чаканац – део прибора за оштрење косе; састоји се од оштрог чекића и металног дела који се забоде у земљу; између њих косач откује косу, а онда је наоштри брусом који му је увек при руци, обешен о појасу, као футрола од шупљог воловског рога.

Ченгеле – метална шипка са заобљеним шиљцима на оба краја која се окачи на згодно место (обично на грану дрвета), а о њу се окачи заклани брав како би касапин могао да обави свој посао у припреми посека...

У сеоском домаћинству ствари се не отуђују тако лако. Обично се одлажу и чувају, чак и ако нема никакве наде да ће се икада поправити или на било који начин вратити у употребу. Многе ствари које смо видели у магази и које смо узимали у руке и играли се с њима остале су нам загонетне. Никако нисмо успевали да докучимо чему су служиле. Остављене на полицама или разбацане около, оне су полако трулиле, рђале или их је лагано разједао жижак. Очигледно је било да ће на својим местима остати све док их не покрије последња прашина.

РЕЧНИК, 1

Турцизми, застареле и заборављене речи

А

абер – глас, вест, порука;

аваз – глас, вест;

авлија – двориште;

адет – обичај, навика;

аирли – са срећом, на срећу, од користи;

аков – мера за течност, око 50 литара;

акреп – шкорпија, гамад;

алат – коњ црвенкасте, риђастожуте длаке;

амајлија – предмет који штити од несреће, болести, урока;

аманет – завет, порука;

апс, апсана – затвор;

аргатин – радник, надничар, кулучар;

аршин – стара мера за дужину, између 65 и 75 цм;

ашик – љубавник, драган, заљубљен, љубав;

ашчија – кувар

Б

бакшиш – напојница, поклон;

басамаци – степенице;

басма – шарена памучна тканина;

башта – врт, градина, повртњак, воћњак;

бедевија – кобила арапске пасмине;

белај – несрећа, невоља, беда, мука, зло;

биртија – крчма, гостионица;

бисаге – путничка торба из два засебна међусобно повезана дела, која се носи на коњу или преко рамена;

богаз – тесан пролаз, узан пут, стаза, пролаз;

братучед – брат од стрица, брат од тетке;

брдо – узвишење, део ткачког разбоја којим се набија потка;

брод – место где се прелази преко воде, плићак, газ;

бродарица – вила која живи поред воде;

буздован – старинско оружје за борбу изблиза, чворновата тољага или метално држаље са гвозденом куглом:

букагије – окови за ноге;

буклија – мали, пљоснати суд за вино;

буљук – јединица турске војске;

буњиште – место где се баца или одлаже ђубре, сметлиште.

В

вакат – време, доба;

водарица – вила која живи поред воде;

водњика – вода у којој преврy разни плодови;

вранац – коњ црне длаке.

Г

гиздав – накићен, украшен, накинђурен;

градина – врт, башта;

гуњ – мушки сукнени огртач са рукавом.

Д

диван – турско царско веће, влада, разговор, отоман, канабе;

диванити – говорити, разговарати, причати;

дивит – мастионица, прибор за писање;

дизгин – каиш од узде који се држи у рукама кад се управља коњем, поводац, вођица;

дилбер – драган, љубавник, лепотан;

димискија – врста тешке криве сабље исковане у Дамаску;

дорат – коњ тамнориђе боје, црвеносмеђе длаке;

дувар – зид;

думати – говорити, мислити.

Ђ

ђаконија – одабрано јело, посластица;

ђаур – неверник;

ђерђеф – дрвени оквир на којем је разапета тканина на којој се везе;

ђогат – коњ беле длаке, белац;

ђувегија – момак за женидбу, младожења;

ђумрук – царина, трошарина, такса за пролаз;

ђумрукана – царинарница, трошаринска станица.

Ж

ждрал – коњ сиве длаке;

жура – мала, мршава, кржљава особа.

Е

еспап – роба, производ за тржиште.

З

замрсак – нешто запетљано, замршено, компликовано;

зgranило – беснило, махнитост, помама, лудило;

зијан – штета;

зиндан – тамница;

зират – обрадива земља, зиратна земља;

зулум – насиље;

зулумћар – насилник.

И

ибришим – врста свиленог конца;

излитије – провала облака, поплава;

именије – имање, имовина;

инсан – људско биће, човек, чељаде.

Ј

јабанац – странац, туђинац, несродник;

јабука – предњи део седла;

japija – дрвена грађа, греде, даске припремљене за градњу поглавито кровова;

јарам – направа за презање волова;

јаран – пријатељ.

К

кадија – шеријатски судија;

кадилук – надлежно подручје једног кадије;

кадифа – свилена, баршунаста тканина

кајас – кожни ремен, каиш;

калауз – путовођа, водич;

калдрма – пут поплочан каменом;

калп – рђав, лажан, калп-новци, фалсификовани новци;

калпак – старинска војничка капа, шлем;

камџија – бич;

катан – војник на коњу;

кидисати – силовито напасти;

кириџија – онај који с коњима и колима превози робу;

кладенац – извор, зденац;

кобити – слутити некоме зло, предвиђати зло;

колан – појас који држи седло;

колајна – огрлица;

кондир – суд за вино и за ракију;

коб – зло, несрећа;

косаница – ливада која се коси за разлику од пашњака или утрине;

коџа, коџбаша – старац, велики, старешина над више села у једној кнежини, виши од кмета, а нижи од кнеза;

косир – алатка са српастим сечивом за сасецање грана, жбунова и лозе;

кулук – радна обавеза сељака, бесплатан рад.

Л

лазина – ливада добијана сечом стабала, крчевина;

лакрдија – шала која прелази у бурлеску, шеретлук;

леген – метални суд;

ложница – спаваћа соба, постеља;

лужина – луг, шумарак;

луч – светиљка од боровине, буктиња.

М

мал – имовина, иметак, стока, благо;

мелем – лековита маст која се привија на рану;

мирођија – мирисна биљка која се употребљава као зачин;

мур – печат, жиг;

муштулук – награда ономе ко први донесе радосну вест.

Н

нахија – административна јединица турске управе мања од кадилука, подручје величине округа;

наџак – старинско оружје са сечивом и чекићем;

нишан – белег.

О

ока – стара мера за течност, запремину и тежину 1,28 кг;

омара – ситнија четинарска шума;

осој – сеновито место.

П

панађур – вашар, сајам;

парип – коњ;

пландиште – сеновито место где се дању одмара стока;

плуг – гвоздено рало, земљишна мера, један дан орања;

полза – корист, добитак;

попечитељ – повереник, министар;

причина – привиђење, дуга прича тешког, тужног садржаја, узрок, повод;

порта – капија, врата;

прангија – врста малог топа за пуцање приликом свечаности;

прапорац – шупља метална лоптица са куглицом унутра, која, при потресању, звецка;

претило – дебело, угојено;

прошеније – молба;

пржина – песак;

присојница – отровна змија;

пударуша – жена која чува виноград;

пуштеница – разведена жена, распуштеница.

Р

рахметли – покојни, преминули;

ратлук – посластица, задовољство, спокојство;

резилук – срамота, брука;

рсуз – крадљивац, лопов;

рухо – рубље, веш, одело.

С

сарај – двор, палата;

сатарен – изгубљен, покварен, упропашћен;

седеф – део шкољке, служи за украшавање предмета;

сербез – слободан, смео, без страха;

синџир – ланац, окови;

сирак – без икога свога, сироче;

скерлет – црвена, венецијанска тканина за скупоцену одећу, гримиз;

смук – велика, жута змија;

спахија – турски феудалац, поседник великог имања, читлука и тимара;

срма – сребро, сребрна жица;

староставан – од старине, стародреван;

субаша – надзорник имања, порезник који убира приходе за аге и бегове;

сукно – дебела вунена ваљана тканина за сељачко одело;

сулити – намирити, поравњати, задовољити.

Т

тазбина – женин род;

тал – део имања који припадне некоме при деоби;

татарин – поштар, курир на брзом коњу;

тапија – јавна исправа о власничком праву на некретнину;

телал – јавни објављивач, добошар, извикивач на јавним лицитацијама;

тефтер – бележница, записник, протокол, књига дуговања и потраживања;

тимарење – неговање, чишћење и уредно храњење коња;

топуз – старинско оружје, буздован;

тулум – мех, мешина за вино.

У

узенгија – метални део који виси о каишу с обе стране седла у који јахач ставља ноге; улар – оглавина и поводац од ужета за коња;

утва – барска птица, врста дивље пловке;

ушур – ујам, накнада за услугу за млевење жита у воденици или при вршају.

Ф

фишеклија – торбица за ношење муниције, патрона за пушку;

фукара – сиромах, сиротиња;

фуруна – пећ.

X

хан – друмска крчма, механа, гостионица, коначиште у којем се могу сместити и коњи;

харач – порез, данак.

Ц

цванцик – аустријски сребрни новац у вредности од двадесет крајцара;

цекин – дукат, златник;

цесар – цар;

цигло – једно, само.

Ч

чаир – ливада, пашњак, пољана;

чакараст – разнобојних очију, разрок;

чакмак – кресало, огњило којим се креше о камен а употребљава се и за паљење ватре, луле или цигаре;

чардак – дрвена зграда на стубовима;

чауш – гласник, телал, вођа сватова;

чаршија – трговачки део града, тржиште, трг;

чибук – данак на овце и козе, лула;

чивија – дрвени или гвоздени клин;

чилаш – сив, сивкаст коњ, са шареним пегама;

чоха – врста меке, вунене тканине;

число – број;

чифт – пар, двоје;

чифчија – сељак, беземљаш на агин-
ској или беговској земљи;
читлук – сељачки, породични посед,
имање.

Џ

џефердар – врста старинске пушке
украшене седефом и драгим
камењем.

Ш

шевар – шипраг, земљиште обра-
сло шибљем;
шенлук, шенлучење – весеље,
славље са пуцањем из пу-
шака;
шићар – корист, добитак, плен.

РЕЧНИК, 2

Локализми и мање познате речи из ужичкоґ краја

Смандрљати – урадити нешто на брзину, како било, на брзу руку, колико да се каже да је урађено. При том се не води рачуна о квалитету. Сличан је израз – скалабучити, с тим што се он више односи на кување, мешење и припремање јела.

Курца – крава лоше нарави, која слабо једе, просипа из јасала, непослушна је и томе слично. Ово може бити и погрдан назив за жену и то сопствену, ако је јогунаста и непослушна.

Отерсума – урадити нешто отприлике (или казати), а ипак погодити суштину (и циљ). Кренути неким правцем по слободном осећању, отприлике. Погодити тачно бројно стање нечега или га претпоставити на основу неких магловитих, лабавих показатеља. На пример: онај ко је претурио ко зна колико џакова преко својих леђа може увек приближно проценити, погодити колико има пшенице или кукуруза у једном џаку или слично.

На сент – урадити нешто „на сент“ значи: искористити (пред)осећај, интуицију. Обично људи могу у мрклој ноћи „на сент“ погодити прави пут (укључујући и шесто чуло, силно желе, веома им је стало да стигну кући); подсвесно, магловито погодити правац кретања или притиснути право дугме онде где их има много.

Ждркљати – халапљиво и шумно пити неку текућину; гутати у великим гутљајима, гасити велику жеђ.

Драмосер – ситничар, цепидлака, трагач за длаком у јајету; човек који приговара и гњави све присутне без правог разлога, просто из хрђаве навике; онај који паметује.

Јалак – канал на међи између две њиве, са малим насипом; служи за одводњу; то није укопан канал као јарак, већ је дно канала у нивоу површине земље, а насипи са обе стране чине га способним да усмери и одведе воду у жељеном правцу, до њиве или до поља које треба наводњавати.

Јаслити – ићи од куће до куће без посебног циља, али с намером да се убије време и прикупе свежи аброви (трачеви, материјал за оговарање); обично се то односи на жене и оне се онда називају „јаслачама“; за такву жену каже се: „Пусти алапачу! Она само јасли и ништа не ради.“

Заринглати – затворити неку просторију, закључати врата и добро их осигурати од нежељеног отварања или проваљивања; слично значење има и реч „замандалити“, то јест затворити тако да нико не може ући, затарабити као да се неће скоро отварати.

Сајтарија – спадало, сатарен човек; каже се и за човека који је подмукао и покварен, спреман да подвали, али не тако да нанесе велику штету, једноставно, подношљив је, али на граници трпељивости; његове шале нису увек прихватљиве нити веселе.

Сокоћало – незграпна, гломазна ствар, често непознате намене; справа која се квари или којом се управља на непознат, несхватљив начин; обично се односи на неке техничке новотарије на које старије особе нису навикле или им не виде праву сврху ни вредност; кад се, на пример, појави пруга кроз село, старији мештани за воз кажу да је сокоћало или сакаћела; исти је случај био и са радиом, телевизијом и другим проналасцима чија суштина и принцип рада није видљив, није лако разумљив.

Ћерестло – ствари сличне сокоћалима; ћерестло (или ћерество) назив је одомаћен код простијих, нешколованих па и неписмених људи; они ћерестлом називају апарате и машине којима не знају нити би могли да разумеју принцип рада нити конкретну намену; некада ни имена таквих ствари не умеју да погоде или да правилно изговоре; нешто страно, изван познатог света.

Гуља – надурено, непослушно дете; овај израз се користи и када дете уради нешто што је својствено само старијим и искуснијим особама; на пример: када дете

кријући запали цигарету а родитељи га ухвате на делу, онда обично следе батине, псовке уз коришћење погрдног израза: „Гуљо једна! Ти ли ћеш да пушиш?!“

Наџак – наопак човек, дрнован, џандрљив, сваћалица; на све приговара и не уклапа се у уобичајене односе сељака, комшија или укућана; своју лошу нарав показује свуда и на сваком месту, па и при случајном сусрету са непознатим људима; када се пријатељи договоре да нешто сложно и заједничким снагама ураде, наџак ужива да им договор поквари или да, чак и на своју штету, уради другачије или сасвим супротно.

Јерезан – бити јерезан значи имати „пик“ на некога, мрзети некога или радити против некога са циљем да се иштети или, ако је икако могуће, сасвим упропасти; кад се каже: „Што си тако јерезан на мој живот?“ – то значи – зашто ме мрзиш, зашто стално радиш против мене и правиш ми штету?!

Горамо – дољамо – прилог за место, сложеница од две речи: горе и овамо (доле и овамо); користи се у брдовитим крајевима, на стрминама и у странама, при дозивању и одређивању тачног положаја онога ко зове; поседује динамизам, подстрек да се дозивач и дозвани што пре сретну, (про)нађу, виде, сврше посао; веома често се користи међу чобанима, дрвосечама, купиоцима, на мобама и позајмицама; такође и при размени вести између првих суседа с брда на брдо; по употреби ове речи познаје се тачно одакле је говорник – из краја између Ужица и Бајине Баште.

Смољавити – мрљавити, килавити, отезати с неким послом из незнања, нестручности, зловоље и лењости; има људи који скоро све што раде они „смољаве“; такви често зараде надимак „смољо“ земљаци нерадо с њима ступају у позајмицу.

Тркопиш – особа пуна себе, самољубива, надмена; брзо се наљути ако се други не понашају како она жели или мисли да треба; онај коме је тешко угодити и пред ким се морају бирати речи; многи са таквима разговарају само из нужде, кад се мора, кад се не може никако избећи; тркопиши су површни, плитки, увек у намештеној журби и немају смисао за хумор.

Типко – споро; кад је неко успорен каже се: „Их, бре, што си типак!“

Преронути – преболети рану, болест, лом руке или ноге; преживети после тешке болести или какве несреће; не остати сакат, ћопав, хром после тешких повреда; прекоостати.

РЕЧНИК, 3

Тајни, мајсторски, дунђерски, баналачки језик којим су се служили неимари из Осата, источна Босна, док су изводили радове код домаћина-послодаваца у околини Бајине Баште

А

автуга – сено;
автуга од букета – слама;
аналица – воћка;
анеж – јело;
анити – јести;
аћам – циганин;
аћамка – циганка;
аћамче – циганче.

Б

баклтија – секира;
баналица – рука;
банеж – радња
банити – радити, ударати, тући, градити;
банити букеташ – окопавати кукуруз;
бичажица – бритва;
бичажица шумна – сабља;
бичак – нож;
буке – хлеб, пшеница;
буке каљско – зоб, јечам;
букеташ – кукуруз;
букоња – во;
букуља – крава;
букуљче – теле;
букурлија – црква;
букурлијаш – бог;
бураћ – трбух;
буса – задњица.

В

вајза – девојка;
виза – вода;
визати – мокрити.

Г

галбан – дукат;
гара – кафа;
грмчар – млин;
гураћ – грло;
гураћица – чаша, лула.

Д

дочкати – донети, дотерати;
дочкојити – доћи.

Ђ

ђавлад – деца;
ђавле – дете;
ђавлаш – момак;
ђавлица – девојка, цура;
ђаур – хришћанин;
ђаурка – хришћанка;
ђаурче – хришћанче;
ђун – дан.

Ж

жара – ватра;
жарац – барут, прах.

З

Зот – Турчин;
зотска букурлија – џамија;
зотски татрљан – хоџа.

К

калица – кобила;
каљац – коњ;
каљче – ждребе;
кардаш – брат;

кардашица – сестра;
карица – крмача;
карицанац – крмак, свиња;
карицанче – прасе;
карамлук – мрак, ноћ;
кашта – кућа;
кећаш – дуван,
кећашица – брада;
каћуралице – очи;
каћурати – гледати;
кљака – баба, мајка, старица;
кљакац – деда, отац, старац;
кљакав кљакац – прадеда;
клениште – млеко;
крека – кокош;
крекац – певац;
крекче – пиле.

Л

лаза – брадва;
лешица – овца;
лешац – ован;
лешче – јагње;
лешица цкамна – коза;
лешац цкамни – јарац;
лешче цкамно – јаре.

М

масатити – сећи;
мерити – красти;
миша – месо;
миша на чкојалици – бут;
морица – бува;
морица цкамна – уш;
мутови – нечист.

Н

набанити – начинити;
набанити жару – наложити ватру;
набањавати – градити;
наханован – сит;
ницкам – ни мало.

О

олањати – опрати;
орман – шупа;

ормањлика – дрво;
отремчити се – оженити се, удати се.

П

палуран – купус;
Палузан – Чифут, Јеврејин;
пењер – сир;
певач – пасуљ;
повизан – покисао;
повизати се – помокрити се;
почкојмо – хајдемо.

Р

руша – вино.

С

смарати – украсти;
смарати се – умрети;
скерак – чекић;
согањ – лук.

Т

тажити – находати се, стајати дуго на ногама;
ташанче – јаје;
тирита – хартија, књига, писмо, хаљина;
тиритњак – гуњ, кожух;
тирита с фантаре – капа;
тирита са чкојалице – обућа;
трајца – торба;
трањати – спавати;
трањац цкамни – затвор, хапс;
трем – човек;
тремка – жена;
туз – со.

Ћ

ћасара – сурутка;
ћем – пас;
ћемица – кучка;
ћемче – штене;
ћивурати се – полно општити.

У

убаниити – убити;

уснаћи – бркови.

Ф

фантара – глава;
фоле – новци;
фолинчић – новчић;
фолињати – говорити, викати, певати;
фолињати букурлију – молити се Богу;
фолињати у тирити – читати у књизи;

Х

ханити – јести;
ханован – гладан.

Ц

цкамно – слабо, ружно, хрђаво;
цкаман ћем – вук, курјак;
цкамњак – ђаво;
цкамњак од жаре – пепео.

Ч

чавркаш – клинац;
чамура – земља;
чамурњаш – камен;
чамурњаш сажарен – креч;
чатрљан – свештеник, поп;
чкојач – пут;
чкојачи – кола;
чкојалица – саонице;
чкуљан – заход, клозет.

Џ

џага – тестера.

Ш

штитити – давати;
шумно – добро, младо, весело, лепо;
шумњак – господин;
шумно буке – пшеница;
шумна жара – пушка;
шумна за гару – шећер;
шумулијер – крчмар, гостионичар.

ЗАВИЧАЈНИК

Мали, завичајни речник

Амбар – зграда при сеоским домаћинствима која служи за складиштење житарица, махом пшенице и кукуруза. Моћна реч, која бруји од снаге и скривених садржаја. Можда је мрка или загасито сива?

Бобошка – суви плод непознате биљке; у дечијим играма може бити замена за орасе или кликере.

Бујад – врста папрати; расте на шумским пропланцима; подсећа на древне биљке које су бујале у прашумама; у пределима обраслим бујадима може се одлично сакрити; ко лежи под широким лишћем сигурно ће победити у игри жмурке.

Дунђер (дунђерин) – дрводеља; мајстор који од дрвета уме да направи све што је потребно једној породици на селу; осим употребне вредности његове рукотворине су складне, лепе, украшене урезима и браздама, а када је мајстор потпуно задовољан својим делом, онда остави свој знак, потпис.

Клис – мало парче дрвета неопходно у игри клиса и машке. Брза реч која хитро клисне из сећања.

Крајпуташ – споменик војнику који се није вратио из рата, а ни гроб му се не зна; обично се диже негде поред пута, а недалеко од родне куће. Ова реч звучи старински, именује споменике који нису имали посебан назив. Кажу да је ту реч измислио песник Бранко В. Радичевић или је можда чуо у свом родном селу и само први забележио?

Лазина – крчевина. Радивојева омиљена њива на којој се најчешће и најрадије задржавао док су му мисли устремљене ка свемиру и непознатим и никад виђеним световима.

Лила – бакља која се пали о Петровдану на сеоским раскршћима уз песму: „Лила гори, жито роди! Ој, лило, лилоле!“ Истовремено се и на суседним брдима пале лиле и горе ватре као одраз небеских сазвежђа. Млади се радују овој свечаности, играју уз свирале, скачу преко ватре, а када се ватре погасе сви одлазе кућама на богату вечеру.

Лисник – први пут с оцем на кресање лисника Радивоје је отишао као у авантуру; љуљајући витка стабла пребацивао се с једног на друго; деда Ђорђе је запањено гледао Радивојеве вратоломије. Кад су се вратили кући казао је: „Рајо, ово дете у нас – лудо!“ Кресање храстовог лишћа важан је посао којим се припрема зимска храна за стоку, а нарочито овце.

Магаза – складиште предмета заборављене намене. Моћна, звучна реч, иако очигледно није домаћа.

Медведаре (међедаре) – печурке загасито мрке боје, које смо проналазили у шуми, испод слојева сувог лишћа, после кише и доносили кући, у хрпама. Баба Раја је секла гљиве на шнитове и распоређивала их да се суше на сунцу. Касније су ношене у откупну станицу и доносиле поприличну зараду. Имале су карактеристичан мирис, тежак, густ и непријатан. Понекад га осетим у пролазу и подсетим се детињства и лета проведених у Дубу.

Немушти језик – језик животиња, биљака и ствари. Познају га нарочито обдарени људи. У бајкама и легендама главни јунак решава тешке задатке познавајући немушти језик (Змија младожења). Стриц Радивоје је умео да разговара са својим благом, било да је оно у виду домаћих животиња, живине, биљака или ствари расутих по окућници и по имању. Други људи, такође одрасли на селу, никада нису имали ту моћ. Радивоје се толико саживео са земљом на којој је живео и стицао, да је разговарао и са потоцима, поветарцима, облацима, а кад затреба и са муњама.

Салчићи (салешњаци) – врста колача од сала и више слојева (ли-снатог) теста. Омиљена зимска посластица. Реч која изазива смех без нарочитог разлога.

Синија или **софра** – ниска трпеза, округли сто окружен троношцима. Био је обавезан инвентар у старим српским кућама са огњиштем.

Токмак – врста снажних босанских коња. Радивоје је имао Мишка Токмака, коња с којим је прокрстарио целу Србију и пола Босне и с којим је делио и добро и зло. У дугим ноћима на путу они су водили бескрајне разговоре.

Оскоруша – ретка воћка. По њој је у Дубу раскршће најближе Радивојевој кући добило име Оскорушје. На Оскорушју су се састајали Радивоје и Милеса. Са Оскорушја су, једне страшне ноћи, за Радивојем летела јата брезових метли.

Оструга – трњак, коров. Оструга стално вреба и напада њиве и поља. Добар домаћин сваког пролећа очисти своје имање од оструге. Радивоје је оставио аманет својима да никада не дозволе да им имање зарасте у остругу, да се труде колико год могу да Вуловића поља остану чиста, свежа и зелена...

Свака од ових двадестак речи има своју беспрекорну мелодију, јасну боју, здрав укус и опојан мирис. Све су нераскидиво везане за Радивојев завичај који је, спонтано, лако, постао и мој, наш. Сваке године, мој брат и ја, одлазимо, у априлу, на Лазареву суботу, на славу, у Дуб, код наших рођака, Вуловића. Сваки пут уверимо се да магија завичаја делује, да звони у ушима и зрачи, допирући све до наших срца. Сусрет са Радивојем и са члановима његове (наше) фамилије, окрепи нас и освежи. Увек се из завичаја враћамо окупане душе, озарени, задовољни као да смо завршили Бог зна како важан посао, као што је говорила наша мати за привидно једноставне и незнатне подухвате. Ако још има добрих људи на овоме свету онда је сигурно наш стриц Радивоје један од њих, један од оних четрдесет праведника на којима почива цео Свет.

ИЗ ПОРОДИЧНОГ АЛБУМА

Спомен-чесма,
Стубло вода

Горња Батва

Студенчине

Мрамор

Лазина

Врата магаз

Породична кућа
Вуловића

Улаз у
качару

Лампек
у качари

Радивоје...

У Београду

У Врњачкој
Бањи

Поред славске свеће на
Лазареву суботу

Милеса и Радивоје, слика са венчања

На Кадињачи

Жетва у пољу

Зима у
дворишту
испред куће

Крај фолксвагена
у Заглавку

Радивоје

Радивоiе и Милеса

Радивоје говори

Миленко Слуша

БЕЛЕШКА О ПИСЦУ

Миленко Пајић је рођен 1950. у Београду. Пише приче, песме, есеје, драме и романе.

Објављене књиге: *Једноставни догађаји* (1982), *Нове биографије* (1987), *Пут у Вавилон* (1992), *Приче од прозирног ваздуха* (1994), *Уметник у спавању* (1994), *Причина и друга књига причине* (1995), *Ја или неко други* (1996), *Женидба и агонија* (1997), *Мерилин чита Уликса* (1998), *Ламент над лавабоом* (1998), *Недеља, песме* (2002), *Станица прича Пожега* (2002), *О врстама ћутања* (2003), *Мерилин, филмски роман* (2004), *Мали Марко* (2007), *Српски с муком* (2008), *Имам причу за тебе* (2009), Глечер у мрежи (2010).

Приређена издања: *Двојник*, темат часописа *Градац* (1983), *Вежбање маште, детињство и младост Николе Тесле* (1996, 2003, 2005), *Часови из песништва и из лепе књижевности* (2001), *Мала кутија* (2004), *Алманах самиздата* (2006), *Студио за нови стрип* (2007), *Ходочашће до овчарско-кабларских манастира* (2009).

Изабране приче: *Велика дама жели магловито јутро* (1996).

Заступљен је у дванаест антологија савремене српске фантастичне и постмодерне прозе, кратке приче и поезије у прози.

Написао је драму *Живот је ноћ* која је под називом *Пад Ужица* снимљена за Драмски програм Радио Београда.

Са македонског језика превео три књиге Влада Урошевића: *Лов на једнороге*, приче (1983), *Чуда и чудовишта*, есеји о фантастичном сликарству (2008), *Измаштани светови*, есеји о надреализму (2011).

Реализовао четири дела за „Радионицу звука" Драмског програма Радио Београда и то: *Златни олук* (2004), *Зидање интимног звучног зида* (2005), *Кодеров код* (2006), *Универзална звучна капсула* (2007).

Организовао је дванаест самосталних и учествовао на више колективних изложби у југословенским и иностраним галеријама.

Повремене и сталне рубрике има у дневним новинама *Данас* и *Дневник* и у локалним новинама *Чачански глас*, *Чачанске новине*, *Вести* и др.

Пајићеви текстови превођени су на македонски, словеначки, бугарски, италијански, украјински, енглески и словачки језик.

Члан је следећих уметничко-струковних удружења: Удружење књижевника Србије, Удружење ликовних уметника Србије, Удружење књижевника Војводине, Српско књижевно друштво, Удружење драмских писаца Србије, .

Награде: „Милутин Ускоковић“, 1994, „Лаза Костић“, 1996, Политикина, 2004, Нолитова, 2004, Радио Београда за експеримент у радиофонији, 2003, Повеља „Витомир Богић“ за допринос у радиофонији, 2008, „Иво Андрић“ 2009. године.

Живи у Пожеги, ради у Дому културе у Чачку као уредник Драмског програма и главни уредник Ревије за културу АРТ032.

ЗАХВАЛНОСТ

Свим пријатељима, љубитељима књиге, који су свесрдно помогли ово издање најискреније се захваљујем.

Аутор

САДРЖАЈ

Миленко Пајић
РАДИВОЈЕ ГОВОРИ
етно роман

Уредник
Јован Јањић

Рецезенти
Радован Поповић
Драгиша Милосављевић

Лектор и коректор
Љиљана Шпајаковић

Ликовна опрема
Владимир Дуњић

Технички уредник
Мирослав Марић

Издавач
ИП „Просвета“, а.д. у реструктурирању
Београд, Чика Љубина 1

За издавача
Јован Јањић, директор

Штампа
ШТАМПАРИЈА СВЕТЛОСТ
Чачак, Гвоздена Пауновића 208

Тираж
500 примерака

2012.

ISBN 978-86-07-01953-3

CIP - Каталогизација у публикацији
Народна библиотека Србије, Београд

821.163.41-31

ПАЈИЋ, Миленко, 1950-
    Радивоје говори : етно-роман /
Миленко Пајић. - Београд : Просвета ;
Чачак . Светлост, 2012 (Чачак : Светлост). -
256 стр. ; 24 cm. - (Библиотека Савремена
проза / Просвета)

Тираж 500. - Стр. 5-7 : Предговор / Слободан
Пајић. - Речник: стр. 228-240. - Белешка о
писцу: стр. 251

ISBN 978-86-07-01953-3

а) Вуловић, Радивоје (1930-) - У литератури
COBISS.SR-ID 155719180

www.ingramcontent.com/pod-product-compliance
Lightning Source LLC
Chambersburg PA
CBHW071138260626
47162CB00003B/834